M

Penguin
Random House
Grupo Editorial

Título original: *Scarred*

Primera edición: febrero de 2024

© 2021, Emily McIntire
© 2024, Penguin Random House Grupo Editorial, S. A. U.
Travessera de Gràcia, 47-49. 08021 Barcelona
© 2024, Cristina Macía, por la traducción

Printed in Spain – Impreso en España

ISBN: 978-84-19650-35-1
Depósito legal: B-20.204-2023

Compuesto en Compaginem Llibres, S. L.
Impreso en Black Print CPI Ibérica, S. L.
Sant Andreu de la Barca (Barcelona)

GT 5 0 3 5 1

SCARRED

Una historia de Nunca Jamás

EMILY MCINTIRE

Traducción de Cristina Macía

montena

LISTA DE REPRODUCCIÓN

«you should see me in a crown», de Billie Eilish
«lovely», de Billie Eilish y Khalid
«Sucker for Pain», de Lil Wayne, Wiz Khalifa, Imagine
Dragons, X Ambassadors, Logic, Ty Dolla $ign
«Human», de Christina Perri
«Million Reasons», de Lady Gaga
«Take Me to Church», de Hozier
«Mad World», de Demi Lovato
«Everybody Wants to Rule the World», de Lorde
«Play with Fire», de Sam Tinnesz ft. Yacht Money
«This Is Me», de Keala Settle y el reparto de *El gran showman*

Para los marginados.
Los inadaptados.
Los acosados.
Los solitarios.
Los inseguros.
Los diferentes.
Valéis la pena. Sois luchadores.

«Duda que las estrellas ardan, duda que el sol
se mueva, considera toda verdad sospechosa,
pero jamás dudes de mi amor».

WILLIAM SHAKESPEARE, *Hamlet*

Advertencia: este libro incluye contenido sexual explícito, consumo de drogas y escenas violentas.

Nota de la autora

Scarred es una novela romántica oscura de ambientación regia. Es un cuento de hadas retorcido para adultos, no una fantasía ni un *retelling*.

El personaje principal es un villano. Si buscas una lectura tranquila, no la encontrarás en estas páginas.

En *Scarred* hay escenas de sexo explícito y contenido para adultos no adecuado para todos los públicos. El lector queda advertido. Yo prefiero que te adentres en el libro sin saber más, pero, si quieres, hay una lista de advertencias sobre temas delicados en Emily McIntire.com

GLORIA TERRA

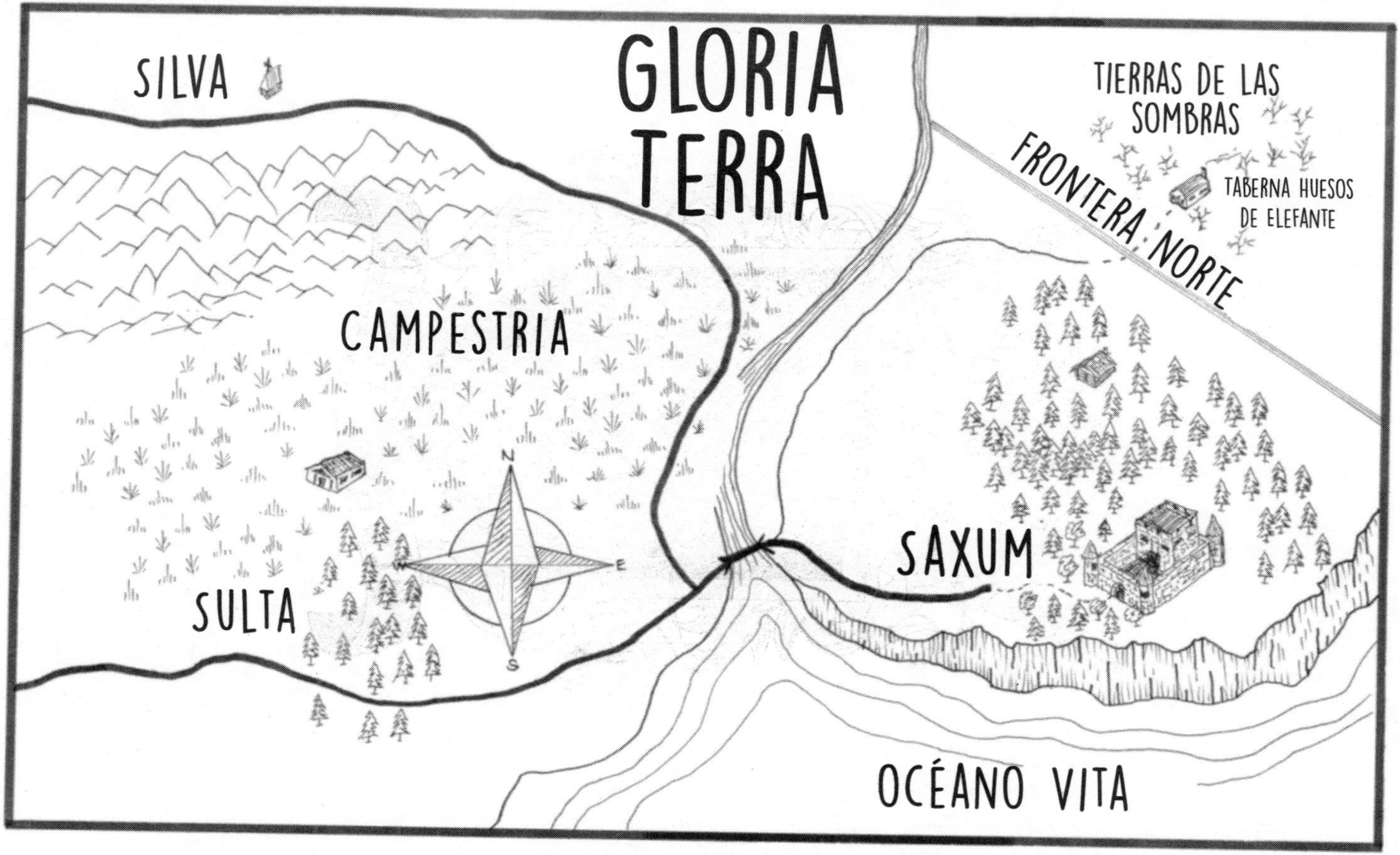
GLORIA TERRA
SILVA
TIERRAS DE LAS SOMBRAS
TABERNA HUESOS DE ELEFANTE
FRONTERA NORTE
CAMPESTRIA
N
W
E
S
SULTA
SAXUM
OCÉANO VITA

PRÓLOGO

Tristan

Lealtad.

Una palabra. Tres sílabas. Siete letras.

Ningún significado.

Aunque, si te crees los interminables discursos de mi hermano, la lealtad le corre por las venas, más espesa que la sangre que nos une.

Y si te crees los rumores que circulan por la corte, también.

«El príncipe Michael será un buen rey».

«No cabe duda de que seguirá los pasos de su padre».

Tengo un nudo que me impide tragar, un nudo lleno de filos anclado en la garganta. Miro las llamas de la chimenea y luego la lámpara de aceite del centro de la mesa, la que ocupan los miembros del consejo privado. Media docena de rostros, y ni uno de ellos refleja pesar.

Siento presión en el pecho.

—En la vida, todo son apariencias, señor, y para guardar las apariencias tenemos que hacer lo que hay que hacer —dice Xander, el consejero principal de mi padre, y ahora de mi hermano. Está mirando a Michael—. Es bien sabido que tu padre murió en paz en su cama, pero también que tú tienes bastante… apetito.

—Por favor, Xander —intervengo, con la espalda apoyada contra los paneles de madera de la pared—. A nosotros no nos tienes que convencer de dónde murió mi padre.

Miro a mi madre, la única mujer presente, que se seca los ojos con un pañuelo bordado con un monograma. Por lo general, nunca está aquí, en Saxum. Prefiere pasar casi todo el tiempo en la hacienda. Pero como acabamos de salir del funeral de su esposo, Michael ha insistido en que se quedara.

Y la palabra de Michael es ley.

—Solo hay que mentir en lo de «en paz» —sigo, y miro a mi hermano.

Una sonrisa despectiva le asoma a los labios y le brillan los ojos ambarinos. La rabia me sube por el pecho y la garganta, y me envuelve la lengua con un sabor ácido y amargo.

Doy una patada contra la madera al apartarme de la pared para ir hacia el centro de la estancia y alzarme junto a la mesa, entre mi madre y Xander. No me precipito, y observo cada rostro de los presentes. Pomposos, cargados de su propia importancia, como si fuera un día cualquiera, un día más.

Como si no hubiéramos perdido a alguien importante.

A alguien vital.

A la única persona a la que yo le importaba.

—No tengo la menor idea de lo que quiere decir —grazna Xander con voz aguda al tiempo que se sube las gafas de pasta sobre el puente de la nariz.

Levanto la barbilla y lo miro. Me fijo en las hebras grises que le salpican el pelo, antes tan negro. Lleva años con la familia, desde que yo era niño. Al principio, era una persona importante en mi vida, pero la vida cambia, y la calidez de Xander se tiñó pronto de la frialdad amarga de la codicia.

Igual que les ha pasado a todos.

—Mmm..., no, claro, ya —digo, y me doy unos golpecitos con el dedo en la sien—. Seré tonto...

—¿Podemos volver al tema? —bufa Michael. Se pasa la mano por la cabeza y se alborota los mechones color castaño claro—. El cómo exhaló nuestro padre su último aliento es irrelevante.

—Michael —protesta mi madre al tiempo que se pasa el pañuelito por las mejillas.

Me doy la vuelta hacia ella, me inclino y le paso los dedos por la cara. Noto la mejilla dura en mi palma. Coge aire bruscamente y me mira con ojos brillantes. Le presiono el pulgar contra la piel y luego me lo examino.

El estómago se me revuelve cuando veo que está seco.

No hacen más que actuar. Hasta el último de ellos.

—Venga, madre. Ya vale de teatro. Con tanta lágrima falsa te van a salir arrugas.

Le guiño un ojo, le doy una palmadita en la mejilla y me enderezo. Todos nos están mirando.

No es ningún secreto que no nos une el afecto.

Sonrío, más que nada para enseñarles los dientes, y los voy mirando de uno en uno. El ambiente está cargado de tensión. Lord Reginald, un miembro del consejo, se mueve incómodo en la silla tapizada de terciopelo.

—Calma. —Pongo los ojos en blanco—. No voy a hacer nada inapropiado. —Lord Reginald suelta un bufido y me concentro en él—. ¿Querías compartir alguna cosa, Reginald?

Carraspea para aclararse la garganta y se sonroja, con lo que evidencia los nervios que intentaba ocultar.

—Me vas a perdonar, Tristan, pero no te creo.

Inclino la cabeza hacia un lado.

—¿Tristan? Querrás decir «alteza».

Aprieta los labios, pero inclina la cabeza.

—Por supuesto, alteza.

Se me contrae un músculo en la mandíbula mientras lo miro. Reginald siempre ha sido uno de los miembros más débiles del consejo: amargado, celoso de todos los demás. Se pegó a mi hermano cuando eran jóvenes, y lo acompañó en cada momento de las torturas que Michael y su manada me han infligido a lo largo de los años.

Pero ya no soy un niño. Ya no pueden acosarme y asustarme como antes.

Xander se pellizca la nariz.

—Por favor, señor. Necesitas una esposa. Tu pueblo necesita una reina.

—Ya tienen reina —ruge Michael, y señala a nuestra madre con un ademán de la cabeza—. No quiero casarme.

—Nadie te pide que renuncies a tus escarceos —suspira Xander—. Pero estas leyes han existido desde hace generaciones. Si no contraes matrimonio, parecerás débil.

—Si no estás a la altura, hermano, haznos un favor a todos y esfúmate. —Hago un gesto con la mano en el aire.

Michael entrecierra los ojos y los clava en los míos al tiempo que esboza una sonrisa burlona.

—¿Y a quién le dejo Gloria Terra? ¿A ti?

Se oyen risitas en toda la mesa. Los músculos se me tensan bajo la piel; he de contener mis ganas de demostrarles a todos lo poco que me costaría obligarlos a inclinarse ante mí.

El sonido del reloj cuando la manecilla larga se mueve desvía mi atención.

Se acerca la hora de cenar.

Me paso los dedos tensos por los mechones alborotados de pelo negro y camino de espaldas hacia las grandes puertas de madera.

—Bueno, ha sido un placer —digo—. Por desgracia, ya me he aburrido.

—No te he dado permiso para retirarte, Tristan —me espeta Michael.

—No necesito tu permiso, hermano. —Me río, pero la ira me arde en el pecho—. Y no me interesa saber a qué desdichada vas a torturar follándotela por siempre jamás.

—¡Qué falta de respeto! —escupe Xander. Sacude la cabeza—. Tu hermano es el rey.

Sonrío y miro a Michael. Una gran ansiedad me recorre las venas ante la expectativa de los nuevos acontecimientos.

—Ah, muy bien. —Inclino la cabeza—. Larga vida al rey.

CAPÍTULO 1

Sara

—Partirás por la mañana.

Mi tío bebe un sorbo de vino mientras me lanza una mirada desde el otro lado de la mesa que se me clava como una flecha en el pecho. Nunca ha sido una persona afectuosa, pero es mi familia, y tenemos un objetivo común.

Vengarnos de la familia Faasa por el asesinato de mi padre.

Hemos preparado la jugada, hemos situado nuestras fichas con todo cuidado para asegurarnos de que, cuando el príncipe heredero lo necesitara, yo fuera la elegida para convertirme en su esposa. Y, por fin, ha llegado el momento.

Es la hora.

Los matrimonios concertados no son raros, pero en los últimos años han pasado de moda. Estamos en 1910, no en el siglo pasado. En todos los libros, incluso aquí en las calles empobrecidas de Silva, la gente se casa por amor.

O por lo que ellos consideran amor.

Pero yo nunca he creído en esas ideas románticas. Nunca he pensado que un caballero blanco llegaría en su corcel para salvarme como si fuera una damisela indefensa en apuros.

Es cierto que estoy en apuros, pero no soy una damisela indefensa.

Además, a veces la única manera de provocar un cambio de verdad es convertirte en parte de la maquinaria y deshacerte de las piezas rotas tú misma. De modo que, si tengo que sonreír, coquetear y seducir para que el nuevo rey se fije en mí, eso haré.

Es mi deber.

Para con mi familia y para con mi pueblo.

Silva, que otrora fuera famoso por sus tierras generosas e industrias innovadoras, es ahora un lugar yermo, pobre. Rechazado como un hijastro pelirrojo y feo, indigno del tiempo o la atención de la corona. Ahora no somos famosos por nada. La sequía y la hambruna se mezclan con la desesperación que ha invadido las calles de la ciudad como las grietas en el pavimento.

Me imagino que es lo que pasa cuando te encuentras en el centro de un bosque, muy arriba, entre las nubes. Es fácil no verte, es fácil olvidarte.

—¿Te das cuenta de lo que hay en juego? —me pregunta el tío Raf, y me arranca de mis pensamientos.

Asiento, me limpio los labios con una servilleta de tela blanca y me la vuelvo a poner en el regazo.

—Sí, claro.

Sonríe y la cara se le llena de arrugas mientras da golpecitos con los dedos en el puño bulboso de su bastón de madera.

—Harás que se honre nuestro nombre.

La sensación embriagadora de su aprobación me ilumina. Me siento más erguida en la silla y le devuelvo la sonrisa.

—Y no confiarás en nadie, excepto en tu primo —añade.

Lanza una mirada en dirección a mi madre, siempre dócil y silenciosa mientras come bocaditos diminutos, con el indómito pelo negro, tan semejante al mío, que le cae en torno a la cara. Rara vez establece contacto visual: siempre tiene la cabeza gacha y los dedos ocupados cosiendo o pasando páginas de libros polvorientos, en lugar de forjar una relación con la hija que ha pasado a hacerse cargo de todo desde que mi padre la dejó viuda. Tengo la sospecha de que nunca quiso ser madre y mucho menos contraer matrimonio. No lo ha dicho con palabras, pero no hace falta. Sus acciones hablan muy claro. Pero mi padre la quería, y eso era lo único que importaba.

Cuando se quedó embarazada, esperaban que fuera un varón, el heredero de la estirpe de los Beatreaux.

En lugar de eso, tuvieron una niña de pelo negro como el ala de un cuervo, aventurera y demasiado dada a expresar sus opiniones. Mi padre me quiso igual, aunque mi madre nunca me mostró el menor afecto.

El día que lo perdí, perdí también una parte de mí misma, que se agrió como la leche, se me pudrió dentro del pecho.

Mi padre fue a pedir ayuda a la corona. En persona, atravesó nuestros bosques y recorrió las llanuras para llegar al castillo Saxum. Pero el monarca no escuchó sus peticiones, y mi primo Alexander nos hizo llegar la noticia de que lo habían ahorcado por traidor. Por atreverse a decir la verdad, a decir que tenían que actuar.

Xander intentó salvarlo, pero, como consejero principal del rey, tenía limitaciones.

Desde entonces, mi tío Raf ha sido imprescindible para mí. Cuento con todo su apoyo, pero aún echo de menos los brazos de mi padre. Lo único que me queda de él es un colgante, una herencia familiar que llevo al cuello como un juramento para recordarme cada día lo que he perdido.

Y quién tiene la culpa de tanto dolor.

Así que ahora, mientras otras chicas de mi edad sueñan despiertas con enamorarse, yo me paso las horas aprendiendo a jugar en la guerra política sin prescindir en ningún momento de la etiqueta de la nobleza.

Si quieres quemar el infierno, tienes que jugar al juego del diablo.

La corona metafórica sobre mi cabeza casi pesa tanto como saber que todo el mundo depende de mí para hacer esto.

Ya se ha permitido que el reinado de la familia Faasa dure demasiado. Su poder e influencia se han corrompido con el tiempo; cada vez se ocupan menos de la gente y más de su codicia y su placer.

De modo que iré a la corte. Y haré lo que haya que hacer para salvar a mi pueblo y conseguir justicia para los que hemos perdido.

Pero pasan muchas horas antes de que caiga en la cuenta de que esta noche es la última que pasaré en Silva.

Con el corazón acelerado, me calzo las botas negras gruesas, me echo la capa sobre los hombros y me recojo mi rebelde pelo oscuro en un moño prieto en la nuca. Luego me pongo la capucha sobre la cabeza y me miro al espejo para asegurarme de que mis rasgos queden bien ocultos. Lanzo una mirada en dirección a la puerta del dormitorio, confirmo que el cerrojo esté echado y me vuelvo hacia la ventana.

Mi habitación está en la segunda planta, pero no me dan miedo las alturas. Ya he bajado muchas veces por la irregular pared de piedra. Tengo que contener la respiración mientras la adrenalina me corre por las venas al descender, hasta que mis pies llegan a la hierba.

Escabullirme así es arriesgado, pero lo he hecho mil veces. Me quedo inmóvil unos momentos para asegurarme de que nadie me ha oído salir, y luego me dirijo hacia un lado de nuestras descuidadas propiedades. Me oculto entre las sombras hasta llegar al camino empedrado, ante la puerta de la verja de tres metros de altura. Me duelen los dedos y me arden los músculos cuando me doy impulso para subir por las afiladas púas de hierro, pasar la pierna por encima y saltar al otro lado.

Una vez piso tierra, respiro hondo y camino apresurada por el pavimento, bien arrebujada en la capa y con la esperanza de no cruzarme con nadie.

Tardo veinte minutos en llegar al orfanato, en las afueras de la ciudad. Es un edificio pequeño y en mal estado que no cuenta con ninguna financiación y le faltan camas. Pero Daria, la mujer que lo lleva, es uno de mis contactos clave, y sé que todo lo que le dé llegará a donde tiene que llegar.

—Con esto te debería bastar hasta que pueda mandarte más.

Le aprieto las manos en las que tiene el fajo de dinero y la cesta de pan que le acabo de entregar.

Disimula un sollozo. Tiene los ojos muy brillantes a la escasa luz de la vela, en la pequeña cocina.

—Gracias, Sara. No puedo…

El susurro se corta en seco cuando se oye un sonido fuera de la estancia.

Se me detiene el corazón y aguanto la respiración mientras miro hacia el pasillo oscuro. Espero que no sea ningún niño que se haya levantado de la cama.

Nadie debe saber que estoy aquí.

—Tengo que marcharme. —Le suelto las manos a Daria y me vuelvo a poner la capucha—. Te enviaré noticias en cuanto pueda, en cuanto sea seguro.

Niega con la cabeza.

—Ya has hecho demasiado.

—Por favor —la interrumpo—. No he hecho suficiente.

El reloj da la hora. El sol acariciará pronto el horizonte y empezará a iluminar las tierras. Barrerá la oscuridad y, con ella, las sombras en las que me oculto.

—Tengo que marcharme —repito, apresurada. Le tiendo los brazos para abrazarla. Se me encoge el corazón cuando me estrecha contra ella—. No te olvides de mí, Daria.

—Eso, jamás. —Se ríe sin ganas.

Me aparto de ella y voy hacia la puerta trasera de la cocina. Cuando tengo la mano en el frío pestillo de metal, Daria susurra detrás de mí:

—Cuídate mucho, mi reina.

El corazón me da un salto.

—No soy la reina de nadie. Soy la que va a pegar fuego a la corona.

CAPÍTULO 2

Tristan

—¡Tristan!

La voz infantil recorre el patio y alzo la vista. Estoy con la espalda apoyada en el tronco de un sauce llorón, con las manos sucias de carboncillo y el cuaderno de dibujo abierto sobre el regazo. Me limpio las yemas de los dedos en la pernera del pantalón y sacudo la cabeza para apartarme de la cara los mechones de pelo.

El niño llega corriendo y se detiene delante de mí. Lleva la ropa suelta y sucia, como si se hubiera pasado el día correteando por los pasajes secretos subterráneos.

Los que yo le he enseñado.

—Hola, tigrecito —digo con cierta diversión.

Me sonríe de oreja a oreja, con los ojos ambarinos centelleantes. El sudor hace que le brille la piel color marrón claro.

—Hola. ¿Qué haces?

Estira el cuello para mirar lo que tengo en el regazo. Enderezo la espalda y cierro la libreta.

—Dibujos.

—¿Para los brazos?

Me señala con un ademán los tatuajes que ocultan las mangas largas de mi camisa. La tinta negra asoma bajo el tejido color crema.

Una incipiente sonrisa aparece en mis labios.

—Puede.

—Mamá dice que son una vergüenza.

Ha bajado la voz y se ha inclinado tanto hacia mí que casi me roza el brazo con la nariz.

Me asquea que una sirvienta tenga la osadía de hablar de mí. Muevo la cabeza hacia un lado.

—¿Y a ti qué te parece?

—¿A mí?

Se yergue y se muerde el labio inferior.

—Me lo puedes contar. —Me adelanto hacia él—. Se me da muy bien guardar secretos.

Le brillan los ojos.

—Yo también quiero hacerme uno.

Arqueo las cejas.

—Solo son para los tigrecitos más valientes.

—Yo soy valiente. —Hincha el pecho.

—Ah, entonces, sí —asiento—. Cuando seas un poco mayor, si sigues pensando lo mismo, ven a verme.

—¡Simon! —sisea una voz de mujer que viene corriendo. Abre mucho los ojos al vernos. Se detiene en seco y roza el suelo con la falda negra cuando hace una reverencia—. Alteza, siento mucho que el chico lo haya molestado.

La irritación me cosquillea en el estómago.

—Hasta ahora mismo nadie me había molestado.

—¿Lo ves, mamá? —dice Simon—. A Tristan le caigo bien.

Se le escapa una exclamación y agarra a su hijo por el brazo, todavía inclinada.

—Dirígete a él como es debido, Simon.

—¿Por qué? —Frunce el ceño—. Tú no lo haces.

Veo que la mujer se pone tensa.

Noto fuego en las tripas. Me llevo la mano a la frente y empiezo a recorrer la línea de carne abultada que me va desde el nacimiento del pelo hasta justo por encima de la mejilla.

No tiene que decírmelo, los dos sabemos cómo me llama. Como lo hace todo el mundo, aunque nadie se atreva a llamarme así a la cara. Son demasiado cobardes para eso. Lo dicen en secreto, y sus susurros empapan las paredes de piedra hasta que el silencio me asfixia con sus críticas.

—Me puedes llamar Tristan, tigrecito. —Me levanto y me sacudo la hierba de los pantalones—. Pero solo en privado. No quiero que nadie más lo haga.

—Simon, vete a nuestros aposentos ahora mismo —le ordena su madre.

El chico la mira, luego me mira a mí. Asiento y él sonríe.

—Hasta luego, alteza.

Se da media vuelta y sale corriendo.

Su madre sigue inclinada ante mí, con la cabeza gacha, hasta que un ruido repentino procedente de la verja de entrada hace que se levante y se gire. Me acerco a ella y le cojo el rostro, y hago que se vuelva hacia mí. Los rayos de sol que asoman entre las nubes arrancan destellos de mis anillos de plata.

—Kara —ronroneo mientras le acaricio la sedosa piel oscura con las yemas de los dedos.

29

Se le corta la respiración y me mira a los ojos. Le aprieto con más fuerza hasta que hace una mueca.

—No te he dado permiso para levantarte.

Vuelve a inclinarse a toda prisa, con la cabeza gacha. La miro desde arriba. Lo que ha dicho su hijo me da vueltas como una tormenta en la mente.

—Dice tu hijo que hablas mucho de mí. —Doy un paso hacia delante y las punteras de mis zapatos le tocan el dobladillo de la falda—. Ten cuidado con lo que dices, Kara. No todo el mundo es tan tolerante. No me gustaría que corriera la voz de que te has olvidado de cuál es tu lugar. Otra vez. —Me acuclillo delante de ella—. ¿Es verdad que te parece que soy una vergüenza?

Niega con la cabeza.

—Es un niño. Se inventa cosas.

—Estos niños, qué imaginación tienen, ¿eh? Aunque... —Extiendo la mano y le rozo la parte trasera del cuello con los dedos. Me encanta ver cómo se estremece bajo mi contacto—. Si alguien sabe de actos vergonzantes, esa es su madre.

Le agarro el recogido de rizos prietos y tiro, y oigo con satisfacción su gemido de dolor. Me inclino hacia delante y tiene que arquear la espalda. Le rozo la cara con la nariz.

—¿Pensabas que no lo sabía? —siseo.

Deja escapar un sollozo y el estómago se me tensa de placer.

—¿Crees que soy tan idiota como el resto de los que viven en este castillo? ¿Qué no veo el parecido?

—P-por favor... —tartamudea, y me pone las manos en el pecho para empujarme.

—Mmm. ¿Así le suplicaste a él? —le susurro al oído mientras la agarro por el cuello con la mano libre.

Veo de reojo a los guardias reales que vigilan la entrada y a los transeúntes que se han reunido cerca de ellos. Unos cuantos nos miran, pero se alejan de inmediato.

Saben que no les conviene entrometerse.

—No cometas el error de confundirme con mi hermano —sigo, con los dedos flexionados entre los mechones de pelo—. Y no vuelvas a olvidarte de cuál es tu lugar, o será un placer para mí recordártelo. Un verdadero placer. —La suelto y le empujo la cabeza hasta que cae al suelo y tiene que echar las manos para amortiguar el golpe—. A diferencia de él, a mí me da igual lo que supliques.

Me enderezo, recojo la libreta y la miro en el suelo. Me encanta verla encogida a mis pies.

—Ya te puedes levantar.

Ahoga un sollozo y se levanta. Se sacude la tierra de la ropa sin dejar de mirar al suelo.

—Lárgate. —Sacudo la mano—. No quiero verte por aquí.

—Señor… —susurra.

Me doy media vuelta antes de que diga nada y vuelvo bajo la sombra del sauce llorón. Me apoyo contra el tronco de manera que la corteza me araña la espalda. Veo que Xander, mi hermano y Timothy, su guardia personal, salen al patio y se dirigen hacia un automóvil que está franqueando las puertas del castillo.

La curiosidad me retiene como si tuviera plomo en los pies, y observo desde las sombras, con la libreta apretada en la mano, que Xander va hacia el coche y abre la puerta. La primera en salir es una mujer delgada de pelo rubio tocada con un sombrero color púrpura. Sonríe y se hace a un lado.

Y, entonces, una mano elegante sale del coche, y otra mujer pone la palma sobre la de Xander.

Noto un nudo en el estómago. Sé que debería marcharme, pero no puedo moverme de allí.

Porque ahí está.

Ha llegado la nueva reina consorte.

CAPÍTULO 3

Sara

Me he pasado la vida viendo cuadros del reino de Saxum. Hay uno colgado sobre la chimenea en el salón principal de mi tío. Es una imagen temible, con nubes de tormenta sobre un castillo oscuro, construido en el siglo XVI y ennegrecido por el paso del tiempo. Siempre había dado por hecho que era una exageración del artista, pero resulta que las imágenes ni se acercan a la realidad.

El chófer del rey conduce por las calles de Saxum y pasamos junto a mujeres que se ríen entre los brazos de los hombres como si todo fuera bien en el mundo. Inconscientes de que, a cinco minutos de allí, carretera abajo, el empedrado se convierte en tierra apisonada y los sombreros de ala ancha en boinas sucias y ropa andrajosa sobre piel y huesos.

O puede que sean conscientes, pero no les importe.

—Nada hace justicia a la realidad, ¿eh? —Sheina, mi mejor amiga y ahora dama de compañía, suspira al mirar por la ventanilla. El pelo rubio le asoma por debajo del ala del sombrero—. Te pasas toda la vida oyendo cómo es esto, pero luego… Vaya espectáculo.

Señala con un ademán de la cabeza en dirección al castillo, que se alza sobre la cima del acantilado, al final de una carretera serpenteante, y aparece rodeado de bosques y vegetación.

«Sin duda, los cuadros no le hacen justicia».

Esta parte del país se presta a una penumbra encapotada, muy diferente del sol que hacía crecer las cosechas en Silva, y a una energía nerviosa que me devora por dentro a medida que los edificios que flanquean las calles dejan paso a los sicómoros y los pinos, y el olor de las hojas perennes llena el coche y me asalta la nariz.

La carretera se estrecha y la ansiedad me va a más, y el corazón me da un vuelco cuando veo que tras el castillo se extiende el tempestuoso océano Vita, y esta carretera es la única manera de llegar. «Y la única manera de salir».

—¿Crees que es verdad lo que dicen? —pregunta Sheina al tiempo que se gira hacia mí.

Arqueo las cejas.

—Depende de a qué parte de lo que dicen te refieras.

—Que los fantasmas de los reyes muertos hechizan los pasillos del castillo. —Mueve los dedos ante la cara en un gesto que quiere dar miedo.

Me echo a reír, aunque lo cierto es que yo me preguntaba lo mismo.

—Ya eres mayor para creer en historias de fantasmas, Sheina.

Inclina la cabeza.

—Entonces, no crees en eso, ¿no?

Me sube un escalofrío por la espalda.

—Creo en la superstición —digo—. Pero también quiero

pensar que, cuando una persona nos deja, su alma descansa en el reino de los cielos.

Asiente.

—O en el infierno —añado con una sonrisa—. Si es lo que se merecen.

Se le escapa la risa y se tapa la boca con la mano para ahogar el sonido.

—Qué cosas dices, Sara.

—Aquí solo estamos tú y yo, Sheina. —La sonrisa se me acentúa y me encojo de hombros al tiempo que me inclino hacia ella—. ¿Me guardarás el secreto?

Suelta un bufido.

—¡Vamos! Si no he dicho nunca ni palabra de ninguna de tus travesuras desde que éramos niñas.

Me acomodo contra el respaldo del asiento. Las varillas de acero del corsé se me clavan en las costillas.

—Una chica traviesa no llegaría a reina.

Sonríe y le brillan los ojos azules.

—Contigo, todo es posible, Sara.

Siento una calidez en el pecho. Menos mal que mi tío me ha permitido traerla. Tener cerca un rostro familiar alivia un poco la tensión que ya noto en los hombros.

Conozco a Sheina desde que era niña. Hemos crecido juntas en las tierras de mi familia. Su madre es una de las doncellas, y Sheina y yo nos pasábamos las tardes de verano por los campos, cogiendo frutas del bosque e inventando historias sobre cómo distinguir las venenosas y dárselas a los chicos que se metían con nosotras.

No obstante, una de las primeras cosas que me enseñó mi

padre fue que debía tener cerca a mis amigos, pero no darles acceso a mis secretos. Quiero mucho a Sheina, pero no le confío la pesada carga de mis verdades.

Represento mi papel incluso ante ella.

El paisaje que se desliza al otro lado de la ventanilla del automóvil acaba por detenerse, y diviso las dos torres de la entrada al patio del castillo. La piedra se ve de un color gris oscuro, tal vez porque está húmeda debido a la lluvia que ha caído hace poco, o tal vez por la suciedad acumulada durante tantos años. La hiedra crece por los lados hasta llegar a las agujas de la punta y desaparece por los ventanucos sin cristales.

Un puesto de vigilancia, seguro.

¿Vería lo mismo mi padre cuando llegó lleno de esperanzas, de valor?

Me duele el agujero que tengo en el pecho.

—Hemos llegado, señora —anuncia el conductor.

—Sí, gracias, ya lo veo.

Me enderezo y me aliso la falda del vestido de viaje, color verde claro.

Las puertas de hierro de la verja chirrían al abrirse y los guardias reales forman a ambos lados del patio vestidos de negro y oro, con el emblema del león rugiente en el pecho. Es la imagen que adorna todas las banderas de Gloria Terra.

«El escudo de armas de la familia Faasa».

Me trago los nervios y miro los rostros inexpresivos cuando el coche se vuelve a poner en marcha. Se detiene de nuevo, esta vez tras pasar la verja. Hay una docena de mirones, pero, aparte de eso, no veo ningún tipo de fanfarria pomposa.

Ante nosotros se encuentra un reducido grupo de hombres e identifico de inmediato al más bajo. Me inunda el alivio al ver a mi primo Xander, que se dirige hacia mí.

La puerta del coche se abre y Sheina sale primero. Luego Xander me tiende la mano. El encaje de la manga me acaricia la muñeca cuando pongo la palma sobre la suya y me apeo.

—Xander —saludo.

Se inclina y se lleva mi mano a los labios.

—¡Cuánto tiempo, prima! —dice cuando se vuelve a erguir—. ¿Has tenido un buen viaje?

Sonrío.

—Ha sido largo e incómodo, pero me alegro de haber llegado.

Chasquea la lengua.

—¿Y mi padre? ¿Cómo se encuentra?

—Todo lo bien que cabría esperar. Me pidió que te dijera cuánto lamenta no haber podido venir.

—Claro. —Inclina la cabeza—. Ven, te presentaré a su majestad.

Me tira de la mano para que lo coja por el brazo y me lleva hacia un hombre de traje informal color marrón. Una sonrisa le ilumina el rostro atractivo cuando me examina.

A lo largo de los años he estudiado tanto a la familia real que podría reconocerlos aun sin haberlos visto antes. Este hombre alto y fuerte tiene el pelo castaño repeinado, pecho amplio y unos ojos de un extraño color ambarino. Lo reconozco de inmediato.

Es el rey Michael Faasa III de Gloria Terra.

El fuego me devora por dentro, el odio me abrasa las entrañas cuando me inclino en una reverencia de manera que el dobladillo de la falda roza el suelo.

—Majestad.

—Lady Beatreaux. —Su voz es como un rugido grave que retumba en todo el patio—. Eres mucho más atractiva de lo que imaginaba.

Me enderezo e inclino la cabeza para ocultar la irritación que se me refleja en la cara.

—Eres muy amable.

Inclina la cabeza y se mete las manos en los bolsillos.

—Conocí a tu padre, ¿lo sabías?

Acentúo la sonrisa, aunque la sola mención de mi padre me provoca un nudo de angustia en el estómago.

—Seguro que para él fue un placer contar con tu compañía.

Al rey Michael le brillan los ojos. Se yergue y se le dibuja una sonrisa en la cara.

—Sí, bueno, en cualquier caso, ahora yo contaré con el placer de la tuya.

La satisfacción me crece en el pecho y me caldea la sangre en las venas mientras vuelvo a oír la voz de mi tío: «Cuanto antes te ganes su favor, antes te ganarás su confianza».

Michael da un paso al frente para quedar delante de mí, tan cerca que le huelo el almidón de la ropa. Se inclina y me da un beso en la mejilla. El corazón me da un brinco ante un comportamiento tan directo, y miro a los presentes para ver cómo reaccionan. Quiero saber si es su actitud habitual o si ese gesto ha sido algo especial, solo para mí. Pero hay pocas personas en aquel enorme patio y nadie parece prestarnos atención, aunque noto cómo me miran.

El rey Michael me roza la cintura con la mano.

Permito el contacto porque sé que no tengo elección. Al monarca no se le niega nada, y no me conviene que me considere difícil. Sigo examinando los alrededores, y veo un hermoso sauce llorón en un rincón del patio, bajo cuyas ramas colgantes hay una figura que me mira desde las sombras.

Me pongo tensa.

El rey me susurra algo al oído y asiento, aunque no podría repetir lo que me ha dicho. Estoy demasiado ocupada hundiéndome en la mirada del desconocido. Sé que debería apartar la vista, pero soy incapaz. En su mirada hay un desafío que me clava en el sitio, me paraliza, me cosquillea en los nervios y me hace desear que sea él el primero en rendirse. No es así, claro. Se limita a esbozar una sonrisa burlona y se apoya contra el tronco del árbol para pasarse la mano por el pelo negro azabache. El corazón me da un vuelco al ver la cicatriz que le corta la ceja y acaba justo por encima de la mejilla, casi invisible en la distancia, nada en comparación con el penetrante verde jade de sus ojos.

Me estremezco al comprender quién es.

Aunque no hubiera pasado años estudiando a la familia Faasa, su reputación lo precede. Los rumores sobre su temperamento y las leyendas sobre sus actividades extracurriculares han llegado a los rincones más remotos de Gloria Terra.

Se dice que es tan peligroso como salvaje, y tengo instrucciones de mantener las distancias con él.

Tristan Faasa.

El hermano pequeño del rey.

«El príncipe marcado».

CAPÍTULO 4

Tristan

—¿Cómo era la chica?

Miro a Edward, a quien muchos considerarían mi mejor amigo, mi único amigo. Lo cierto es que no tengo amigos. La amistad es tornadiza y, a menudo, una pérdida de tiempo. Pero es mi confidente más próximo y el único en el que confío lo suficiente para tenerlo a mi lado. De propina, tiene el cargo de general en el ejército del rey, y eso le da acceso a todo lo que necesito sin llamar la atención sobre el hecho de que soy yo quien lo necesita.

Su cuerpo esbelto se ha acomodado en una silla al otro lado de la estancia y el pelo rubio le cae sobre la frente. Bajo la vista hacia la pesada mesa de madera. Aliso el papel de arroz que tengo en las manos y confirmo que el contenido esté bien envuelto antes de pegar el borde.

—Era... —Hago una pausa y me froto los dedos para limpiármelos del residuo pegajoso de la marihuana. Tengo en la piel fragmentos diminutos de los capullos verdes—. Mediocre.

Me acomodo contra el respaldo, cojo una cerilla y la paso por el rascador. Contemplo el brillo anaranjado de la llama. Me quedo absorto viendo cómo la cerilla de madera arde y el calor se vuelve intenso cuando se me acerca a la piel. Aproximo la llama a la punta del cigarrillo y doy una calada larga antes de dejar que el fuego se apague.

—¿La prometida de Michael Faasa es «mediocre»? —Edward se echa a reír.

Dejo escapar un bufido y vuelvo a ver a la chica que ha cruzado hoy las puertas del castillo, con los ojos muy abiertos y el pelo alborotado; tan deseosa de gustar. Me ha molestado su sonrisa dulce y su manera de aletear las pestañas al mirar a Michael.

Pero el que la hizo sonrojar no fue mi hermano.

—En la corte se dice que es toda una belleza —sigue Edward.

—Yo pongo el listón mucho más alto que la corte —replico. Levanto las piernas y coloco las botas negras sobre la mesa, un tobillo encima del otro—. Es atractiva, pero es tan inútil como todos los demás.

—¿Qué quieres que tenga, además de atractivo? —Edward se encoje de hombros—. ¿Conversación erudita?

Echo la silla hacia atrás sobre las patas traseras hasta que me quedo mirando las texturas del techo. Pese al fuego que arde en la chimenea del rincón, siento frío. O puede que el frío lo lleve dentro, donde antes tenía el corazón, en ese hueco vacío que solo quiere ver arder el mundo.

Me llevo el canuto a los labios, doy una calada y dejo que el humo me llegue a los pulmones para proporcionarme una calma que nunca siento de otra manera.

—Me alarma que subestimes las artimañas de las mujeres, Edward. Son serpientes con piel de cordero. No lo olvides nunca.

Aprieta los labios y arquea las cejas al tiempo que se yergue, casi como si lo hubiera ofendido.

—Siempre has sido igual de dramático.

Expulso una bocanada de humo.

—Siempre he tenido razón.

La irritación ante su descaro hace que me hierva la sangre, pero para echarle una reprimenda me haría falta una energía que no tengo, de manera que lo archivo para recordárselo en otro momento, cuando esté de humor. Ahora mismo prefiero que se vaya.

Nunca he deseado tener compañía. Tal vez se deba a que, cuando era niño, todo el mundo se daba cuenta de que era diferente, por mucho que yo intentara encajar.

Y, si no se daban cuenta, mi hermano se encargaba de que lo hicieran.

Dejo caer la silla hacia delante y el impacto de las patas contra el suelo hace que me vibre todo el cuerpo.

—Sal de aquí.

De pronto, necesito venganza, necesito librarme de los recuerdos de cuando estaba impotente y a merced de Michael y su manada.

Se ha organizado un encuentro no oficial para dar la bienvenida a la corte a lady Beatreaux.

No es oficial porque no se ha requerido mi presencia.

Claro que, aunque la hubieran requerido, es bien sabido que no suelo atenerme a las reglas de la nobleza, y no esperarían que apareciera. Por eso he acudido.

Todo el que es alguien en el reino ha venido hoy. Oficiales de alto rango, duques y vizcondes de las zonas cercanas, todas las damas y caballeros de la corte. Las risas y las charlas levantan ecos en los techos altos y las columnas de piedra del salón principal, hay copas de cristal entre los dedos enjoyados y las mejillas enrojecidas delatan el nivel de embriaguez.

Mi hermano está sentado en la parte delantera, en el estrado, mientras bebe vino y mira a su pueblo. A ambos lados tiene dos asientos vacíos.

Siempre ha sido así, hasta cuando éramos niños. Siempre ha querido estar por encima de los demás, deslumbrante, idealizado, admirado por todos, sin importarle a quién tiene que pisotear para llegar a ese lugar.

Siento una oleada de náuseas subiéndome por la garganta al ver cómo flirtea con la criada que le está llenando la copa.

Sigo entre las sombras, sin llamar la atención. Quiero ver a la pequeña lady Beatreaux, con sus ojos de cervatillo, cuando entre en la guarida del león. Y no tengo que esperar mucho, porque las puertas de roble crujen al abrirse y entra ella, con la cabeza muy alta, el pelo negro recogido y unos bucles perfectos que le enmarcan el rostro.

Su vestido brilla cuando se mueve y el verde es el complemento perfecto para su piel cremosa. Mentiría si dijera que no se convierte en el centro de todas las miradas. Las atrae como polillas hacia una llama cuando pasa entre los congregados para dirigirse hacia mi hermano.

Tras ella va la chica menuda de pelo rubio arena con la que llegó. De pronto, la chica tropieza y pisa el vestido de mi futura cuñada, y las dos dan un traspié.

Una expresión de ira cruza el rostro de lady Beatreaux y lanza una mirada asesina a la joven.

Todo es muy rápido. La máscara que se le ha caído durante un instante vuelve a su sitio, la irritación desaparece y vuelve la expresión dulce, agradable. Pero yo me he dado cuenta y ha despertado mi interés.

Ese interés crece cuando se detiene ante mi hermano y hace una profunda reverencia antes de sentarse junto a él. Michael la mira con los ojos brillantes y una sonrisa en los labios.

«Le gusta».

Me aparto de la pared entre las sombras contra la que he estado apoyado y salgo a la luz. La gente se hace a un lado para dejarme paso igual que hicieron con ella, solo que esta vez es entre exclamaciones ahogadas y susurros.

Me dejan espacio porque tienen miedo de lo que pasará si no lo hacen.

Los rumores sobre el príncipe marcado circulan por todo el reino. La mayoría son inventos, pero algunos llevan una pizca de verdad al menos en su origen, y he descubierto que, cuanto más miedo me tienen, menos me miran.

Y eso es precisamente lo que quiero, al menos por el momento.

Me acerco al estrado y la expresión del rostro de mi hermano cambia; sé muy bien que es porque no esperaba verme aquí. Porque, aunque la gente me mira con desconfianza, me miran a mí, y no a él.

Ocupo la silla de respaldo alto forrada de terciopelo que hay a su lado y me hundo en el asiento antes de cruzar las piernas con cara de aburrimiento.

—Vaya, Tristan. No esperaba verte aquí. ¿Has venido a recibir a tu futura reina?

Michael hace un ademán en dirección a lady Beatreaux, al otro lado.

La miro, y algo se me tensa por dentro. Le extiendo la mano por encima del regazo de mi hermano y esbozo una sonrisa de medio lado. Es una descortesía inclinarse por encima del rey para hablar con otra persona, y en cierto modo me sorprende que Michael no me lo impida. Pero eso llamaría la atención, claro. No puede tener esos arranques en público. No le convienen para el carisma.

—Hola, querida hermana.

Michael se ríe, burlón.

—No la asustes antes de que lleve aquí un par de semanas.

—Sara —susurra ella, haciendo caso omiso de las palabras de mi hermano.

Arqueo una ceja.

—Llámame Sara. Vamos a ser familia.

Una sonrisa amable le ilumina la cara, pero no los ojos, y mi curiosidad no hace más que crecer.

—No pierdas el tiempo siendo amable con Tristan, querida —dice Michael—. Dentro de nada desaparecerá en cualquier cloaca para seguir con sus juegos y ni siquiera recordará que te ha conocido.

Aprieto los dientes. La rabia me hierve en la sangre, me quema las venas.

Sara se inclina hacia delante, ya con medio cuerpo sobre el regazo de Michael, y me clava los ojos castaños.

—Me haces daño.

Bajo la vista y me doy cuenta de que aún le tengo cogida la mano. He apretado tanto los dedos en torno a los suyos que se me han puesto blancos los nudillos. La suelto.

—¿De verdad? —Sonrío, burlón—. Qué fácil, ¿no?

Entrecierra los ojos.

—Ya basta —sisea Michael.

Me río, me acomodo en la silla y vuelvo a centrarme en la fiesta. Apoyo un codo en el brazo del asiento y me froto la barbilla con barba de varios días.

Lady Beatreaux empieza a hablar con mi hermano y los temas no pueden ser más aburridos: el clima en Silva comparado con el de aquí, lo mucho que le ha gustado viajar en automóvil, si irá a misa el domingo con él o con sus damas...

Apenas estoy prestando atención y, de pronto, el corazón me da un vuelco al ver una silueta oscura en un rincón, al fondo de la sala.

Edward está a pocos metros con la mano en el cinturón, vestido de los colores negro y oro del país, un cordoncillo dorado en el hombro izquierdo y el emblema de mi familia en el pecho.

Cuando me mira, señalo con la barbilla hacia el desconocido refugiado entre las sombras.

Sigue el movimiento y entiende lo que quiero decir, así que se dirige hacia el fondo. Y entonces, de repente, se oye un grito desgarrador que corta el aire, tan escalofriante que me pone el vello de punta.

—¡Dios santo! —grita alguien.

Edward deja de lado toda precaución, echa a correr abriéndose paso entre la gente, salta sobre la figura de las sombras y la derriba. Cuando el desconocido cae de rodillas, la capucha se le resbala hacia atrás y una cascada de pelo largo y sucio se derrama sobre sus hombros.

Es una mujer.

Un objeto pesado cae al suelo, entre exclamaciones y gritos de espanto. Todo el mundo salta hacia atrás con el horror reflejado en el rostro.

El objeto rueda muy despacio hacia el estrado y se detiene ante el trono de mi hermano.

Michael se levanta como un resorte con los ojos muy abiertos clavados en la cabeza cortada de lord Reginald, que tiene los ojos fuera de las órbitas, la lengua azulada y los tendones cortados del cuello colgando, y ha dejado a su paso un rastro de sangre.

—¿Qué es esto? —exige saber.

Edward levanta a la mujer con violencia, le sujeta a la espalda las muñecas huesudas con una mano y la agarra del pelo con la otra para obligarla a mirar a Michael.

Junto las yemas de los dedos y observo la escena con el corazón a toda velocidad.

La mujer sonríe malévola. Tiene los ojos vidriosos, enloquecidos.

—Ahí tienes la advertencia, Michael Faasa III.

—¿Quién me advierte? —ruge mi hermano.

La sonrisa de la mujer se acentúa.

Michael aprieta los puños. Tiene tensos los músculos de la mandíbula. Miro a su futura esposa y me imagino que la veré aterrada. Me apetece solazarme en su miedo, dejar que me empape como los rayos del sol y me alimente toda la noche.

Pero sigue sentada, en silencio, con la cabeza inclinada hacia un lado y un brillo extraño en los ojos. Su compostura es impecable y no parece afectada en lo más mínimo.

«Qué interesante».

—Soy tu rey —ruge Michael.

La mujer se dobla por la cintura y una carcajada aguda le sale del pecho y rompe la tensión silenciosa. Edward la obliga a incorporarse tirándole del pelo.

—Tú no eres mi rey —dice, y escupe en el suelo.

Xander sale de entre la gente y se dirige hacia la desconocida demente.

—¿Quién le ha hecho esto a lord Reginald? ¿Has sido tú?

Ella sonríe e inclina tanto la cabeza hacia un lado que parece que el cuello se le vaya a romper.

—Haré lo que sea por complacer a su majestad.

Xander mueve la mano como un relámpago y el chasquido resuena en los muros de la sala cuando empuja la cabeza de la mujer hacia el otro lado.

—Ya basta. Deja que hable. —Michael alza la mano y la mira—. Ya has cometido traición, así que sabes que te aguarda la muerte. Transmite el mensaje y ve a pudrirte en las mazmorras, basura.

—Él viene a por ti —entona la mujer, y parece vibrar sin moverse.

—¿Quién?

Se queda inmóvil. Baja un poco la cabeza y abre la boca en una sonrisa tan amplia que deja a la vista hasta el último diente podrido.

—El rey rebelde.

CAPÍTULO 5

Sara

El despacho privado del rey es tan hermoso como el resto de las estancias del castillo. El terciopelo púrpura cubre casi cada centímetro de los muebles de caoba, y el techo está lleno de dibujos intricados. El dinero rebosa de las paredes.

La habitación es espaciosa, casi tan grande como mis aposentos, y pese a eso resulta asfixiante.

Hay un guardia real, alto y delgado, firme detrás del escritorio de Michael, quien está delante, apoyado en el borde, y no aparta la vista de Xander, que no para de pasear por la alfombra.

No hay ni rastro de la reina madre, a la que aún no he conocido, y el príncipe Tristan desapareció después de que la cabeza llegara rodando a nuestros pies. La verdad es que me sorprendió verlo allí: tenía entendido que rara vez se dejaba ver por la corte. Pero llevo aquí dos días y ya lo he visto en dos ocasiones.

Me acomodo en la silla, algo inquieta. Me alegro de que el príncipe marcado no esté presente. Me pone nerviosa. Me mira como si pudiera ver los rincones más oscuros de mi alma. O tal vez sea su oscuridad la que intenta adentrarse en mí para buscar la mía.

—Le das demasiada importancia, Xander. Cálmate, fúmate un cigarro —dice Michael al tiempo que abre una caja de cedro que tiene en una esquina del escritorio.

Se pone uno en la boca y le da el otro a mi primo, que lo acepta con una mirada brusca.

Está preocupado. Se le nota en las arrugas que se le forman en las comisuras de los ojos y en las de la frente, cada vez más profundas. Se pasa los dedos huesudos por el escaso pelo entrecano, y eso cuando no está colocándose las gafitas redondas que se le resbalan continuamente sobre el puente de la nariz.

—Me gustaría hablar con el tío Raf —intervengo.

Desde lo sucedido en el salón no he podido pensar en otra cosa. No estaba entre mis planes encontrarme con una rebelión en marcha, con un hombre misterioso que quiere apoderarse del trono, y necesito averiguar más. Me fascina la lealtad ciega de esa mujer; esa disposición a sacrificar tanto por su líder hace que me muera de curiosidad.

Y también tengo que averiguar si esto pone en peligro mis planes.

La peor ignorancia es aquella que podría haberse evitado. No voy a caer en esa trampa.

Mi tío sabrá lo que hay que hacer.

Xander se vuelve hacia mí, pero le habla al rey.

—No me parece seguro que se informe de este tema tan delicado, señor.

Algo me arde en el pecho ante su negativa.

—Yo se lo comunicaré a mi padre —sigue, esta vez hablando conmigo.

—Prefiero hablar con él en persona, primo. Cuando sepa las noticias, se preocupará.

Xander frunce el ceño.

—No estás aquí para hablarnos de tus preferencias, Sara. Estás para ser la prometida del rey. Solo tienes que preocuparte de estar guapa y dejar que yo me encargue de estos temas. Mi padre solo querrá saber que estás a salvo, y eso ya se lo puedo decir yo.

Se me hace un nudo en el estómago, pero me acomodo en la silla con las manos cruzadas sobre el regazo.

Michael no ha dejado de mirarme. Los ojos le brillan al otro lado de la nube de humo que se enrosca en torno a su rostro.

—No seas tan duro con la chica, Xander —dice.

Mi primo se vuelve hacia él y hace un ademán con la mano.

—¿No estás preocupado, señor? Reginald ha muerto, una hiena sucia se ha metido en la corte y te ha tirado su cabeza a los pies. Mientras hablaba de un «rey rebelde».

Michael se yergue con los dientes apretados.

—Ya lo sé. Lo hemos visto todos.

Miro a un hombre, luego al otro. ¿Acaba de llamar «hiena» a esa mujer? Aprieto los dientes ante semejante insulto. No es ningún secreto el nombre que reciben los desposeídos en este país, pero escucharlo tan a las claras, como si por sus circunstancias no fueran dignos de un nombre, no merecieran respeto, es como un puñetazo en el estómago, y me hace hervir de rabia.

—De cualquier manera, esta conversación no es apropiada para una mujer bella. —Michael me guiña un ojo.

Xander asiente y se vuelve a pasar la mano por el pelo.

—No, claro. Timothy... —Se vuelve hacia el guardia del rincón—. Acompaña a lady Beatreaux a sus aposentos.

Es una decepción, pero no me sorprende que se libren de mí. No soy idiota. No van a decir nada de importancia mientras yo esté delante, y menos antes de que nos casemos. Después, probablemente, tampoco. A las mujeres no se les concede el mismo respeto que a los hombres, como si lo que tengo entre las piernas me afectara al cerebro o a la capacidad de procesar información.

De cualquier manera, tengo tantas ganas de seguir escuchando a estos dos idiotas como de sacarme los ojos.

Me levanto, voy hacia el rey Michael y le hago una reverencia.

—Majestad.

Me coge la barbilla con la mano y me levanta.

—Sara, querida, cuánto siento que no hayamos tenido tiempo de conocernos mejor. Pero ya sabes el dicho: lo bueno se hace esperar.

Me obligo a sonreír.

—Y la paciencia tiene recompensa.

Le brillan los ojos, y me doy la vuelta. Las faldas susurran en torno a mis tobillos cuando cruzo la pesada puerta de madera. Timothy, el guardia real, me sigue de cerca. El uniforme negro y dorado le resalta el bronceado intenso de la piel, tan diferente de la palidez cremosa que he visto hasta ahora en esta zona.

—Te llamas Timothy, ¿verdad?

Mi voz resuena entre las paredes frías del castillo. Me mira de reojo, pero no dice nada.

—¿Eres de aquí?

Sigue en silencio.

—O sea, de Saxum.

Transcurren unos momentos más sin respuesta, y dejo escapar un suspiro.

—Vale. No eres muy conversador. Xander estaba hablando de esa mujer. De la... ¿hiena?

Hasta me cuesta decir la palabra. No espero una respuesta verbal, pero quiero ver si reacciona, si su rostro deja entrever algo.

Nada. Está bien adiestrado.

—¿Eres mudo? —Frunzo los labios—. ¿O es que no te dejan hablar?

Le tiemblan las comisuras de los labios.

—Pues me parece espantoso —sigo—. ¿No te molesta? Que no te dejen decir palabra, digo.

Vuelve a mirarme de reojo mientras nos acercamos al ala del castillo donde están mis habitaciones, y nos detenemos al llegar.

Cojo el pestillo de metal y lo noto basto bajo los dedos. Timothy se aparta a un lado con la espalda muy recta y mira en todas direcciones. Hago una pausa.

—¿Te vas a quedar aquí toda la noche?

Arquea una ceja.

—Vale, vale. Nada de hablar. —Sonrío—. Entendido.

Hace una inclinación con la cabeza en un amago de reverencia y entro en mi dormitorio, cierro la puerta y por fin puedo prescindir de la sonrisa mientras atravieso la sala de estar en busca de Sheina.

No la encuentro, y doy por hecho que se ha retirado ya para dormir.

Bien.

Esa mujer está en las mazmorras. Si nadie me proporciona respuestas, las conseguiré yo misma.

CAPÍTULO 6

Sara

He llegado sin querer a la zona donde están las habitaciones de los criados. Este castillo es enorme y en cierto modo sobrecogedor, y es difícil orientarse por los pasillos con discreción cuando no sabes a dónde vas. Tengo un nudo de ansiedad en el estómago. Solo espero no perderme en el camino de vuelta.

Unas voces amortiguadas me llegan por el pasillo oscuro. La única luz procede de los pequeños candelabros encendidos entre las ventanas en forma de arco. Me detengo, titubeante, con el corazón acelerado. No me había esperado encontrarme con nadie a estas horas de la noche, pero no tendría que haber sido tan idiota. Siempre hay gente en el castillo.

Sigo adelante, con la espalda contra la piedra y la respiración entrecortada cuando miro a derecha e izquierda para confirmar que nadie me ve.

«Esto ha sido una tontería».

Las voces se acercan a medida que me voy aproximando a la habitación. Trato de escuchar lo que dicen.

La puerta está entreabierta. Me aparto de la pared, me vuelvo hacia la madera, y me agarro al marco al tiempo que presiono el rostro contra la hendidura. Casi me cuesta respirar. El corazón me late a toda velocidad y la adrenalina me corre por las venas.

Siento en el muslo el frío de las hojas de los tres puñales finos que llevo colgados de mi liguero de cuero. No soy tan idiota como para aventurarme por los pasillos del castillo de noche, sola y desprotegida.

De todas formas, la posibilidad de que me atrapen, de estar haciendo una cosa prohibida, me resulta emocionante.

Entrecierro los ojos y trato de distinguir los detalles, pero no veo nada aparte de una mesa larga de madera y una estantería. En el centro de la habitación hay un hombre alto que proyecta su sombra sobre alguien, de rodillas a sus pies.

Al principio no distingo de quién se trata, pero poco a poco empiezo a ver mejor.

Es el príncipe Tristan.

Noto que mi corazón se acelera. «¿Qué hace aquí abajo, en las habitaciones de los criados?».

—¿Lo has entendido?

Me estremezco al oír su voz, igual que me pasó la primera vez que se dirigió a mí con aquellas palabras aterciopeladas mientras me cogía la mano, teniendo a su hermano entre nosotros.

Es una voz grave, profunda, como hecha en el infierno y luego tejida en seda. Una caricia suave que te abrasa los sentidos.

Está demasiado oscuro para distinguir los detalles, pero veo que la persona que se encuentra a sus pies es una mujer.

«¿El príncipe Tristan está con una criada?».

Tiene la cabeza gacha, sumisa por completo.

La espalda de Tristan se tensa. Inclina la cabeza a un lado.

—Sí, se...

—Ya está bien —la interrumpe—. Márchate.

La mujer se levanta y asiente. El corazón me da un vuelco pensando que va a salir por donde estoy, pero se vuelve en dirección contraria y presiona un punto de la pared hasta que la estantería gira y deja al descubierto una abertura por la que se escabulle.

Abro desmesuradamente los ojos.

El príncipe sigue en el centro de la estancia, inmóvil, como un león al acecho de su presa y listo para atacar. Me muerdo el labio. El silencio es tan intenso que incluso temo respirar.

Tengo las manos húmedas de sudor, los dedos aferrados a la madera astillada de la puerta. Tendría que haber esperado a conocer mejor el castillo antes de aventurarme a recorrerlo a escondidas. Es una suerte que no me haya topado con un soldado o con algo peor. Los chismorreos corren como el viento, y los ojos y las bocas de algunos pueden tener consecuencias desastrosas.

No volveré a cometer el mismo error.

—¿Piensas entrar en la habitación o no?

El corazón me da un salto en el pecho y miro en todas direcciones en busca de otra persona. No hay nadie más.

Rápido como un rayo, Tristan se vuelve y me mira directamente.

—¿O seguimos fingiendo que no estás ahí?

Las pisadas de sus botas resuenan contra el suelo cuando se dirige hacia mí a zancadas largas, seguras.

Tengo los latidos acelerados y el pánico crece como el agua tras una presa a punto de reventar. Pero no tengo a dónde huir, dónde esconderme. Así que me levanto de mi posición acuclillada, lo que es un alivio para las piernas, y me estiro la falda con las manos. La debilidad no es buena armadura y, por mucho que la note en las entrañas, por mucho que intente derribar mis escudos, no dejaré que salga a la luz.

Extiendo la mano y abro la puerta antes de que llegue él, y me encuentro cara a cara con el príncipe Tristan por tercera vez en menos de veinticuatro horas.

—No quería interrumpir. —Sonrío.

Los ojos verdes calculadores me miran de arriba abajo, desde la cabeza al dobladillo de la falda, ida y vuelta, y cada momento que pasa me bombea más sangre por las venas y se me acelera más el corazón mientras intento controlar mis reacciones.

—¿Te has perdido?

Me encojo de hombros.

—Estaba dando un paseo.

—Mmm… —Asiente—. ¿Lo haces a menudo?

—¿El qué? ¿Pasear? —replico, y le aguanto la mirada, aunque no me resulta nada fácil.

Se acerca un paso. Ahora lleva una ropa más informal: unos pantalones oscuros con tirantes, los cuales lleva colgando, y una camisa amplia, ligera, con las mangas subidas hasta los codos, de manera que veo sus tatuajes en tinta negra.

Trago saliva, de repente noto la boca muy seca. Nunca había visto un tatuaje, y este es grande. El intricado diseño le sube por los brazos hasta desaparecer bajo la ropa. Hasta Silva habían llegado los rumores de que el príncipe marcado tenía dibujos en la carne, pero siempre pensé que eran simples habladurías.

Me sorprende lo mucho que me gustan.

Su hermano, el rey Michael, es guapo, pero el príncipe Tristan tiene un atractivo arrollador.

Chasquea la lengua.

—Me refería a lo de escuchar a escondidas, mi pequeño cervatillo.

—No soy un cervatillo.

—¿No? —Inclina la cabeza hacia un lado—. Entonces ¿qué eres?

Levanto la barbilla y le sostengo la mirada.

Lo tengo tan cerca que le veo con claridad la carne mellada en el rostro, y tengo que contenerme para no tocar las cicatrices, para no preguntarle cómo se las hizo. No lo desfiguran, como sería de esperar. Lo hacen aún más impactante, contribuyen a una dimensión que ya resulta intimidante.

Pero no flaqueo. No retrocedo.

Noto que se me abren las fosas nasales cuando doy un paso hacia él y casi le puedo saborear el aliento como si fuera el mío.

—Soy tu futura reina —susurro—, así que deberías mostrarme más respeto.

Le chispean los ojos al oírme. Extiende una mano y coge uno de los rizos que se me han escapado del recogido. Se lo enrosca en torno al dedo al tiempo que esboza media sonrisa burlona.

—Vaya, pues tendré que ensayar las reverencias.

La ansiedad me recorre el pecho como una estampida de ñus, pero conservo la expresión impasible para que no se dé cuenta de hasta qué punto me está afectando.

—¿De verdad crees que te has ganado ese respeto? —Tiene la voz suave como una caricia.

No me atrevo a respirar hondo, no quiero tomar las bocanadas de aire que el cuerpo me pide a gritos, por temor a rozarle el torso con el pecho.

Aprieto los dientes y pienso a toda velocidad. Tengo que ir con mucho cuidado.

—Desde luego —replico.

Arquea las cejas y da un paso atrás. El mechón de pelo vuelve a su sitio cuando me suelta el rizo. Se frota los labios con la mano. Veo el destello de dos diamantes en un anillo de plata, y me doy cuenta de que son los ojos de un león con las fauces abiertas, como en medio de un rugido.

El emblema de su familia.

Todo se me tensa por dentro cuando vuelvo a mirarlo a los ojos. El aire se vuelve denso y nos envuelve a los dos en un desafío sin palabras.

Un golpe retumba en las paredes y el corazón me da un salto.

Rápido como un rayo, Tristan me agarra por la cintura y me hace entrar en la habitación. Le tengo que poner las manos en el pecho para no caerme, sorprendida ante el movimiento repentino. Me coge entre los brazos para sujetarme y me aprieta contra él.

—¿Se puede saber qué…?

Con la otra mano, me tapa la boca. Los anillos se me clavan en los labios.

—Silencio —ordena—. A menos que quieras que te encuentren a solas en una habitación a oscuras con el hermano de tu prometido. No creo que algo así fuera bueno para tu reputación.

Eso me hace callar.

No aparta la mano, y el corazón me late tan deprisa que lo oigo en las orejas. Me estrecha la cintura con más fuerza y, como respuesta, me recorre una oleada de calor.

Aprieta los dientes, me suelta y me empuja hacia atrás haciendo que me tambalee y tenga que buscar apoyo con las manos para no caerme.

—No quiero volver a verte por aquí abajo. La próxima vez no seré tan amable.

Suelto un bufido.

—No te atrevas a decirme lo que tengo o no tengo que hacer, no soy una de esas criadas jovencitas tuyas.

Entrecierra los ojos y se adelanta hasta que choco con la espalda contra la piedra fría de la pared.

—¿Celosa?

—De ninguna manera —escupo.

—Cuidado, cervatillo. Si te sigues metiendo en lugares que no debes, alguien pensará que eres una buena presa.

—No me importa que piensen que soy una presa.

—¿No? —Arquea una ceja y se inclina hasta que me roza la sien con la nariz—. Pues debería.

Se da media vuelta y sale por la puerta como si nunca hubiera estado aquí.

CAPÍTULO 7

Tristan

Lady Beatreaux no es lo que aparenta.

Cuando te pasas la vida guardándote las espaldas, aprendes a percibir cualquier vibración antes de que llegue el movimiento. En cuanto llegó, me di cuenta de que había alguien al otro lado de la puerta, aunque no sabía que era ella hasta que la tuve delante.

Flexiono los dedos al recordar el tacto del mechón de pelo en torno a mi dedo, sus ojos como carámbanos de hielo cuando me miró, el sencillo vestido y el pelo recogido. No se parecía en nada a la dama regia que se sentó junto a mi hermano.

Me gusta mucho más así.

Apoyado contra el muro de la torre de vigilancia, a las puertas del castillo, saco unas cerillas del bolsillo y enciendo una. Dejo que el calor anaranjado me acaricie la piel mientras reflexiono sobre la aparición de mi futura cuñada en la zona de las habitaciones de los criados.

«¿La está utilizando mi hermano como espía? ¿Me está vigilando Michael?».

Es posible, pero improbable. No descarto que lady Beatreaux

siguiera sus órdenes, pero sí que él tenga tan buen concepto de ella. Su respeto hacia las mujeres es inexistente.

Pero esa mujer no es para nada como me la imaginaba. Me parece incluso siniestra.

Si no me hubiera estado espiando a mí, su falsedad me habría resultado admirable. Pero, como no es así, me deja un sabor amargo en la boca, y lo saboreo para no olvidarme de su gusto.

Es lo que me diferencia de otras personas. Los demás huyen de lo desagradable. Yo me convierto en ello.

Me saco de detrás de la oreja el cigarrillo liado y me lo llevo a los labios, pero espero a que el fuego haya consumido la cerilla casi por completo antes de encenderlo. El olor de la marihuana se enrosca en el aire y se me desata el nudo que tengo en las entrañas cuando me invade una especie de calma.

Pongo una bota contra la pared y apoyo la cabeza en la piedra fría mientras contemplo las calles de Saxum. El castillo está en un acantilado, en un punto ventajoso desde donde puede verse todo, incluso más allá de los árboles densos.

Cuando era niño, mi padre me traía aquí para susurrarme palabras de grandeza y enseñarme las verdades de nuestras tierras.

—*Este es mi legado. Algún día será vuestro.*

—*De Michael, querrás decir* —*corrijo a mi padre, y alzo la vista hacia él.*

La brisa nocturna le agita el pelo oscuro cuando me mira.

—*Tu hermano y tú tenéis que superar vuestras diferencias. Por las venas de los dos corre la sangre de los Faasa. Unidos, reinamos; divididos, caemos. No lo olvides.*

Se me escapa una risa burlona y me froto la muñeca. Hace solo unas pocas horas, Michael me ha tirado al suelo y me ha llamado monstruo.

—Eso díselo a él.

Se ríe.

—Michael está tratando de averiguar cuál es su lugar en el mundo.

—¿Y yo no? —pregunto a la defensiva.

—Tú has sido diferente desde el día en que naciste. —Me da un toquecito en el pecho—. Diferente aquí.

Diferente.

Se me encoge el corazón. Yo no quiero ser diferente. Solo quiero que me dejen en paz.

—Aprendiste a hablar más deprisa —sigue—. Empezaste a andar antes. Y en cuanto fuiste capaz de sujetar un carboncillo entre los deditos, te dio por dibujar.

Me miro los dedos, los flexiono sobre el regazo, aprieto los dientes ante el dolor agudo que me recorre los tendones de la muñeca. La ira contra Michael y sus amigos me hierve en el caldero burbujeante que es la boca de mi estómago.

—Siempre estás seguro de ti mismo en un mundo donde no hay respuestas. Es una cualidad admirable. Envidiable.

Frunzo el ceño, confuso.

—¿Por qué me va a tener envidia Michael? Todo esto es para él.

Hago un ademán que abarca el bosque, la ciudad a oscuras iluminada solo por la luna llena que brilla en el cielo sobre nosotros.

Mi padre suspira, me rodea con el brazo y me estrecha contra él.

—*A veces, es muy difícil saber quién eres cuando hay mucha presión para que seas de otra manera. Algún día, tu hermano será el rey.*

Tiene tanto orgullo en la voz que se me encoge el corazón y noto algo denso y verde que se me enrosca en las entrañas.

—*Y tú, tigrecito, serás libre para merodear.*

Pero no soy libre. Nunca he sido libre de verdad. Han pasado años y sigo aquí, en Gloria Terra. «Gloria de la Tierra».

Sacudo la ceniza y me llevo los dedos a la cicatriz, los paso por la línea protuberante mientras el ácido me corroe por dentro.

La luna llena ilumina la oscuridad del bosque. No se oye más sonido que el gemido del viento, el aullido ocasional de los lobos y el ulular de los búhos que frecuentan de noche los ventanucos de la torre.

Me aparto de la pared, tiro al suelo el papel quemado y la hierba y los piso con la bota antes de echar a andar entre los árboles, lejos de la seguridad del castillo.

Examino la destartalada habitación y las docenas de rostros que hay ante las largas mesas y en los bancos. Todos los ojos están clavados en mí. El aire huele a húmedo, como si las frecuentes lluvias hubieran dañado los cimientos y se hubieran colado dentro para pudrir la madera.

Pero la Taberna Huesos de Elefante no tiene fama de ser un lugar próspero ni de tener una clientela respetable.

Es un lugar peligroso en medio de las tierras de las sombras, un lugar al que no se acercan ni los soldados más fuertes. He pasado mucho tiempo allí, hasta no hace mucho, convirtiendo esa taberna en la base de los rebeldes. Los dueños, Belinda y Earl, su marido, son fieles seguidores de mi causa.

En Saxum se llama a las tierras de las sombras de otra manera.

«El campo de batalla de las hienas. El lugar por donde merodean los rebeldes».

Es algo que dicen en tono de broma los que tienen los bolsillos llenos de oro. Los que nunca han sufrido la crueldad del destino. La gente que tiene el ego como muleta, que no se toma en serio a los menos afortunados. Para ellos, «rebeldes» es una palabra carente de significado. ¿Cómo podría ser de otra manera? No hay nadie tan idiota como para enfrentarse a la corona.

La familia Faasa ha reinado durante siglos. Somos demasiado fuertes. Demasiado osados. Demasiado poderosos.

Pero, con la codicia y el poder, llega la ignorancia arrogante, la ceguera a cualquier amenaza. Son grietas en la armadura que se van erosionando hasta que se abre una sima por la que puede entrar alguien y reventar el sistema desde dentro.

Cosa que no tiene nada de malo. Prefiero vivir en el caos y gobernar sobre escombros que ver durante un minuto más a mi hermano en el trono.

No se lo merece.

—Señor —dice una voz temblorosa entre la gente.

Belinda se acerca apresurada y se deja caer a mis pies. Adelanta las manos huesudas y luego el cuerpo hasta que me roza con los labios la caña de la bota.

—Puedes levantarte.

Se incorpora, manteniéndose de rodillas y con los ojos brillantes de lágrimas que no derrama. La cojo por la barbilla y me agarra la muñeca. Disimulo el asco que me provoca su contacto, y me concentro en el hecho de que le entregué la cabeza de Reginald y ella la llevó a la corte como le había pedido.

—Estoy complacido contigo.

—Todo por ti, señor —susurra y me mira con evidente adoración.

Le pongo la mano en la cabeza y le doy palmaditas en el pelo al tiempo que miro a la gente.

—Aprended de esto. El camino será difícil para los traidores, pero también llevará al triunfo. Habrá grandes sacrificios, y no aceptaré nada por debajo de la obediencia absoluta. Comprendo la gravedad de la situación y sé lo que estoy pidiendo. Pero si me seguís, lo juro. —Hago una pausa y me pongo la mano en el corazón para que mis movimientos transmitan sinceridad, igual que espero que haga mi tono de voz—. Estaré a vuestro lado. —Con la mano que me queda libre señalo a la mujer postrada a mis pies—. Esta hermosa soldado, esta guerrera, confió en mí. —Bajo la vista hacia ella y le acaricio la barbilla, la piel blancuzca, y la miro a los ojos—. La mayor de las lealtades. Una lealtad que será recompensada. —Vuelvo a mirar a la gente—. ¿No estamos hartos de pasar hambre mientras los nobles se atiborran en sus banquetes?

La estancia se llena de susurros airados. Su rencor es música para mis oídos.

—¿No estamos hartos de que nos escupan, de que nos olviden, como si no fuéramos nosotros los que sacamos adelante

Gloria Terra? —Me doy una palmada en el pecho—. ¿No es hora de que nos alcemos contra todo esto?

La gente estalla en aclamaciones y muchos golpean las mesas con los puños.

—¡Abajo el rey! —grita alguien.

Se me escapa la risa y levanto la mano para silenciarlos. Vuelvo a contar con toda su atención.

—Confiad en mí, amigos, y os prometo… que os llevaré a casa.

Belinda lanza un alarido y hace una reverencia tan marcada, con los brazos por delante de ella, que toca el suelo con la nariz. El resto de los presentes la imitan y se inclinan hasta el suelo en gesto de sumisión.

Una oleada de satisfacción me recorre las venas y casi me asoma a los labios una sonrisa burlona. Mi mirada se cruza con la de Edward, arrodillado al fondo, en una esquina. Asiento, satisfecho de que haya sacado de las mazmorras a nuestra mensajera para traerla de vuelta.

Era un detalle importante. Una declaración de intenciones. Es la prueba de que mantengo mi palabra y los protegeré. No son más que un fragmento de los apoyos que he reunido, pero bastarán para hacer que corra la voz.

No es la verdad, pero la realidad es lo que se percibe, y no todo ha sido mentira.

Yo soy el que tomará el castillo y lo quemará hasta los cimientos, y con él a mi hermano, a su reina y a cualquiera que se cruce en mi camino.

Yo soy el que reconstruirá Gloria Terra. Como siempre debió ser.

¿Y si estos peones son las víctimas en la guerra? Busco en mi interior algún indicio de empatía, pero no lo encuentro. No son más que herramientas, unos marginados sencillos y rudimentarios que han encontrado seguridad en mí. Su señor. Su salvador.

El que los dirigirá en la rebelión contra el rey.

CAPÍTULO 8

Sara

Hace tres días que no veo a nadie que tenga algún cargo de importancia en la corte. Suspiro, barajo los naipes y miro a mis nuevas damas de compañía, sentadas en torno a la mesa: Ophelia, una chica joven de mejillas sonrosadas y pelo rojizo, y Marisol, una mujer que me va a enseñar todo lo que debo saber para el rey. Las dos me susurran palabras de adoración cada vez que parpadeo.

Por un lado, me repugnan, porque sé que esa lealtad es fingida, pero, por otro, disfruto con la atención. Es agradable que te traten así de bien, aunque solo lo hagan para ascender en sociedad.

Pero me pregunto cuál de ellas está aquí por su familia, con la esperanza de acostarse con mi futuro esposo y ser su amante.

Y cuántas mujeres lo han hecho ya.

No es que me importe. Es bien sabido que los reyes buscan el placer en muchas fuentes, y que el rey Michael, en particular, prefiere una amplia variedad y es de gustos muy variados.

Cuanto más lo busque por otro lado, menos me necesitará a mí.

Querrá mi pureza, claro, y querrá un heredero. No pienso permitir que la cosa llegue tan lejos.

—Esto es un poco aburrido, ¿no?

Suelto las cartas y tamborileo sobre la mesa con las uñas.

Sheina está detrás de mí cepillándome el pelo, y se echa a reír.

—A la señora le gustan las aventuras. Cuando éramos niñas, no había manera de que se estuviera quieta un segundo.

Suelto un bufido y pongo los ojos en blanco. Miro a la chica más joven.

—No le hagas ni caso, Ophelia, querida. Estaré perfectamente aquí sentada… bebiendo té y comiendo pastas todo el día.

Se oyen risitas en torno a la mesa y sonrío, y algo se me caldea dentro del pecho.

—Bueno. —Pienso aprovechar la recién inaugurada camaradería—. Contadme cosas de esos rebeldes.

Ophelia abre mucho los ojos verdes y Marisol se mueve inquieta en la silla mientras se pasa los dedos por el pelo rubio.

«Qué interesante».

—¿He dicho algo que no debía? —pregunto—. Lo siento mucho. He oído a alguien mencionarlos y he sentido curiosidad, pero vuestra reacción me dice que es un tema delicado.

Ophelia duda un momento y luego se inclina hacia mí.

—Son casos muy raros.

—¿Casos muy raros?

Asiente, y Marisol aprieta los labios.

—Lo que son es escoria. Seres repulsivos que se creen con derecho a vivir a nuestro nivel.

Se me tensa todo por dentro.

—¿Y no es así?

Ophelia niega con la cabeza.

—Son criminales. La gente dice que fuman y beben hasta que pierden la cabeza, y que luego vienen a la zona alta del este y se llevan a la gente que se encuentran en la calle.

Frunzo el ceño.

—¿Para qué?

—¿Para dejar claro quiénes son? —Ophelia se muerde los labios.

—Son hienas —la interrumpe Marisol—. Hasta hace poco no eran un problema, pero ahora que se han enfrentado al rey Michael… —Se encoge de hombros y se estira la falda con las manos—. No durarán dos días.

Las manos de Sheina se detienen sobre mi pelo.

—Eso es un poco cruel —la regaña.

Los ojos grises de Marisol se clavan en los suyos, muy tensa.

—¡Hacen sacrificios humanos en medio de sus sucias calles! Desnudan a alguien hasta que no le queda más que el orgullo, y luego también le quitan eso. Solo dejan vergüenza y llanto a su paso.

—Eso no lo sabemos a ciencia cierta —la contradice Ophelia—. Nadie lo ha visto.

Cojo aire.

—Es difícil de creer. Si van a enfrentarse al rey, les interesa que la población esté de su lado, algo que no conseguirán si secuestran a la gente, ¿no?

Ophelia sacude la cabeza.

—A veces las personas hacemos locuras que no tienen explicación, señora. Y si ahora tienen un líder…

Le tiembla la voz y se le empañan los ojos. A mí se me acelera el corazón.

—¿Tan organizados están?

Recuerdo a la mujer desaliñada de la fiesta, recuerdo lo que dijo. Lo había dejado de lado, pensando que se trataba de los balbuceos de una demente, enloquecida por el hambre que asola las calles de la ciudad. El rey Michael no pareció preocupado, así que di por hecho que no era nada grave.

Marisol se pone tensa y carraspea para aclararse la garganta.

—Bueno, no deberíamos hablar de estas cosas. Está prohibido.

Me quedo mirándola y memorizo lo que ha dicho para analizarlo más tarde, a solas.

—Además —añade Ophelia—, con esa gente nadie se junta. Bajo ningún concepto. Seria traición.

—No, claro. —Pongo una mano encima de la de ella y sonrío—. Gracias por contármelo. —Miro a Marisol de reojo—. Las damas tenemos que apoyarnos unas a otras.

Todo el mundo se ha acostado ya hace rato, pero no puedo dormir. Tengo la cabeza llena de preguntas, la tensión se me ha acumulado en el estómago.

«Rebeldes».

Es la primera vez que oigo hablar de ellos.

Pero es obvio que Xander sabía de su existencia.

Estoy cada vez más inquieta.

Creía que estaba preparada cuando llegué, pero han pasado menos de dos semanas y un obstáculo se ha interpuesto en mis planes.

De pronto, un sonido al otro lado de la puerta hace que me incorpore como un resorte, con el corazón acelerado.

«¿Hay alguien ahí?».

Aparto el pesado cobertor y bajo los pies de la cama para pisar el denso tejido de la alfombra persa.

Voy al tocador y me pongo la bata de seda color rojo intenso con largas mangas amplias en las muñecas, que llega hasta el suelo. Me la ato bien a la cintura y cojo uno de los puñales que tengo escondidos en el cajón superior antes de ir hacia la puerta para ver qué ha causado el ruido.

Bajo el picaporte y abro la puerta de golpe, miro a derecha e izquierda, pero solo hay silencio. El pasillo está a oscuras, con la única iluminación de unos candelabros de hierro en las paredes.

Dejo escapar el aliento contenido colocándome detrás de la oreja un rizo negro que se me había escapado y salgo de la habitación. Tras cerrar la puerta con todos los nervios en tensión, no doy más de dos pasos cuando alguien sale de entre las sombras y se coloca delante de mí.

—¡Oh! —exclamo. Noto un nudo en el estómago.

El príncipe Tristan me mira con ojos pétreos sin sacar las manos de los bolsillos.

—Me has sobresaltado. —Tengo la boca seca y se me escapa la lengua para humedecerme los labios. Retrocedo un paso hacia la puerta cerrada del dormitorio, con el puñal escondido a la espalda—. ¿Q-qué haces aquí?

Inclina la cabeza hacia un lado mientras se acerca a mí.

—¿Qué escondes ahí, cervatillo?

Me invade la irritación y me pongo rígida.

—No es asunto tuyo. ¿Qué haces en mi ala del castillo?

Arquea las cejas.

—¿Tu ala?

—Sí, mi ala. ¿O ves a otras damas aquí?

Mira a su alrededor.

—No veo a ninguna.

El insulto se me clava. «Es intolerable».

—Eres tan desagradable como todo el mundo dice, ¿verdad?

Cambia de postura y se le tensan los hombros. Es casi como si su aura se transformara en algo oscuro. Algo peligroso.

Su capacidad para pasar de una postura indiferente a lo que sea que tengo ahora delante es hipnótica. Hace que se me erice el vello, que los instintos me griten que debo ir con cuidado.

—Será tu ala, pero está en mi castillo. Estos son mis pasillos —sisea, y se me acerca tanto que noto su aliento en la cara—. Y cometerías un grave error si das por supuesto que, como no tengo el título de rey, no te tienes que inclinar ante mí.

Se me corta el aliento, pero las palabras me salen de la boca antes de que lo pueda impedir.

—Solo me inclino ante quien se lo merece.

Sonríe, burlón, y presiona el cuerpo contra el mío, con lo que una oleada de calor me recorre por dentro y los latidos de mi corazón son casi dolorosos contra las costillas. Me desliza una mano hacia arriba por la manga y la sensación de la seda sobre mi piel es deliciosa, aunque me arden las entrañas con una mezcla espantosa de odio y terror. No quiero que sepa lo que escondo a la espalda.

—Te podría obligar —susurra.

Se me dilatan las fosas nasales y noto que un aguijón de miedo me sube por la espalda como una enredadera, con espinas que me perforan sin previo aviso.

Lo ignoro.

—Lo podrías intentar —replico.

Me pone la palma de la mano en el hombro hasta llegar al cuello. Me estremezco cuando me toca, piel contra piel.

—Esto es muy inapropiado —consigo decir.

Me pasa los dedos por la clavícula y luego los sube hacia el cuello, y me lo agarra. Me presiona bajo la barbilla con el pulgar y tengo que levantar la cabeza para mirar sus fieros ojos verdes.

Estoy tensa, llena de ansiedad, y noto que algo denso y pesado se me ha anclado en el vientre.

—Mmm... —Me pasa la nariz por la mejilla y luego por la oreja—. No tardarás en descubrir que me importa muy poco qué es apropiado y qué no.

Me agarra la cintura con la otra mano y me estremezco ante el calor de su contacto, que abrasa la fina seda de la bata. Aprieto el puñal con más fuerza.

«Podría hacerlo».

Está distraído, y la hoja le atravesaría la piel, se le hundiría en las venas en cuestión de segundos.

Pero no he llegado hasta aquí para estropearlo todo, y no voy a permitir que unas emociones estúpidas me nublen el juicio.

Un golpe repentino en la espinilla me produce un dolor sordo y hace que se me doblen las piernas. Las manos firmes de Tristan impiden que me caiga, pero al mismo tiempo me empujan hacia el suelo y mis rodillas impactan contra las brillantes baldosas. Me obligo a contener una mueca de dolor y entonces el puñal se me cae de las manos.

Se queda mirando el arma con la cabeza inclinada hacia un lado.

—Qué interesante.

Siento fuego en el pecho y aprieto los dientes mientras lo miro desde abajo.

—Así me gustas más —dice—. De rodillas, jadeante, sonrojada, alzando la vista hacia quien vale más que tú. —Me coge la barbilla entre los dedos y tira hasta que se me tensan los músculos del cuello—. Espero que aprendas la lección, cervatillo. No olvides cuál es tu lugar.

—¿Y cuál es mi lugar? —consigo rugir desde el fondo de la garganta tensa, estremecida por la rabia que me corre por las venas.

Sonríe. Verlo sonreír es un espectáculo tan siniestro que el miedo me recorre el cuerpo como un millar de arañas.

—Temblando a mis pies.

CAPÍTULO 9

Tristan

El humo se enrosca en el aire. Tengo el canuto entre dos dedos mientras contemplo el enorme escritorio de mi hermano.

Xander y Michael están hablando del funeral de sir Reginal, o de si debería haber un funeral. Las divagaciones de este par de imbéciles me dan náuseas, pero tengo que estar aquí y escuchar lo que planean.

¿Cómo reaccionarían si supieran que fui yo quien decapitó a Reginald? Que fue a mí a quien suplicó, a quien pidió piedad, como si fuera un dios capaz de otorgar la vida. Qué no daría yo por decirles que el bueno de Reginald no era tan valiente cuando no estaba ante una mesa y rodeado de hombres, que se meó en el suelo sucio de cemento cuando encendí una cerilla tras otra para dejarle la piel llena de marcas.

—Tenemos que desviar la atención, señor —implora Xander.

Michael deja escapar un gemido y da un puñetazo en el escritorio.

—No quiero desviar la atención, Xander. Quiero dar con esa puta asquerosa que tuvo la osadía de entrar en mi castillo, tirar al suelo una cabeza, escupir a mis pies y luego desaparecer de las mazmorras, a saber cómo.

Casi me parece divertido ver a mi hermano congestionado de ira. Vuelvo a pensar en lady Beatreaux. ¿Cuánto fuego haría falta para ver el calor que tiene bajo la piel?

—Si no dejamos de hablar del incidente, el pueblo se va a poner nervioso —insiste el consejero—. Tenemos que cambiar la narrativa. Encontrar algo que los distraiga.

Se me escapa la risa y cruzo una pierna sobre la otra.

Michael se gira para mirarme mientras se pasa una mano por el pelo.

—¿Qué te hace tanta gracia, hermano?

Me encojo de hombros y sacudo la ceniza en la carísima alfombra que hay a mis pies. Esbozo una sonrisa desganada y me acomodo en la silla de modo que los cojines tomen la forma de mis músculos.

—Lejos de mi intención interrumpir —digo agitando la mano en el aire.

—Ya has interrumpido —replica Michael—. ¿Qué haces aquí, si se puede saber? ¿De repente te interesan los asuntos de la monarquía?

Me habla con tono sarcástico, y sonrío pese a las ganas que tengo de demostrarle hasta qué punto me interesan. Que lo único que me importa, lo único que me ha importado siempre, es la monarquía.

—Solo quería darte apoyo moral, ya que estas últimas noches han tenido que ser sido muy tumultuosas para ti. ¿Te encuentras bien, hermano? Te veo un poco pálido. —Me inclino hacia él desde mi asiento y arqueo las cejas—. Esa mujer te dio un buen susto, ¿no?

Veo con el rabillo del ojo que Xander se eriza.

—Al grano, Tristan. Si es que de verdad quieres decir algo.

Doy vueltas al anillo en el dedo y los diamantes de los ojos del león centellean.

—Ya lo he dicho, solo estoy aquí para darte mi apoyo moral.

—Tristan…

—Xaaandeeer… —respondo, alargando las vocales.

—Se agradece esta repentina necesidad de tomar parte en la conversación, pero es demasiado tarde para representar el papel de príncipe diligente.

Me mira de arriba abajo como si mi sola existencia fuera una ofensa.

Puede que lo sea.

Se me borra la sonrisa y se me tensa el estómago.

—No es ningún papel. Soy su alteza real Tristan Faasa, segundo hijo del difunto rey Michael II, te guste o no.

Me levanto, cruzo la estancia hasta situarme como una torre ante ese hombrecillo bajo y desgarbado. Me mira desde abajo con sus ridículas gafitas de pasta y yo lo miro desde arriba. Me llevo el cigarrillo de marihuana a la boca, doy una calada, memorizo cada tic incómodo de sus rasgos, cada gota de sudor que le perla la frente. Le echo el humo en la cara y empieza a toser.

—Sé que eres un hombre muy importante, Alexander —susurro—. Estás aquí, en el despacho de un rey que te escucha, igual que te escuchó el anterior, y piensas que estás por encima de cualquier crítica.

Le pongo una mano en el hombro de manera que la brasa del cigarrillo le queda cerca del cuello. Me muero de ganas de pegárselo a la piel y oír cómo chisporrotea, pero me contengo.

—Quiero que recuerdes dos cosas. La primera, la sangre que corre por mis venas, aunque esté debajo de esa tinta «espantosa» y un alma negra.

Hago una pausa. Me encanta ver lo nervioso que se pone cuando lo miro.

—¿Y la segunda? —pregunta. La nuez le sube y le baja por el cuello.

—La segunda es que sé lo que le hiciste a mi padre. Y que no perdonaré a los que dejaron que muriera solo. —La brasa del cigarrillo le roza la yugular y siento un latigazo de placer cuando da un salto—. ¡Uy! —Sonrío—. ¿Te he hecho daño?

—Sabes mucho menos de lo que crees acerca de tu padre —sisea con los dientes apretados.

Se me escapa la risa y miro al suelo antes de volver a clavar los ojos en los suyos.

—Y tú no sabes nada de mí.

—¿Qué tal Sara? —interrumpe Michael—. Podemos anunciar el compromiso. Con eso bastará para cambiar la narrativa.

Me vuelvo hacia mi hermano.

—¿Ya os llamáis por el nombre de pila? Caray, qué deprisa.

Michael entrecierra los ojos.

—Es mi mujer.

—Todavía no —replico, y siento ácido en el estómago.

Le cojo la mano a Xander, le pongo en la palma el canuto todavía encendido y le cierro el puño. Hace una mueca de repugnancia.

—Tira esto, Xander, si no te importa.

—¿Ya te vas? —pregunta Michael, burlón—. Qué pena.

Me encojo de hombros.

—Sois muy aburridos.

—Las conversaciones sobre cosas importantes no suelen ser entretenidas. —Se frota la barbilla y suelta una risita—. Aunque a ti nunca te ha interesado nada importante.

El agujero que tengo en el pecho se retuerce y aprieto los dientes.

—Bueno, hermano, si solo nos interesara lo importante, ¿a quién le ibas a interesar tú?

Se le borra la sonrisa.

—Antes de irte a la casa de putas donde tengas pensado pasar la noche, ve a buscar a lady Beatreaux.

Chasqueo la lengua y asiento, me doy media vuelta y voy hacia la puerta.

Estoy seguro de que, si me diera media vuelta, vería el asombro pintado en sus rostros ante lo fácilmente que he accedido. Es bien sabido que no acepto órdenes. Pero me sorprende a mí mismo darme cuenta de que quiero ir a buscarla.

La excitación me sube por dentro, se me acumula en el bajo vientre y en la entrepierna al recordarla la noche anterior, de rodillas, jadeante, con el pelo revuelto, mirándome como si me quisiera apuñalar. Con el mismo puñal que había tenido escondido a la espalda.

Nadie me ha tratado nunca como ella, con esa rabia que se le nota en la mirada. Hace que me den ganas de meterle la polla hasta el fondo de la garganta y ver si intenta morderme para poder castigarla por utilizar los dientes.

Así que voy en busca de mi cervatillo.

Aunque solo sea para excitarme con su odio antes de tirársela a su rey.

CAPÍTULO 10

Sara

En el castillo hay como una docena de cocinas diferentes, pero esta en la que me encuentro es la más grande.

Antes de venir a Saxum, siempre había sido libre de merodear por donde quisiera dentro de lo razonable, y luego retirarme a mi habitación cuando quería estar a solas. Ahora, en cambio, solo puedo estar sola en la cama, de noche.

No me había dado cuenta de lo asfixiante que me resulta estar rodeada de gente.

Hace cuatro días que no sé nada del que pronto será mi esposo. Y, aunque debería estar pensando en el futuro y en todo lo que quiero conseguir aquí, me resulta… difícil. Pero no por las razones evidentes.

No puedo conciliar el sueño sin imaginarme al príncipe Tristan que entra en mis aposentos y me obliga a ponerme de rodillas, solo que esta vez es por otro motivo.

Es repugnante. No porque el acto me resulte ajeno —si alguien supiera de mis correrías, no estaría aquí—, sino porque, de todas las personas que he conocido a lo largo de mi vida, él es sin duda la peor.

Que ahora invada mis sueños es un desdichado giro de los acontecimientos.

Antes, cuando estábamos jugando al *bridge* en mi sala de estar, Ophelia se fijó en que tenía ojeras y me recomendó que me echara una siesta. Acogí bien la idea, aunque no tenía intención de invertir ese tiempo en recuperar el sueño perdido. Lo que he hecho ha sido aprovechar para bajar aquí con la esperanza de dar con alguien que trabaje en las cocinas. Quiero conocer a los que son de verdad los ojos y los oídos de este castillo y ganarme su lealtad para poder contar con ellos cuando llegue el momento. Así que he acabado sentada ante una larga mesa de metal, en una estancia del tamaño de una casa, mientras Paul, uno de los cocineros del castillo, me está preparando un té y una pequeña merienda y no deja de trastear con ollas y sartenes.

—De verdad, señora, que es usted muy amable. —Se seca la frente. Lleva el pelo castaño cubierto por un gorro—. Pero me pone nervioso cuando me mira así.

Sonrío y tamborileo con las uñas sobre la mesa.

—Fuera esos nervios, Paul. Disfruto con tu compañía.

—¿En serio? —Se vuelve para mirarme desde los fogones—. Bueno, lo que quiero decir es... —Resopla y se pone el brazo ante la barriga para hacer una reverencia—. Muchas gracias, señora.

Su actitud me hace reír.

—No hace falta que seas tan formal. Estamos a solas.

—Perdón. —Sonríe—. No estoy acostumbrado a que la realeza pase por aquí y hable con nosotros.

Se dirige hacia donde estoy y me pone delante un plato. Yo sonrío y me inclino sobre la mesa.

—Bueno, ya te darás cuenta de que no soy como el resto de la realeza.

—Técnicamente —nos interrumpe una voz suave—, no eres de la realeza.

Noto un escalofrío que me recorre la columna y se me eriza todo el vello del cuerpo cuando el príncipe Tristan aparece de la nada con esa sonrisa irritante en los labios y los ojos clavados en mí.

Paul contiene una exclamación y se deja caer sobre una rodilla.

—Alteza.

—Hola, Paul. ¿Qué, haciendo compañía a la futura reina?

Estoy sorprendida. No me esperaba que conociera a los criados por sus nombres. La mayoría de los nobles y cortesanos no hacen el esfuerzo de aprendérselos.

—¿Tiene algo de malo? —interrumpo.

Se vuelve hacia mí con los ojos llameantes. Me yergo en la silla.

—Ah, así que hoy Paul es el afortunado, ¿eh? —El corazón me da un vuelco cuando se me acerca—. Siempre te encuentro donde no debes estar, ¿verdad, cervatillo?

Tenso los hombros.

—No tiene nada de malo conocer a la gente que da vida al castillo.

Arquea las cejas.

—Estoy de acuerdo.

Un golpe sordo procedente de la otra punta de la estancia hace que se rompa el contacto visual cuando me vuelvo hacia esa pared.

—¿Qué ha sido eso?

Nadie me responde.

Me aparto de la mesa, me levanto y me recojo las faldas para dirigirme hacia el lugar donde se ha originado el sonido. Suena otro golpe, esta vez más fuerte, y estoy segura de que viene de dentro de las paredes. Me vuelvo y miro a Tristan.

—¿Qué hay ahí detrás?

No responde. Se apoya en una esquina de la mesa, cruza un pie sobre el otro y esboza una sonrisa burlona. Aprieto los dientes.

—¿Paul?

El cocinero se retuerce las manos ante la barriga prominente.

—No sé a qué se refiere.

Arqueo una ceja, y en ese momento se escucha otro golpe.

—¿No has oído eso?

—Puede que tengas algo en los oídos —sugiere Tristan.

—Los oídos me funcionan de maravilla, muchas gracias. —Entrecierro los ojos—. No me hagas pensar que estoy loca.

Se aparta de la mesa y viene hacia mí, imponente a mi lado.

—¿Tanto poder tengo ya sobre ti?

—No te he dado ningún poder —replico. Me muero de ganas de darle una bofetada que le borre de la cara esa sonrisa.

Chasquea la lengua y sacude la cabeza.

—Eso es lo que tiene el poder, *ma petite menteuse*. No se da libremente. Hay que tomarlo por la fuerza.

—¿Hablas francés?

No sé qué me ha llamado, pero las palabras le han rodado por la lengua como chocolate sedoso y han hecho que me estremeciera por dentro.

Otra sonrisa burlona.

—Soy un príncipe.

Levanta el brazo y se me corta la respiración con la expectativa del calor abrasador de su contacto, pero el contacto no llega. Se limita a poner la mano en la pared, al lado de mi cabeza. Se oye un crujido estrepitoso y la pared se mueve para dejar a la vista una entrada que ha aparecido de la nada. Abro mucho los ojos y me vuelvo para mirar el túnel oscuro con paredes de roca, como si las entrañas del castillo estuvieran fundidas con la montaña sobre la que se alza.

—Señora.

Me llevo la mano al pecho. Tengo la cabeza llena de preguntas. «¿Los túneles solo están dentro de los edificios? ¿Corren por debajo de la ciudad? ¿Quién los conoce?».

—Eh, señora, que me está pisando la espada.

Vuelvo bruscamente a la realidad y bajo la vista hacia los ojos castaños ambarinos de un niño.

—Ah. —Doy un paso atrás para soltar la espada de juguete sobre la que he puesto un pie—. Perdona. —El corsé se me clava en las costillas cuando me agacho para recogerla. Antes de erguirme, se la pongo en las manos—. ¿Eres un caballero? —pregunto.

Se le hincha el pecho. Tiene una mancha de algo que parece hollín negro en la piel oscura.

—Soy el rey.

—Ah. —Abro mucho lo ojos y me doy un golpe en la cabeza con la mano—. Claro, me tendría que haber dado cuenta. Tienes todo el aspecto de ser un rey muy poderoso. —Inclino la cabeza y le devuelvo el juguete—. Perdóname, majestad.

Sonríe y la coge de entre mis manos.

—¿Y tú quién eres? No te había visto nunca, y mi madre conoce a todos los que trabajan aquí.

—Es lady Beatreaux —dice Tristan, a mi espalda—. Él es Simon, señora.

Simon inclina la cabeza y me mira de arriba abajo como si tuviera que decidir si me va a perdonar la vida.

—¿Nos cae bien? —pregunta.

Tristan deja escapar una risita y el sonido me confunde, cambia la imagen de él que me había formado en la mente. Parece muy auténtico con ese niño, como si lo apreciara de verdad. Siento el fuego de su mirada. Se mete las manos en los bolsillos y se balancea sobre los talones.

—Nos cae bien.

Se me corta la respiración y noto mariposas en el estómago. Simon arruga la nariz y me mira.

—Pero sigues siendo una chica, así que no me puedes caer muy bien.

Me echo a reír y me enderezo alisándome el vestido con las manos para librarme de la sensación incómoda que me burbujea por dentro.

—Siento mucho decepcionarte, majestad, pero eso no tiene remedio.

—No, ya, claro. —Me mira una última vez antes de volverse hacia Paul—. Tengo hambre, ¿hay algo de comer?

Me giro hacia el príncipe con las manos en las caderas.

—¿Por qué apareces siempre donde quiera que esté? —pregunto en voz baja—. Me habían dicho que rara vez pasabas por el castillo, pero no dejo de tropezarme contigo todo el tiempo.

—¿Has estado indagando sobre mí? —Sonríe.

—Por favor. —La irritación me crece por dentro—. No tienes tanta importancia.

—¿Te molesta que esté aquí?

—Me molestas tú, en general —replico.

Deja escapar un suspiro.

—Mi hermano requiere tu presencia. No soy más que el caballo enviado para llevarte con él.

Me echo a reír.

—Dudo mucho que vayas a dejar que nadie te monte. —Los ojos le brillan y me pongo roja al darme cuenta de lo que acabo de decir, de cómo ha sonado. Abre la boca, pero lo interrumpo con un ademán. —Ni una palabra. No se te ocurra decir ni una palabra.

—¡Tristan! ¡No puedes irte! —grita Simon, y pasa junto a mí tan deprisa que me da un empujón.

Me sorprendo por tercera vez hoy cuando veo al niño que se agarra a las piernas de Tristan, y la irritación se me pasa cuando él se arrodilla para ponerse a su altura y le limpia la mancha de hollín de la cara.

—¿Te has pasado el día en los túneles? —pregunta.

Simon asiente.

—Sí, no te enfades. Es que… —Se inclina hacia él y baja la voz—. Cuando me ven, los otros niños se ríen de mí. Me tratan mal.

El corazón se me encoge. Simon tiene los nudillos blancos en torno al puño de la espada de juguete. Miro a Paul, cuya expresión es un reflejo de lo que siento por dentro, aunque se da la vuelta para ocultarlo en cuanto ve que lo observo.

Tristan se inclina hacia delante, con las fosas nasales dilatadas, y agarra al niño por los hombros con fuerza. Tiene las venas de las manos muy marcadas y luce varios anillos en los dedos.

—Eres un rey, ¿verdad?

—S-sí. —Simon se sorbe los mocos.

—Muy bien. ¿Y esos niños? Esos niños son ovejas. A nosotros no nos importan las ovejas, tigrecito. ¿Entendido?

Simon asiente.

—Eres mejor de lo que ellos serán jamás —susurra Tristan, dándole unos golpecitos en la barbilla.

Se me hace un nudo en la garganta. Algo denso y cálido me oprime el pecho y me serpentea por dentro, como un humo que me corriera por las venas y caldeara cada parte de mi cuerpo.

Tristan se levanta y le acaricia el pelo a Simon antes de volverse hacia mí.

—Vamos, cervatillo. No hay que hacer esperar a tu futuro marido.

CAPÍTULO 11

Tristan

—¿Y qué quiere tu hermano?

Miro de reojo a lady Beatreaux mientras recorremos el largo pasillo. Es un día luminoso, algo poco habitual en Saxum. Las nubles se han abierto lo suficiente para dejar que los rayos del sol se cuelen por las vidrieras de los ventanales y le hagan dibujos en la piel. Habría dado cualquier cosa por tener a mano los lápices para dibujarla.

—Es el rey. No le hace falta querer nada para conseguirlo.

Esboza una sonrisa.

—Parece que lo dices con amargura.

—¿De verdad?

—Un poquito. —Se encoge de hombros—. ¿Es lo que sientes?

Se me oprime el pecho. Me saco el cigarrillo de marihuana de detrás de la oreja, me lo pongo entre los labios y lo rozo con la punta de la lengua. Mis tutores decían que era una fijación oral y trataron de quitármela porque me explicaron que era impropio de un príncipe dejarse ver con algo en la boca. Intenté hacerles entender que eso me calmaba, que así podía disipar los pensamientos obsesivos y la ansiedad que me devoraba las entrañas. Pero a ellos todo eso no les importaba; lo único que les preocupaba era que mi imagen estuviera a la altura del título que ostentaba.

—¿Ahora somos amigos, cervatillo? —pregunto.

—No me llames así.

Me lanza una mirada asesina, y el corazón se me acelera ante la perspectiva de causarle irritación.

—Das demasiadas órdenes, ¿no te lo ha dicho nadie?

—Y tú eres un grosero —replica.

—No es una cualidad deseable en una reina consorte —sigo—. Vas a tener que trabajar en eso antes de que empiecen las clases de etiqueta y te quiten la costumbre a golpes.

Se detiene en seco y se vuelve para mirarme.

—¿A golpes…?

Se interrumpe mientras me mira y noto que la tensión crece antes de que se le vayan los ojos hacia mi cicatriz. La tensión se prolonga y me oprime los pulmones, pero yo disfruto con la incomodidad.

—Tranquila. —Me doy un golpecito en la línea protuberante de la ceja—. Esto no es fruto de los malos modales. Bueno, no de los míos.

Asiente, pero no aparta la mirada.

—Gracias por la información.

Echo a andar de nuevo, pero me agarra por la muñeca para detenerme. Bajo la vista hacia el punto donde estamos conectados. El calor me corre por las venas.

—Háblame de los rebeldes —exige.

El corazón me da un vuelco y me vuelvo para mirarla, pero sin liberarme del agarre de su mano. La recorro con la mirada, empezando por los rizos negros como la noche y siguiendo por los ojos color chocolate intenso, hasta llegar al escote en pico de su vestido rojo sangre.

Se me pone dura la polla al imaginarme arrancándoselo y pasándole el miembro entre los pechos hasta que necesito tanto correrme que me vuelvo loco.

Me suelta la muñeca y retrocede un paso, alzando la barbilla como siempre que se muestra desafiante. Ahora le veo todo el cuello y siento ganas de pasar mis dedos por él y dejarle marcas en la piel como cuando pinto sobre un lienzo.

Muy despacio, me saco el canuto sin encender de entre los labios y me lo vuelvo a poner tras la oreja al tiempo que la miro a los ojos.

—¿Qué quieres saber?

—Todo. Quiero… Un momento. —Arquea las cejas—. ¿No vas a discutir? ¿No me vas a decir que no debería hablar de ese tema ni hacer preguntas?

Inclino la cabeza.

—¿Por qué iba a hacer semejante cosa?

—Porque es lo que hace todo el mundo. Me…

Se muerde el labio inferior.

Ver cómo se marca su propia carne me provoca otra oleada de deseo y, sin poder contenerme, avanzo hacia ella. La excitación me recorre al verla retroceder. Sigo hasta que se encuentra bajo los arcos de piedra de la ventana, con el cuerpo prisionero contra los verdes y amarillos de la vidriera.

Me mira a la cara y luego mira a un lado y otro del pasillo, como si le diera miedo que alguien nos viera.

Disfruto poniéndola nerviosa.

La máscara que luce ante todo el mundo desaparece cuando estamos a solas los dos.

—Yo no soy todo el mundo, cervatillo.

Doy un paso más. Las motas amarillas que le salpican los ojos hacen que se me tense todo el vientre. Alzo la mano y le paso el dorso de los dedos por la mejilla. Me encanta cómo se encoge, no sé si por el roce o por el metal frío de los anillos.

—Sería una pena que se perdiera esa mente tan inquisitiva —susurro—. Yo no quiero sofocarla. Quiero abrirla en canal y ver qué otras preguntas hay ahí dentro.

Mueve las manos hacia atrás hasta que las tiene contra la ventana. Los colores crean un halo muy hermoso en torno a su cuerpo, como si fuera una diosa en forma humana que ha bajado a la tierra para tentarme e inducirme a hacer actos violentos.

Pero sé que no es ningún ángel.

Sigo bajando los dedos hasta que le rozo el cuello. Espero que se aparte, pero vuelve a sorprenderme e inclina la cabeza como sin ansiara mi contacto.

—Confías demasiado en mí. Me preguntas por un grupo rebelde y crees que no te voy a meter de cabeza en una mazmorra cargada de cadenas.

Noto su pulso bajo el pulgar y se me tensan todos los músculos al verla nerviosa, por mucho que intente que no me dé cuenta.

—No lo harías —jadea.

—¿Qué te hace estar tan segura? —Le agarro el cuello con más fuerza. Quiero sentir cómo le aletea el pulso cuando le susurro al oído—: Estarías preciosa encadenada a la pared y suplicando piedad.

Algo salvaje se desata dentro de mí cuando veo cómo se le dilatan las pupilas. Noto la tensión en los testículos y cómo mi miembro palpita contra el tejido de los pantalones. Le pongo una mano en la cintura y la presiono contra el nicho del ventanal. Nuestros cuerpos están a escasos centímetros.

—No me deberías tocar —susurra—. Si alguien nos ve…, nos matarán.

—¿Y qué vas a hacer? ¿Clavarme ese puñalito tan mono que llevas hasta que me desangre? —Le presiono el torso contra la mano y queda aplastada contra la pared—. ¿Quieres dejar de fingir de una vez? No eres la buena chica que quieres aparentar.

—Me pone las palmas de las manos en el pecho y me agarra la camisa negra. Me inclino hacia delante hasta que le rozo el pelo con la nariz y me lleno de su delicado aroma a flores—. Yo veo eso que tanto quieres ocultar.

Siento que pierdo el control. No hay una parte de mí que no quiera agarrarla, follarla allí mismo, marcarla, quedármela para mí. Y es una locura, porque no quiero tenerla.

—No tienes que esconderte de mí, cervatillo.

—No me escondo —ronronea. Sus labios rozan los míos.

Se oyen pisadas pasillo abajo y nos apartamos. Sara se lleva los dedos a la cadena fina que luce en el cuello. Me alejo un paso y me maldigo por mi estupidez.

«¿Por qué la he tocado en mitad de un pasillo? ¡¿Por qué la he tocado?!».

Tiene razón. Sería una catástrofe que alguien nos viera. Mi hermano no desaprovecharía la oportunidad de detenerme y condenarme a muerte. No me llegaría a matar, claro, porque yo me escaparía mucho antes de que se anunciara el juicio, pero en estos momentos no me conviene para mis objetivos convertirme en un fugitivo en las tierras de las sombras.

La ira me recorre como una tempestad y lanzo una mirada interrogativa a lady Beatreaux. «¿Me está cautivando a propósito?».

—Deja de mirarme así —sisea.

—Esa boquita —le espeto—. Más cuidado al dirigirte a tu príncipe.

Casi sonríe.

—Estás completamente loco, ¿verdad?

Aprieto los dientes. La irritación me corta la piel.

—Alteza —retumba una voz grave en las paredes de piedra. Un guardia se dirige hacia nosotros y se detiene a pocos pasos antes de hacer una reverencia.

—¿Qué pasa? —Me giro hacia él.

Se nos queda mirando.

—¿He interrumpido algo?

La exasperación me sube por la columna, pero, antes de que tenga tiempo de decir nada, lady Beatreaux da un paso adelante. Se ha transformado en un abrir y cerrar de ojos. De pronto es más dura. Más regia. Alza la cabeza y endereza la espalda; su actitud es sin duda la de la reina en la que pronto se va a convertir.

—¿Quién eres tú para preguntarlo?

La polla se me tensa tanto que tengo que contener un gemido.

El guardia entrecierra los ojos y se señala el pecho.

—Soy comandante del ejército del rey…

—Y ella es tu nueva reina —le interrumpo, dando un paso de manera que lady Beatreaux queda por detrás de mí.

El guardia abre mucho los ojos y nos mira. Solo entonces me doy cuenta de que tal vez haya visto más de lo que yo creía. Me paso la mano por la manga de la camisa negra, molesto por tener que perder el tiempo en resolver este asunto.

—¿Cómo te llamas?

—Antony —responde.

—Antony. —Sonrío—. ¿Te espera alguien?

Sacude la cabeza en gesto de negación, con los ojos llenos de cautela.

—Excelente. En ese caso, ven conmigo. Precisamente iba a buscar un guardia para comentarle un tema importante de seguridad. —Inclino la cabeza en dirección a lady Beatreaux—. ¿Sabrás llegar a donde te espera mi hermano, señora?

Me lanza una mirada tan larga que estoy seguro de que sabe lo que voy a hacer, e imagino que de un momento a otro va a intervenir para detenerme, como haría cualquiera.

Sin embargo, en lugar de eso, hace una ligera inclinación sin apartar los ojos de los míos.

—Alteza.

Se da media vuelta y se aleja.

CAPÍTULO 12

Tristan

Nunca deja de sorprenderme lo fácil que es acabar con la vida de una persona. Ni siquiera de niño sentí la conexión que sienten los demás. Solo ha habido una muerte que me ha afectado.

Los demás, por mí, que se pudran.

Siempre he sabido que era diferente. ¿Más inteligente que la mayoría? Lo indecible. ¿Más válido para gobernar? Sin duda.

Cuando te expulsan hacia los márgenes de la sociedad, pero te exigen que estés presente, te fijas en cosas que les pasan desapercibidas a los que tienen que exhibirse en medio del escenario como marionetas.

La mayoría de las personas, me parece, son imbéciles.

La apariencia es la única verdad y la fe ciega abunda. Supongo que eso explica la popularidad de mi hermano. No tiene un gran encanto y le falta cerebro para ser astuto o ingenioso, pero posee un atractivo convencional y toda su vida ha sido el príncipe heredero, y a las masas les basta con eso.

Lo único que Michael hace bien es oprimir a otros para sentirse fuerte, pero la gente quiere creer que aquellos a los que ha puesto en un pedestal es porque se lo merecen.

Pero no hacen falta músculos para someter al pueblo ni para ejercer el poder.

El verdadero poder se encuentra en la capacidad para dominar la energía y esgrimirla como una espada, para convertirse en el titiritero que mueve las cuerdas, no en la marioneta obligada a bailar. Me lo han enseñado los años de torturas sufridas a manos de Michael y su manada de amigos, sus risas cuando me metían la cara en el barro, cuando me decían que yo no valía ni el lodo que se me secaba en las heridas.

Me robaron el poder día tras día.

Tardé muchos años en aprender a recuperarlo, y solo después de la muerte de mi padre decidí apoderarme también del suyo.

Noto una punzada en el pecho y me libero de esos pensamientos. Le pongo una mano en el hombro al guardia cuando llegamos a la entrada de las mazmorras. Me mira tan nervioso que noto el sabor de su miedo en el aire. Señalo la escalera estrecha.

—¿El problema de seguridad está ahí abajo, señor? —Tiene la voz aguda.

—Por favor. —Me río—. ¿Por qué si no te habría traído aquí?

—No, ya, claro. Es que… no es mi zona.

—Tu zona es donde yo diga.

Traga saliva y abre mucho los ojos.

—Sí, claro.

Voy detrás de él y pasamos a las mazmorras. Nuestras pisadas levantan ecos contra las paredes oscuras al bajar por los peldaños de cemento. El aire es húmedo. Huele a moho y a desesperación, aunque no hay ningún prisionero en las celdas. Se oye de fondo el goteo del agua, las fugas de las cañerías del castillo. Aparte de eso, solo percibo la respiración acelerada del guardia.

Es tan obvio que tiene miedo que la excitación me crece por dentro.

Vuelve la vista hacia mí y me obligo a sonreír al tiempo que le señalo la última celda. Lo adelanto y me dirijo hacia la pared, donde están colgadas las enormes llaves que abren las puertas de hierro.

—En la del final —digo mientras me dirijo hacia la última de la izquierda. Meto la llave y escucho el clic de la cerradura.

La puerta se abre con un crujido y le indico que entre.

El guardia inclina la cabeza.

—Yo no soy carpintero, si eso es lo que…

Voy hacia él con la llave de metal en la mano y le doy un empujón como si fuera una res que llevan al matadero. Cuando entra, dejo de fingir, me doy la vuelta y cierro la puerta tras nosotros.

El golpe retumba contra las paredes de cemento. El guardia intenta ir hacia la puerta.

—Alteza, no…

Me llevo la mano a la oreja y cojo el cigarrillo de marihuana. Me saco las cerillas del bolsillo con el estómago tenso al encender una y acercármela a los labios.

—Antony. —Apago la llama y doy una calada a la hierba. Lo examino de arriba abajo, desde el pelo rubio a las puntas de las botas. Es sin duda un comandante, con el uniforme negro y oro, y el león en el pecho que muestra el escudo de armas de

Gloria Terra—. Antony —repito—, ¿de verdad crees que soy tan idiota para confundir a un miembro del ejército del rey con un carpintero?

Aprieta los labios.

—No, es que…

—Dirígete a mí como debe ser. Alteza. Señor. —Hago una pausa—. Mi señor, si lo prefieres.

Se pone rígido. Sin duda percibe la malicia con la que hablo ahora.

—¿M-mi señor?

—¿No te parece adecuado? —Inclino la cabeza hacia un lado y exhalo una nube de humo al tiempo que camino hacia él—. Ya sé que es un título reservado para la baja nobleza. Pero, en este caso, es en un sentido más cercano al de «salvador».

Me acerco un paso más y lo obligo a retroceder. Se lleva la mano a la cadera. Saca el arma, pero son movimientos torpes, bruscos; antes siquiera de que tenga tiempo de apuntar, lo agarro por la muñeca y le tuerzo la mano en el sentido contrario a la articulación. Deja escapar un grito y la pistola cae al suelo de cemento, pero sigo presionando hasta que ya no siento resistencia y los dedos le cuelgan inertes, la mano flácida como un trozo de carne.

—Como iba diciendo, me he fijado en que mucha gente reza por ver a su salvador justo antes de morir —sigo. He bajado la voz tanto que es un susurro—. Eso quiero ser para ti.

En la mazmorra, la luz es escasa, pero el brillo de las antorchas que arden fuera se cuela entre los barrotes del ventanuco de la puerta y arranca destellos de las lágrimas que le corren por la cara.

—P-por favor, a-alteza —tartamudea.

—Eh, eh, eh. —Vuelvo a apretarle la muñeca y gime de dolor—. Inclínate ante mí, Antony, comandante del ejército del rey.

Se deja caer como un saco de patatas. Los sollozos le sacuden los hombros.

Lo observo, postrado a mis pies, y me llevo el cigarrillo de marihuana a la boca para darle otra calada. Disfruto de ese zumbido que me provoca en la cabeza. Aparto el arma de una patada y camino en torno al hombre tembloroso.

—Un poco débil para ser comandante, ¿no? —señalo—. Vamos a hacer una cosa. Si me dices lo que viste en el pasillo, te daré la libertad.

—Nada —consigue mascullar entre los dientes apretados—. No he visto nada.

Dejo escapar una risita y me detengo detrás de él.

—No te creo. Siempre se ve algo.

—Lo juro, n-no…

—En el bosque hay una cabaña abandonada y, cuando era niño, me escapaba a menudo para ir allí. ¿Lo sabías?

La respiración del guardia se vuelve más entrecortada, pero no dice nada.

Le tiro del pelo rubio hasta que queda mirando al techo. El humo del cigarrillo me sube entre los dedos y se le enrosca en torno a la cabeza.

—Responde.

Aprieta los dientes.

—No…

—No, claro que no. Nadie lo sabe. A nadie le importaba lo que hacía el pequeño príncipe Tristan.

Lo empujo al suelo y tiene que parar la caída con la muñeca rota. Se derrumba entre gemidos y se lleva los dedos inertes al pecho.

—Los túneles llevan justo ahí. ¿No es increíble?

Inclino la cabeza y aguardo la respuesta, pero, aparte de los gemidos, guarda silencio. La irritación me tensa los músculos. Bajo mucho la voz.

—Creí que ya te había dicho que espero respuesta a mis preguntas, Antony.

—¡Sí! Es increíble.

La voz se le quiebra. El miedo que tiñe sus palabras me hace sonreír.

—El caso es que me pasaba allí las horas muertas. Me solía llevar la libreta de dibujo y dibujaba hasta que ya no sentía los dedos. Era el único lugar donde podía ir sin que me siguieran los que me hacían daño. —Me acuclillo, le pongo las manos en los hombros y lo incorporo para que se siente—. Y me dejaban desaparecer, aunque todos sabían lo que estaba pasando. Puede que no les importara. —Me encojo de hombros—. O tal vez pensaban que un poco de soledad me ayudaría con mi «estado mental frágil».

Siento ácido en las tripas y me llevo el canuto a los labios. El humo se me escapa por las comisuras de los labios al hablar.

—Pero hay gente que no tiene salvación. ¿Eres de esos, Antony?

Niega con la cabeza.

—Claro, eso dicen todos. —Le pongo los dedos sobre la clavícula, justo bajo el cuello—. Si presiono aquí, se te cortará la respiración, pero solo un momento. ¿Te imaginas lo que es ahogarse una y otra vez durante horas?

—No... —solloza.

—Si quieres, te lo puedo enseñar. —Hago una pausa—. O me puedes decir la verdad con la esperanza de que yo sea tu salvador.

Entrecierra los ojos y, pese al dolor, veo un brillo de desafío en ellos.

—No eres ningún salvador. Eres un monstruo desfigurado.

La rabia me invade y, sin poder controlarme, le doy un golpe. El sonido de los anillos contra el hueso resuena en el recinto de cemento. Sale disparado hacia un lado y la sangre le brota de la boca. Escupe un diente al suelo. Hago caso omiso de sus gemidos y le doy una patada en la cara. Se me tensa el abdomen cuando subo y bajo la pierna, le golpeo la mejilla y noto cómo el hueso se rompe.

Al ver el charco de líquido rojo que se forma a mis pies, retrocedo. Cierro los ojos y respiro en medio del torrente de fuego que sus palabras me han desencadenado por dentro.

—Todo el mundo me ha subestimado siempre —suspiro. Doy un paso adelante y le piso la muñeca, justo por encima del hueso roto—. Pero te equivocas, Antony. Ahora mismo, soy tu dios.

Muevo la bota y un largo gemido se le escapa de entre los dientes apretados.

—No seas tímido, cariño —me río—. Grita tanto como quieras. Nadie te oye.

La mano que le queda útil me agarra por la pantorrilla y trata de clavarme las uñas a través de la tela de los pantalones.

Me inclino mucho hacia él y le hablo en susurros.

—Vamos, Antony, unas míseras palabras y esto terminará. Dime qué has visto.

—¿Y… me dejarás ir? —solloza.

Me echo a reír y sacudo el cigarrillo. Me gusta ver cómo las cenizas se mezclan con las lágrimas, el sudor y los mocos de Antony.

—Te prometo que te daré la libertad.

—Te… te he visto con la señora.

Las palabras le salen deformadas, las eses suenan como tes, y cada poco escupe más sangre a mis pies. Reduzco la presión en la muñeca.

—J-junto a la ventana, parecía un momento íntimo. Por… por favor, te lo suplico…, mi señor.

Se me escapa un suspiro de satisfacción y la excitación me corre por las venas, aunque sus palabras me recuerdan lo estúpido y lo imprudente que he sido.

—Te agradezco la sinceridad. —Me sitúo detrás de él, le pongo las manos en el cuello justo debajo de las orejas—. Y tienes suerte, soy un dios misericordioso.

Retuerzo hasta que los huesos crujen y se separan. El cuerpo inerte cae al suelo con los ojos vidriosos, vacíos, y la sangre que le mana de la boca forma un charco bajo la cabeza.

—Ahora eres libre, Antony.

Me llevo el cigarrillo a los labios y le doy una última calada antes de soltarla sobre el cadáver. La brasa quema el ojo del león que lleva en el pecho, y una extraña satisfacción me invade al ver cómo se convierte en cenizas.

CAPÍTULO 13

Sara

—Quiero hablar con el tío Raf —le digo a Xander, que se ha sentado delante de mí mientras Sheina me peina.

Mi amiga está ocupada charlando con Ophelia, que hace ganchillo junto a nosotras.

Xander se sube las gafas sobre el puente de la nariz y se lleva a la boca un grueso cigarro para darle una calada. El olor del tabaco es dulce, ahumado, y me invade la nariz para recordarme los tiempos en que me sentaba en el despacho de mi padre durante horas mientras él trabajaba. Siento un aguijonazo de nostalgia, añoro los días soleados de Silva.

—Lo organizaré —dice.

Me obligo a sonreír. Mi tío me dijo que Xander sería mi apoyo, la única persona en la que podría confiar en el castillo. Pero, con el paso de los días, la desconfianza va ocupando el lugar de la certidumbre con la que llegué.

—Sheina, Ophelia, dejadnos a solas —pido.

La charla cesa y las dos salen de la estancia sin decir palabra. Ophelia no mira atrás, pero Sheina, sí: a Xander, luego a mí, antes de darse media vuelta y cerrar la puerta a su espalda.

Lleva un par de días más callada que de costumbre y, al verla salir, me preocupa que no esté contenta aquí. Que, si tiene ocasión, vuelva a casa y me deje rodeada de gente a la que no conozco. No sería el fin del mundo, pero su presencia me reconforta. Es una brizna de familiaridad en medio de lo desconocido.

Cruzo las manos sobre el regazo y miro a Xander en silencio. Soy una mujer, pero no soy idiota, y no permitiré que me trate como si lo fuera.

—Prima... —empieza.

—Déjate de eso, Alexander.

Se pone muy rígido en la silla.

—Estoy harta de estar aquí como si no pasara nada —sigo—. Tu padre me dijo que podía confiar en ti. ¿Es así?

—Sara, por favor. —Tamborilea con los dedos sobre el brazo de madera de la silla—. Estás aquí gracias a mí. Pero estas cosas llevan tiempo. Son frágiles. Delicadas.

La tensión me invade el pecho.

—El tiempo pasa más despacio cuando te están utilizando como si fueras un accesorio.

Suelta un bufido y sacude la cabeza.

—¿Tienes la menor idea de cuánto ha costado esto, de lo que ha hecho falta hacer para traerte aquí? —La silla cruje cuando se inclina hacia delante para apoyar los codos en las rodillas—. Ya sé que esperar es difícil, pero las cosas van encajando en su sitio. Tienes que tener paciencia.

—No está sucediendo nada. —Me aparto de la cara un rizo—. ¿Cuánto tiempo tengo que seguir fingiendo que me gusta chismorrear con las damas de la corte? Quiero vengar a mi padre, Xander. Puede que tú no lo entiendas, porque nunca has sufrido el dolor de perder a la única persona que amabas.

Da vueltas al cigarro entre los dedos.

—Dentro de una hora, irás con su majestad a la plaza de la ciudad, donde comerá contigo y te pedirá en matrimonio delante de la gente. Se celebrará un baile de compromiso. —Hace una pausa—. Asistirá todo el mundo.

Resoplo de alivio mientras se diluye la tensión que me tenía agarrotada la espalda.

—¿Y luego haremos algo?

Xander asiente.

—Y luego haremos algo. —Inclina la cabeza—. ¿Pasa alguna cosa más?

Ahora soy yo la que se tensa. El recuerdo de lo que sucedió ayer me asalta la mente.

—¿Qué más va a pasar? Estoy sola en un castillo enorme, sin nada más que mis pensamientos… y mi confianza.

Mi primo aprieta los labios.

—Bueno, una vez que se anuncie el compromiso, tendrás mucho que hacer. Las clases de etiqueta, planear la boda y todo lo demás.

Arrugo la nariz.

—No olvides por qué estás aquí, prima, ni para qué hacemos todo esto —me suplica. Baja la voz y se inclina hacia mí—. Tenemos que actuar con precisión, no con prisas.

—Ya lo sé. —Se me escapa un suspiro—. Pero eso no hace que me resulte más fácil.

Se pellizca el puente de la nariz por debajo de las gafas.

—Lamento que te hayas sentido sola y desinformada. No era mi intención. Estaré más atento de ahora en adelante.

Noto que se me afloja el nudo de la boca del estómago.

—Gracias.

—La boda se celebrará dentro de seis meses.

Se levanta, se abotona la chaqueta negra y se pasa la mano por el pelo.

—¿Seis meses? —Abro mucho los ojos.

Se encoge de hombros y me mira con seriedad.

—No he dicho que tú tengas que esperar seis meses. Emplea el tiempo en hacer tu papel… para que podamos arrancarlos de raíz.

—Ya sé lo que tengo que hacer —replico.

Una sonrisa le asoma en los labios.

—Bien. Entonces no hay nada de lo que preocuparse.

—Nada en absoluto. —Alzo las manos y sonrío.

La conversación debería haberme tranquilizado. Por fin ha hablado conmigo y me ha trata como si formara parte del plan. Pero hay algo que me despierta las alarmas, que me eriza el vello, y me doy cuenta de que es posible que mi primo Xander no sea como mi tío me ha hecho creer.

Siento que se me revuelve el estómago. La tensión es como la de una tormenta inminente.

—Lady Beatreaux, estás arrebatadora.

La voz de Michael retumba en el patio cuando me acerco con mis damas de compañía a los automóviles que nos esperan ante la puerta de la verja.

Acaba de terminar septiembre, pero el aire ya es frío y las nubes encapotan el cielo. Vuelvo a echar de menos el sol de Silva. ¿Cómo pueden ser tan diferentes dos lugares de un mismo país, dos lugares que están dentro de las mismas fronteras?

Tal vez porque las fronteras son artificiales y la madre naturaleza no se ciñe a las reglas de los hombres.

«¡Quién tuviera esa suerte!».

—Gracias, majestad.

Hago una inclinación al llegar ante él. Las varillas se me clavan y no puedo respirar hondo. Estoy segura de que Ophelia me lo ha apretado demasiado, pero no hago caso de la incomodidad.

—¿A dónde me llevas hoy? —pregunto, y miro a Timothy, que está junto a la puerta trasera con la mano extendida.

Michael hace un ademán y su guarda personal me ayuda a subir al automóvil.

—No te tienes que preocupar de eso —me dice una vez instalados en el asiento trasero—. Disfruta del día y de todo lo que conlleva ir de mi brazo.

Me trago la risa despectiva que está a punto de escapárseme y lo miro con la cabeza inclinada a un lado. «¿Cómo es posible que alguien lo considere encantador?», me pregunto. A mí solo me parece arrogante y egocéntrico.

—Imposible no hacerlo.

Lo miro desde debajo del ala ancha del sombrero color púrpura.

Timothy ocupa el asiento enfrentado al nuestro y me fijo en el escudo de armas del pecho, y recuerdo la tarde anterior, al guardia que se marchó con Tristan. Fui una idiota al permitir que el príncipe me arrinconara de aquella manera. Una cosa tan sencilla como esa puede tener consecuencias desastrosas. ¿Y quién es él para mí?

Nadie.

No, peor todavía.

Es un Faasa.

Pero eso no impide que el corazón se me acelere al recordar cuando me empujó contra la esquina oscura y sus manos me tocaron de una manera que nadie tiene permitido hacer.

Luego pienso en el guardia, cuyo único error fue aparecer donde no debía en el momento menos oportuno. No sé con seguridad qué sucedió cuando ese hombre y el príncipe se fueron, aunque, en el fondo, estoy segura de que sí que lo sé. Cuando los ojos de Tristan se clavaron en los míos, hablaron mucho más alto que las palabras.

No le deseo la muerte a ningún inocente. Pero, a veces, hay que hacer sacrificios por el bien superior.

El automóvil se pone en marcha hacia las puertas de la verja y recorro el patio con los ojos. Miro en dirección al sauce llorón que se alza a lo lejos.

Me reprocho que el corazón se me encoja al no ver entre las sombras unos ojos color verde jade clavados en mí.

CAPÍTULO 14

Tristan

Mi futura cuñada se ha convertido en una obsesión.

En una distracción. Y no tengo tiempo para eso.

Estoy seguro de que, si no puedo dejar de pensar en ella, es porque me parece un enigma que aún no he resuelto. Leer a la gente es mi especialidad, y ella supone un desafío, cosa que la hace irresistiblemente interesante para mí.

El suelo de madera cruje cuando recorro el segundo piso de la Taberna Huesos de Elefante para ir hacia el balcón. En la tierra yerma que hay al otro lado hay cientos de personas que están esperando a que les hable.

La expectación me recorre por dentro como una ráfaga de aire hasta que tengo en vilo todas las terminaciones nerviosas, alerta ante el futuro. Mi futuro.

El futuro que debió ser mío desde el principio.

La violencia ha ido en aumento en los dos últimos años, desde la muerte de mi padre y el ascenso al trono de mi hermano. Todo el mundo da por hecho que son acontecimientos independientes, fruto del azar. Nadie sabe que yo soy quien tira de los hilos, quien alimenta las llamas de la rabia. Es fácil provocar el caos cuando la gente pasa hambre y nadie piensa en ellos. Y es más fácil aún ganarme su confianza y situarlos de manera estratégica por todo el reino, a la espera de mis órdenes.

Abro las puertas y salgo al balcón. Suenan las aclamaciones y me dejo envolver por la admiración de todas esas personas. La sangre se me calienta en las venas y se me concentra en la entrepierna hasta que se me pone dura la polla. Me excita que todos me miren. Disfruto con la veneración que siembre debí tener.

—¡Saludos, amigos míos! —exclamo, proyectando la voz—. Ya habéis oído los rumores, así que quiero ser el primero en confirmarlos. El rey Michael va a contraer matrimonio.

—¿Con quién? —grita alguien.

—No importa con quién. Ya lo veréis cuando se haga el anuncio oficial. —Veo ante mí el rostro de mi cervatillo y noto que se me tensa el pecho—. Lo que importa es que sepáis que alguien la ha situado donde está por motivos estratégicos, para ganarse vuestra confianza. Para haceros creer que se avecinan días luminosos. Camaradas, yo vengo a deciros que la única luz que hay en el horizonte es el brillo rojo del fuego cuando quememos en la estaca al rey.

Estallan en gritos y golpean el suelo con las botas haciendo que la tierra tiemble con un rugido quedo.

—¡Quememos a la puta del rey! —grita alguien.

Clavo los ojos en el punto donde se originó el grito. Tengo todos los músculos en tensión.

—A ella no la toquéis.

Las aclamaciones cesan ante la brusca orden. Todos me observan, confusos. Miro en dirección a Edward, que está al fondo, con Belinda y su marido, Earl, a la espera de que les dé pie para intervenir. Veo la sorpresa en sus rostros.

No se esperaban que dijera eso.

Yo no esperaba decirlo.

Pero lo he hecho.

—Es importante que no enseñemos las cartas antes de tiempo, amigos —sigo—. Tenemos que ir con cautela y dejar que depositen en ella sus esperanzas.

—¿Por qué vamos a confiar en ti? —ruge una voz—. ¡Eres uno de ellos!

La multitud se queda en silencio. Alzo los brazos notando cómo se me contraen los músculos de la mandíbula.

—Si no estás conforme con mi liderazgo, ven aquí y arrebátamelo. Seré justo. —Nadie se mueve. Dejo que el silencio se prolongue mientras examino con los ojos a la multitud para averiguar quién osa enfrentarse a mí—. No seas cobarde, acabas de dejar oír bien clara tu voz.

Sigo observando, y mis ojos se clavan en los de un joven de ropa desastrada y pelo rojo sucio que mira fijamente hacia el balcón.

—Es una cualidad admirable y la tuya es una pregunta válida. —Lo señalo con un ademán. Noto que la irritación me pica en la piel—. Adelántate. Ponte ahí, donde todos puedan verte.

Se tensa, pero camina hacia el frente hasta quedar ante todo el mundo. Tiene que estirar el cuello para seguir mirándome.

Sonrío.

—¿No os he dado suficiente para ganarme vuestra confianza? ¿Cuántas veces he de demostraros quién soy?

—Han sido dos años —dice, y sacude la cabeza.

—Para mí, ha sido mucho más tiempo. Y estamos hablando de traición. Sería suficiente para que nos mataran a todos si alguien comete un error.

Chasqueo los dedos y Edward avanza entre la gente arrastrando el cadáver de Antony Scarenbourg, comandante de la guardia del rey.

Un murmullo nervioso recorre la multitud como un trueno.

—No cometáis el error de pensar que cuando no estoy con vosotros no estoy luchando por vosotros.

El pelirrojo abre mucho los ojos cuando ve a sus pies el cadáver de Antony, con el uniforme quemado y la piel azulada por el *rigor mortis*.

Edward va a buscar un cubo de queroseno y se acerca de nuevo para volcarlo sobre el cadáver.

—Deja que lo haga él —digo, y señalo al idiota que ha cuestionado mi autoridad.

Edward alza la vista hacia mí, asiente y le entrega el cubo.

El joven observa durante unos segundos eternos el emblema quemado y casi irreconocible del pecho de Antony. La furia le asoma a los ojos. Luego vuelca el líquido del cubo sobre el cadáver, salpicando el suelo y encharcando la tierra bajo sus pies.

Los gritos y aclamaciones de los rebeldes acompañan sus movimientos.

Miro a Edward y nos comunicamos sin palabras. Este hombre no verá otra puesta de sol.

Pero permitiré que disfrute este momento. Es bueno para la moral.

Saco una caja de cerillas del bolsillo de la capa y rasco una para encenderla.

—La fuerza bruta puede ganar una guerra —digo mientras el calor me acaricia las yemas de los dedos—, pero nuestra fuerza estriba en la paciencia. En la planificación. Eso es lo que puede acabar con los imperios. Unidos, reinamos; divididos, caemos.

Dejo caer la cerilla y el cadáver de Antony empieza a arder. El olor a carne quemada impregna el aire lleno de humo.

—¡Abajo Michael Faasa! —grita alguien.

—¡Muerte al rey! —corean otros.

—Pronto entraremos en acción, amigos míos. —Sonrío—. Estad preparados.

CAPÍTULO 15

Sara

Llevo aquí una semana, pero es la primera vez que salgo de entre los muros del castillo y visito la ciudad de Saxum. En el centro de la plaza hay una torre con un reloj. Veo tiendas a ambos lados de las calles empedradas y farolas nuevas relucientes en las aceras. Nunca había visto en persona luces en las calles, y se me revuelve el estómago al ver lo próspero que es el centro de Saxum, mientras que los habitantes de Silva carecen de tantas cosas.

Michael y yo estamos sentados en la pastelería Garganta de Chocolate, donde se sirven los mejores dulces de la región. Timothy, Xander y mis damas ocupan una mesa al otro lado de la sala y hay unos cuantos guardias en la entrada; aparte de eso, no hay nadie.

—¿Siempre está así de vacía? —pregunto al tiempo que aparto el plato de postre.

Michael sonríe, con el pelo castaño repeinado y reluciente bajo las luces.

—No quería que la plebe nos interrumpiera mientras te cortejo.

Se me encoge el corazón al mirar por la ventana del escaparate. Al otro lado, media docena de personas, detrás de las barreras, intentan escudriñar el interior del establecimiento para ver a su rey.

—¿Vienes aquí a menudo?

Se encoge de hombros.

—No venía desde que era niño. Mi padre nos traía a Tristan y a mí de tarde en tarde.

Noto un calor en el pecho cuando menciona a su hermano, pero no hago caso. No voy a dejar que ese hombre me afecte cuando ni siquiera está presente.

Pero no puedo evitar imaginarme a Tristan y a Michael de niños, devorando bombones y golosinas ante los ojos de su padre. Lo único que he oído del legado del rey Michael II es que le falló a su país. Me cuesta visualizarlo como un hombre que quería a su familia, y la curiosidad me puede.

—Qué imagen tan bonita —digo.

Michael suelta un bufido, aparta la vista un instante y luego me vuelve a mirar. Sonríe, pero veo en su rostro una punzada de dolor.

—Sara Beatreaux, eres de las sensibles, ¿eh?

Me yergo en la silla.

—¿No es una cualidad que te conviene en tu reina?

Inclina la cabeza hacia un lado.

—¿Tan segura estás de que vas a ser mi reina?

Bajo la vista hacia el regazo antes de mirarlo, con la cabeza gacha, entre mis pestañas.

—De lo que estoy segura es de que me han educado específicamente para servirte, majestad. Te lo perderías si no me conservaras a tu lado.

Se frota la barbilla con los dedos.

—¿Te han educado para mí?

Asiento, cojo la taza de té y bebo un sorbo antes de volver a ponerla sobre la mesa.

—Mi tío rechazó a muchos pretendientes con la esperanza de que, algún día, fuera tuya.

Me juego mucho al decirle esto, y es una exageración, pero sé que a Michael le encanta que halaguen su ego y que es muy posesivo con «sus juguetes». Son cosas que ya sabía antes de llegar, pero he comprobado que son ciertas por cómo se hincha cuando le hacen un cumplido o por cómo se enfada cuando algo no sale como quiere.

Es de esperar que saber que me han preparado para él hará que quiera apoderarse de mí como quien se lleva un tesoro.

Se inclina sobre la mesa y arquea las cejas.

—¿Y qué quieres tú, Sara? Seré sincero. No me interesa nada lo que quiera tu tío.

Clavo los ojos en los suyos, con todo el peso de la responsabilidad sobre los hombros.

—Después de conocerte, no quiero otra cosa —digo.

Una sonrisa le aflora en el rostro. Se acomoda en la silla con cara de satisfacción.

—Señor… —Xander se acerca a nuestra mesa—. Hay un periodista afuera preparado ya para tomar las fotos. Luego tenemos que volver al castillo para una reunión del consejo privado.

Michael asiente y mira al otro lado del cristal. Frunce el ceño y arruga la nariz con evidente desagrado.

—Hay mucha gente afuera.

—Están detrás de las barreras, señor. No se te acercarán —lo tranquiliza mi primo.

Michael se levanta, se pone el sombrero de copa y me ofrece el brazo.

—Empieza el espectáculo, Sara Beatreaux. ¿Quieres esto? Pues hazlo bien.

Le devuelvo la sonrisa, pero me siento como si tuviera un elefante sentado en el pecho. Me cojo de su brazo con un cosquilleo de anticipación en el vientre.

Timothy va por delante y nos abre la puerta. Cuando salimos al exterior, mientras los guardias se sitúan a ambos lados, se oye un murmullo entre la gente que se ha congregado en la acera. Veo a un hombre con traje de mezclilla, que está al lado de una cámara montada sobre un trípode y que se inclina al ver que nos acercamos.

—Majestad. Señora.

Michael apenas lo mira. Me exaspera ver cómo trata a la gente.

—¿Eres el periodista? —pregunto.

El hombre me mira con una sonrisa.

—Sí, señora.

—Venga, venga —interrumpe Michael. Se vuelve hacia mí y me guiña un ojo como si fuera a hacer una travesura, se mete la mano en el bolsillo y me coge la mía—. Lady Beatreaux, será para mí un honor si aceptas casarte conmigo.

Me lo quedo mirando. Tengo que estirar el cuello para verle los ojos desde debajo del ala del sombrero. Carraspea para aclararse la garganta, y su expresión se vuelve más tensa con cada segundo.

Me aprieta la mano. Salgo de mi estupor y me doy cuenta de que esta ha sido la gran petición de mano. Nada de arrodillarse, nada de discursos sentidos. Unas palabras apresuradas y expectación. No sé por qué me he quedado ahí como una tonta, esperando otra cosa. Hasta me sorprende que me haya pedido la mano en público. Los dos primeros días me los pasé esperando una proposición formal, y al ver que no llegaba asumí que se daba por supuesto que yo era su prometida.

Finjo sorpresa y me pongo la otra mano sobre el pecho.

—Es precioso —digo sin dejar de mirar el enorme diamante con una perla a cada lado—. Será un gran honor para mí ser tu esposa.

Saca el anillo de la ornamentada cajita y me lo pone en el dedo.

—Era de mi madre. Espero que lo sepas valorar.

No dejo de sonreír mientras me acerca a él, aunque la sola idea de llevar algo que perteneció a la reina madre hace que la garganta se me llene de bilis. Michael sonríe de oreja a oreja para la cámara. Tras las barreras se oyen aclamaciones y gritos de felicitación.

Pero todo queda amortiguado por el zumbido que siento de repente en los oídos cuando veo una figura alta, envuelta en una capa, apoyada contra una brillante farola negra al otro lado de la calle.

Se me para el corazón.

No le veo la cara, pero sé que es él.

Tristan.

Michael me indica que me vuelva para que salude con la mano en dirección a las barreras antes de guiarme hacia el automóvil. Conservo la sonrisa como si me la hubieran grabado en la cara. El corazón me late a toda velocidad, pero no sé por qué.

Los guardias se arremolinan en torno a nosotros mientras vamos hacia el automóvil y no me permiten ver nada. Solo cuando estoy instalada en el asiento trasero, puedo volver a buscarlo con la mirada.

Pero ya no está.

Toda mi vida he ido a misa el domingo.

Cuando era niña, los bancos de la iglesia siempre estaban llenos. Pero, a medida que pasaban los años e iban escaseando los recursos, la asistencia se fue reduciendo. Parece ser que la gente pierde la fe cuando las adversidades no terminan nunca.

La iglesia en sí era sencilla, con bancos de madera y paredes color tierra oscurecidas por la falta de fondos y de voluntad. Es lo que pasa cuando te quitan de raíz tus fuentes de ingresos. Cuando los que tienen el poder te escamotean los fondos y se olvidan de que eres una parte de su todo.

Sentada en la hermosa catedral anexa al castillo de Saxum, no puedo dejar de sentir amargura al ver cómo aquí la gente lo tiene todo, mientras que los míos se han quedado sin nada.

Somos el mismo país, pero nos separa un mundo.

La catedral es muy bella, de maderas oscuras y piedra gris, arcos tallados con diseños complejos y molduras doradas. Los altísimos techos están cubiertos de pinturas que han debido de costar décadas de trabajo, y la única luz que entra y completa la de las velas es la del sol que se filtra a través de las vidrieras de colores para proyectar un caleidoscopio sobre las baldosas pardas.

El servicio religioso ha terminado. Todos se han ido ya, incluido mi prometido, pero yo les he dicho que quiero rezar un rato más.

En realidad, estoy esperando a Xander.

El banco de madera me tiene entumecidas las piernas, y me acomodo. Miro a mi alrededor para asegurarme de que no queda nadie, y entonces me levanto y empiezo a recorrer el pasillo entre los bancos. El dobladillo de mi vestido rosa claro roza el suelo y, mientras mis pasos resuenan contra las baldosas y despiertan ecos en las paredes al dirigirme al altar, aliso primero las arrugas de las mangas y luego las de la falda con mis manos cubiertas con guantes a juego con el vestido.

El crucifijo está ante mí, en el centro, y algo se me encoge por dentro al ver la escultura. Es una tristeza hueca que me cubre de telarañas el corazón.

Nunca he puesto en duda mi deber para con mi familia o la justicia que buscamos. Es lo único que he conocido incluso antes de la muerte de mi padre. Me han condicionado para querer eso y nada más. Pero, por primera vez, empatizo con el sufrimiento de Jesús, aunque no me atrevería a decirlo en voz alta.

Es una injusticia que tuviera que sacrificarse para lavar nuestras culpas.

Consigo apartar la vista y me dirijo hacia las sombras. Hay un gran óleo cerca del pasillo oscuro, en la parte delantera de la estancia.

Es el retrato de un rey.

Bajo la corona cubierta de piedras preciosas asoma el pelo negro y unos ojos verde jade penetrantes que tienen vida propia. Son fieros, duros. Un escalofrío me recorre la espalda.

—Ese es mi padre.

Se me corta la respiración y el corazón me da un vuelco. Doy media vuelta y me encuentro cara a cara con Tristan. Me llevo una mano al pecho.

—Me has asustado.

Le tiemblan las comisuras de los labios como si fuera a sonreír y se acerca un paso más, con las manos en los bolsillos y sin dejar de mirar el retrato.

Lo miro de reojo. ¿Cómo sería la relación con su padre? Michael me ha picado la curiosidad. No creo que Tristan se vaya a sincerar conmigo, pero no puedo evitar hacerle la pregunta que me viene a la cabeza.

—¿Lo echas de menos?

Una sombra le cubre el rostro y se le tensa la mandíbula.

—Sí.

Me quedo boquiabierta y me vuelvo para mirarlo.

—Yo también echo de menos al mío.

Es la única respuesta que se me ocurre. No habría sido apropiado decirle que me alegro de que el suyo esté muerto y que ojalá se esté pudriendo en el infierno.

Mira el cuadro, así que lo imito. Me fijo en los rasgos angulosos del rostro del rey Michael II, tan similares a los de Tristan.

—Se te parece —señalo mientras lo miro de reojo.

Arquea las cejas.

—¿Quieres decir que tiene un atractivo irresistible?

Sonrío.

—A un nivel aterrador, sí.

—Mmm… —Asiente y se vuelve hacia mí—. ¿Y eres de las que huyen de lo que temen, Sara Beatreaux? ¿O te enfrentas a ello?

Se me acelera el corazón y noto la boca seca.

—Huir no es lo mío.

—¿No? Viviendo aquí, puede que cambies de opinión.

Se me encoge el estómago. Las buenas sensaciones han desaparecido.

—¿Es una amenaza?

—Una advertencia —replica.

—Ayer te vi en la plaza de la ciudad —le espeto—. Te tapabas la cara como si estuvieras espiando. ¿No querías que te vieran?

Se acerca un paso más hasta dominarme con su estatura. Los mechones de pelo negro revuelto le caen sobre la frente.

—Son muchas preguntas viniendo de alguien que no da nada a cambio.

Me quedo clavada en el sitio como si hubiera pisado cemento húmedo que se me estuviera secando en torno a los pies.

—¿Qué quieres saber?

—Todo.

—Eso va a llevar mucho tiempo.

—Pronto serás parte de la familia. Nos sobra tiempo. A menos que Michael se canse de ti antes de la boda y elija a alguna de sus putas. —Inclina la cabeza a un lado y me mira con esos ojos calculadores que me abrasan la piel—. O también puede que tengas planes secretos.

La irritación me crece por dentro como una oleada de calor.

—Yo no soy una puta. —Tengo los puños apretados—. Y que tú carezcas de moral no quiere decir que a los demás nos pase lo mismo.

Me coge la barbilla entre los dedos y me pasa un pulgar por los labios.

—Menuda boquita. Lástima que mi hermano no vaya a saber domesticarla.

El fuego me corre por las venas tan veloz que noto calambres en el vientre.

—A mí no hace falta domesticarme.

—¿No? —Sonríe, burlón.

—Me sé cuidar sola.

—Y, aun así, aquí vienes todos los domingos a poner tu vida en manos del hombre que vive en el cielo.

Estiro el cuello para mantener el contacto visual. Se aprieta contra mí. Tiene un aliento ardiente que me acaricia la boca y me tensa la columna vertebral.

—Si buscas un dios al que adorar, no hace falta que te vayas tan lejos, *ma petite menteuse.*

Suelto un bufido y lo aparto de un empujón, pero la excitación me crece por dentro y se me acumula entre las piernas.

—Eres repulsivo.

Me agarra por las muñecas y me atrae hacia él con fuerza hasta que noto cada centímetro de su polla dura contra la ropa.

—Yo te enseñaría a disfrutar mientras estuvieras suplicándome a mis pies.

Se me contrae el sexo cuando sus palabras me acarician los labios, y las respiro como si necesitara su aliento en los pulmones. Lo agarro por la camisa, pero, en vez de apartarlo de mí, lo atraigo aún más.

—Estoy harta de que juegues conmigo —siseo.

—¿Estoy jugando contigo?

—Para ya. —La ira estalla dentro de mí—. Nada impedirá que me case con Michael. Ni siquiera tú.

Retrocede un paso con los ojos llameantes y me sujeta las muñecas con más fuerza.

Solo entonces me doy cuenta de lo que he dicho.

«Seré idiota…».

—Entiendo. —Me suelta una mano y me la sube por el costado, y el vello se me eriza al notar la caricia de sus dedos—. ¿Tienes hambre de poder? —La voz es un susurro ronco. Desliza los dedos por mi clavícula antes de cerrarlos en torno a mi cuello—. Te puedo llenar de poder hasta que grites.

El vientre se me contrae, las piernas me tiemblan.

Me clava los ojos en la boca.

Un sonido repentino retumba entre las paredes de la catedral, y doy un salto mientras un miedo gélido me corre por dentro.

—Déjame en paz —suplico, y lo empujo.

Vuelve a pasarme el pulgar por debajo de la barbilla antes de soltarme. El cuerpo se me hiela cuando pierdo el contacto, pero no dejo de mirarlo ni siquiera cuando el corazón se me acelera y las pisadas se acercan a nosotros.

Alguien nos va a ver de un momento a otro.

Tristan me sigue mirando un segundo más antes de darse media vuelta y desaparecer por el pasillo como si fuera uno de los fantasmas que, según los rumores, recorren estas estancias.

Pero su contacto me ha dejado marcada.

Cuando me giro, me encuentro ante Xander, que tiene los ojos entrecerrados y las comisuras de los labios curvadas hacia abajo.

CAPÍTULO 16

Tristan

El asco y el deseo se me mezclan por dentro en una pócima que estalla y me invade el cuerpo con un veneno volátil.

Empiezo a pensar que eso es mi cervatillo.

Un veneno.

Cada vez que la veo siento la necesidad de presionarla hasta que se rompa, de hacer pedazos esa pose con la que engaña a todo el mundo. Y esta vez se ha roto.

Ansía la corona.

Por desgracia, no la conseguirá al lado de mi hermano. Lo único que obtendrá así es la muerte. Pero tengo que reconocer que, aparte de las situaciones molestas e incómodas en las que me encuentro cada vez que estoy con ella, empiezo a sentir un cierto respeto por ella. Admiro la manera en la que asume su papel con tanta naturalidad, y por eso haré lo posible para que el verdugo la ejecute con rapidez.

Es una seductora muy astuta. Ni de lejos la chica inocente y tímida que aparenta ser.

Aprieto los dientes y recorro el pasillo que sale de la catedral hasta el vestíbulo principal. Voy pasando los dedos por la barandilla de madera de la escalinata que, iluminada por una centelleante lámpara de araña, se divide en dos para llevar a diferentes alas del castillo. Las pisadas de las botas resuenan contra las baldosas color crema cuando me dirijo hacia la izquierda, donde están mis aposentos. Las paredes están adornadas por retratos enormes y siento cómo los ojos de la realeza de siglos pasados me siguen y me juzgan desde los marcos, como asqueados por la manera en que esta mujer me está afectando y apartándome de mi objetivo.

Me cruzo con algunas personas, un guardia y unas cuantas doncellas, pero ninguno me mira. Saben que no conviene molestarme. La única que nunca se aparta a mi paso es lady Beatreaux. Aún no sé si es porque se siente atraída por mi poder y no puede evitarlo o porque es idiota.

Abro furioso la puerta de mi habitación, y el golpe, cuando la vuelvo a cerrar, retumba por toda esa ala del castillo. Voy hasta la mesa situada bajo el ventanal y cojo el tarro de cristal que hay en el centro. Me siento, lo abro y saco el papel de arroz y unos cuantos capullos de maría. Tengo un nudo de tensión en el estómago y la polla me pide a gritos un alivio que no le voy a dar.

«No pienso permitir que las cosas se pongan aún peor. No me voy a correr pensando en ella».

Los dedos se me tensan sobre los bordes del papel y me concentro en lo que hago con la esperanza de que, así, las sensaciones que me invaden se irán diluyendo.

Me llevo el canuto a los labios, enciendo una cerilla y observo un segundo el chisporroteo del fuego. La primera calada me baja por la garganta hasta los pulmones y calma la tensión de mi estómago.

El calor me llega a las puntas de los dedos tras quemar la pequeña cerilla de madera, y me imagino a mi cervatillo, tumbada en la mesa, sometida y suplicante, mientras la llama le lame la piel. Se me escapa un gemido cuando los testículos se me tensan y la polla se me pone dura.

Se me va la mano hacia el regazo, los dedos se cierran en torno al miembro a través de la tela, pero en lugar de empezar a masturbarme, juego con la idea de sus bellos labios rosados tensos alrededor de mi polla mientras le corto el aire metiéndosela hasta la garganta.

Muerdo la punta del cigarrillo para que no se me caiga de entre los labios y abro las piernas. Me acomodo en la silla y me desabrocho los pantalones; se me tensan los abdominales cuando me imagino follándola hasta eliminar por completo su descarada insolencia, mostrándole lo que es la dominación mientras la parto en dos.

La imagino con las nalgas enrojecidas y doloridas tras haberla obligado a pedirme perdón dándole golpes con la palma de la mano.

La lujuria me nubla la razón mientras el humo se me enrosca en torno al rostro, y de repente no me basta con el contacto a través de la tela. Necesito más. Necesito sentir la fricción áspera de mi palma callosa. Cierro los ojos e imagino que es su coño prieto que me absorbe y me bombea hasta hacerme explotar.

El placer me sube de puntillas por la parte superior de los muslos y el abdomen mientras me recorro el miembro con la mano y aprieto la punta hasta que asoma una gota de semen. Los testículos se me tensan al imaginar cómo me recorre la base de la polla con la lengua, cómo asciende por la vena palpitante… Y la tensión crece aún más cuando me visualizo metiéndole toda la polla, llenándola de tal manera que ni siquiera puede respirar y tiene que tragarse cada gota que le doy.

Se me cae el cigarrillo de los labios y la brasa me quema el vientre, pero no me muevo. Echo la cabeza hacia atrás y gimo en medio del dolor.

Y entonces, justo cuando voy a estallar, recuerdo que se va a casar con mi hermano. Que será él quien acaricie cada curva de su cuerpo y disfrute de la pericia de su lengua.

Suelto mi polla como si me hubieran dado una descarga eléctrica en las manos y me miro la erección rabiosa que pide a gritos un desahogo.

No voy a permitir que una mujer interfiera en mis planes. Y menos una mujer que no es mía.

¿Quiere el poder?

Pues me tendrá que matar para quitármelo.

—Pareces intranquilo, señor.

La voz de Xander se oye al otro lado de la puerta y me aprieto contra la pared del corredor. No quiero que sepan que estoy aquí.

Es un momento poco frecuente. No hay guardias por ninguna parte y yo no debería estar aquí, pero no podía dormir y, cuando me disponía a escabullirme por los túneles para ir al bosque, he visto a Xander que se escurría sigiloso por los pasillos oscuros, y lo he seguido.

Ahora estoy aquí, fuera de las habitaciones privadas de Michael, a medianoche.

Xander ha entrado con tanta prisa que no ha cerrado la puerta. Un error muy beneficioso para mí.

Me apoyo contra la jamba y aguzo el oído.

—¿Quieres una poción para dormir sin sueños que te turben? —pregunta el consejero.

—No —replica Michael—. Luego me deja la cabeza llena de telarañas.

Xander suspira.

—Es el opio, señor. Para evitar las pesadillas...

—No me hables como si fuera un niño —le espeta mi hermano—. Si quieres ayudar, averigua cómo hablar con los espíritus y dile a mi padre que siga muerto, en lugar de atormentarme.

El corazón me da un salto. «¿Michael tiene pesadillas con nuestro padre?».

El silencio que se hace es denso.

—¿Qué? —sisea Michael al final—. Ya te veo esa mirada patética en los ojos, Xander. Di algo útil o lárgate de mi habitación.

Tiene un tono malévolo en la voz. Es el mismo que he oído desde que nací.

En público, Michael muestra una personalidad encantadora, cuando no dominante. Pero en momentos así, en privado, la serpiente se despoja de su piel y sale a la luz.

Puede que lady Beatreaux y él estén hechos el uno para el otro.

Se me encoge algo por dentro al darme cuenta.

—¿Lo has...?

—Escupe de una vez —bufa Michael.

—¿Lo has vuelto a ver estando despierto?

El silencio que se hace es denso. La sorpresa es tal que me he quedado boquiabierto.

—¿Has vuelto a pensar en lo que te sugerí? ¿En hablar con alguien?

—Ya estoy hablando contigo.

—Sí, pero me refiero a alguien mejor preparado para ayudarte. Para dar con la raíz del problema.

Otra pausa, tan cargada de tensión que se siente a través de la pared.

—Dirán que estoy loco —susurra Michael.

Una sonrisa me aflora a los labios y la satisfacción me hierve dentro del pecho cuando me dirijo hacia los túneles.

Mi hermano no es tan perfecto como quiere hacer creer a todo el mundo.

Y la gente se merece saber que los gobierna un rey loco.

CAPÍTULO 17

Sara

La noticia de mi compromiso con Michael ya la conoce todo el mundo y en el castillo están empezando a pasar cosas. Casi todas las personas del círculo más cercano al rey, sabían el porqué de mi presencia, pero ahora se inclinan un poco más en las reverencias y se ponen un poco más firmes a mi paso. Un respeto que no he hecho nada por ganarme se me sirve en bandeja de plata solo porque un hombre con cierto tipo de sangre en las venas ha pedido mi mano.

Marisol ha irrumpido en mi habitación nada más amanecer, ha abierto las cortinas y me ha puesto delante muestras de telas de colores mientras hablaba sin parar sobre el baile de compromiso y sobre que yo tenía el deber de organizarlo.

«Qué sabrá ella del deber».

Lleva el pelo rubio recogido y me clava los ojos grises al tiempo que me muestra el enésimo tono púrpura y me pide que lo compare con los veintinueve anteriores, como si les hubiera prestado alguna atención.

—No soporto el púrpura, Marisol.

—¿Qué? —Contiene una risita—. Es el color de la realeza, mi señora.

—Genial, pues elige el que más te guste a ti e iré con ese. —Me levanto del sofá—. Necesito tomar un poco de aire.

Marisol está observando las dos muestras de tela, pero de pronto alza la vista hacia mí.

—¿Y eso, por qué?

La pregunta es como un golpe.

—¿Hace falta un motivo, aparte de que quiero hacerlo?

Aprieta los labios y sacude la cabeza.

—Tienes una agenda muy apretada. No siempre podrás hacer lo que quieras, y menos cuando seas reina.

No se me escapa el tono cortante, y eso me subleva.

—Razón de más para aprovechar ahora que puedo. Además... —aprieto los labios en una sonrisa tensa—, tengo confianza absoluta en ti y en Ophelia; sé que podéis hacer todos los preparativos del baile. ¿Me equivoco?

Marisol se yergue.

—Claro que no, mi señora. Será un placer para nosotras.

—Fantástico. —Estiro el cuello para aliviar la tensión acumulada—. ¿Has visto a Sheina?

Aparta la vista.

—Pues no.

Me da un vuelco el corazón. Llevamos aquí muchos días y, desde que han aparecido las nuevas damas, no veo a Sheina. Siento curiosidad por saber qué está haciendo, pero, sobre todo, echo de menos a mi amiga.

—Voy a buscarla. —Me dirijo hacia la puerta.

—¡Espera! —chilla Marisol—. No puedes ir por el castillo así, a solas.

La tensión me vuelve a cargar la espalda. Me vuelvo y camino con pasos calculados hasta quedar ante ella. Nos miramos a los ojos. Contiene el aliento y me sostiene la mirada, pero no dice ni una palabra.

Tiene los dedos apretados en torno a las muestras que aún lleva en las manos. Al final, baja la vista.

Me acerco aún más y le hablo en voz baja, cortante.

—No estaba pidiendo permiso, Marisol. No eres mi guardiana, y haré lo que me parezca.

—Te… te pido perdón, mi señora.

La ira me sube por el pecho hasta la garganta, pero la contengo y mantengo la tensa situación unos segundos más.

Al final, me aparto y sonrío.

—Entonces, resuelto. Voy a tomar el aire y vosotras os quedaréis aquí para organizar el baile. —Le pongo una mano en el hombro y se lo aprieto, clavándole un poco las uñas—. Confío en que haréis un gran trabajo para representarme. No todos los días te elige el rey como esposa, así que necesito una reputación estelar.

Noto tensión en sus hombros, lo que me confirma lo que ya sospechaba: me tiene envidia.

Me doy la vuelta, voy hacia la puerta, giro el pestillo y salgo al pasillo en penumbra. Alguien aparece delante de mí y me sobresalto.

—¡Oh! —Me llevo una mano al pecho—. Timothy… No sabía que ibas a venir.

No responde, sino que se queda donde está, mirándome con los ojos oscuros.

—¿Aún no tienes permiso para hablar? —Suspiro y me pongo una mano en la cadera—. Si estás siempre aquí, ¿quién va con el rey?

En esta ocasión sí reacciona, aunque el gesto es mínimo. Arquea las cejas y se me acerca un paso.

—Así que ahora eres mi perro guardián, ¿eh? —Me aliso la manga del vestido—. Muy bien. Vamos a dar un paseo.

Echo a andar y oigo a mi espalda el sonido de sus pisadas.

Pasan cinco o diez minutos antes de que intente hablar con él de nuevo. Estoy segura de que me he perdido en el laberinto de pasillos del castillo, pero si Timothy no quiere intervenir para ayudarme, no seré yo quien le pida que lo haga.

—¿Has visto a Sheina? —pregunto en el enésimo intento de arrancarle alguna palabra.

No me sorprende que no me responda.

—¿Quién es Sheina? —Una voz retumbante me llega antes de doblar la esquina.

Me detengo al oírla y veo llegar a Paul con ropa informal, unos pantalones de pana y una camisa ligera, y una sonrisa enorme en la cara.

—Paul, qué ganas tenía de volver a verte. —Sonrío.

Mira a mi espalda, en dirección a Timothy, y luego me mira a mí otra vez.

—¿De veras?

—¿Conoces a Timothy?

—Mejor que nadie. —Sonríe de oreja a oreja, se aparta un mechón castaño rojizo y se mete las manos en los bolsillos—. Timmy es mi mejor amigo.

El asombro que siento es sincero, y me giro para mirar al guardia.

—¡Vaya! —Me vuelvo de nuevo hacia Paul y me pongo una

mano junto a la boca—. No me habla, ¿lo sabías? —susurro—. Creo que se siente intimidado.

—De eso no me cabe duda —dice el cocinero sonriente.

Me echo a reír, y es una sensación ligera y grata. Me aferro a ella con la esperanza de que perdure.

—Vamos a dar un paseo. ¿Quieres acompañarnos?

Paul titubea y se mece sobre los talones.

—No sé si te conviene que te vean por el castillo conmigo, mi señora.

Arqueo una ceja, exasperada.

—Yo me ocuparé de eso.

Se le ilumina el rostro con una sonrisa que deja a la vista los dientes brillantes, se me acerca y me ofrece el brazo.

—Bueno, en ese caso…

Me cojo del brazo y permito que me acompañe pasillo abajo con la esperanza de que me lleve en la dirección correcta, ya que por lo visto Timothy se da por satisfecho con dejarme vagar en círculos. Pero no vamos hacia la salida del castillo, como esperaba, sino que caminamos por pasillos estrechos, pasando junto infinitas habitaciones, antes de llegar hasta una puerta de madera oscura. Lo miro.

—¿Esto es una habitación secreta?

Paul sonríe, se dirige hacia la puerta y la abre.

—Mejor aún.

El aire fresco de septiembre me da en la cara cuando me acerco a él para salir fuera. El cielo está encapotado. El sol permanece oculto tras las nubes, como suele suceder en Saxum. Las olas rompen a lo lejos y me dicen que estamos cerca del océano Vita, tras el castillo, en el lugar donde las olas baten al pie del acantilado.

Pero lo que tenemos delante es un jardín bellísimo lleno de púrpuras intensos y blancos deslumbrantes, donde las gotas diminutas perlan los pétalos tras la lluvia de primera hora de la tarde. Hay gárgolas y esculturas por todas partes, cubiertas de musgo verde oscuro que les sube por los lados y se mezcla con la piedra gris, y una increíble fuente de tres niveles con dos bancos negros con molduras doradas a los lados.

—¿Qué es este lugar?

—El jardín de la reina —dice Paul.

Arqueo una ceja.

—La reina madre se pasaba aquí los días cuando estaba embarazada de su majestad y de su alteza real. —La hierba cruje bajo los pies del cocinero cuando se me acerca—. Ya no viene nadie por aquí, pero es un lugar perfecto para relajarse.

—Es precioso.

Me alejo de él para ir hacia la fuente, y el pecho se me caldea con cada paso. Miro hacia el fondo, más allá de la fuente, y veo que el bosque nos rodea. Muchos árboles, de un millón de tonos de verde, se alzan imponentes hasta donde alcanza la vista y me recuerdan lo aislado que está el castillo Saxum.

Me doy la vuelta con intención de preguntar si es seguro pasear por allí, pero me detengo en seco cuando veo a Paul y a Timothy muy juntos. Mi guardia mudo se está riendo y le ha puesto una mano en el hombro al cocinero.

Es un espectáculo sorprendente. Estaba segura de que no sabía reírse. Un dolor sordo me nace dentro del pecho al verlos juntos, y envidio la facilidad con la que disfrutan de su mutua compañía. Yo no creo haber experimentado eso jamás. Rebusco en mi mente algún recuerdo de un momento en que bajé la guardia y me permití ser yo misma junto a otra persona, y no encuentro nada.

El dolor crece y me atenaza el corazón.

Otra carcajada me llega de entre los árboles, y me pica la curiosidad. Procede de la linde del bosque, así que, sin pensarlo dos veces, echo a andar entre los pinos siguiendo la dirección del sonido.

Las ramitas se quiebran bajo mis pies y me recojo las faldas para pasar entre los árboles en busca de la fuente de la risa. Y, entonces, veo dos figuras al pie de un árbol. Me detengo y me agarro al tronco que tengo delante para ocultarme a la sombra de sus hojas.

Simon está sentado con las piernas cruzadas, los ojos muy abiertos y una sonrisa de oreja a oreja. Pero el que me ha cortado la respiración es el hombre que tiene delante. El príncipe Tristan también está sentado en el suelo, en la misma postura que el niño, con la espalda encorvada y el pelo negro alborotado sobre la frente. Tiene el ceño fruncido en gesto de concentración. Sujeta en una mano el brazo de Simon y, en la otra, tiene una pluma estilográfica que le va pasando por la piel.

Nunca lo había visto con un atuendo tan informal: pantalones negros con tirantes sobre una camisa amplia color crema que lleva arremangada. Siento que se me contrae el vientre y el calor me galopa por las venas.

Aún no se han dado cuenta de que estoy aquí, de modo que aprovecho para ser invisible y recorrer con los ojos el cuerpo de Tristan, los dibujos que tiene en los brazos y que parecen cobrar vida con cada movimiento como si fueran seres vivos en lugar de imágenes grabadas con tinta en la piel.

Parece relajado. Sus rasgos se hallan más suavizados que de costumbre y luce una leve sonrisa en los labios mientras, a su lado, Simon ríe a carcajadas.

—No te muevas, tigrecito —dice con voz grave, y el recuerdo de lo que me susurró en la catedral hace que se me erice el vello del cuello.

—Me haces cosquillas —responde Simon.

Dejo escapar el aliento contenido y trato de controlar las ridículas respuestas de mi cuerpo a un simple pensamiento. Me adelanto y piso una ramita. Simon se vuelve y entrecierra los ojos para mirarme.

Tristan sigue sin levantar la cabeza y hace caso omiso del sonido.

—¡Hola, señora! —saluda el niño sonriendo—. ¿Qué haces aquí?

El corazón me late al galope y tengo las manos húmedas. Carraspeo para aclararme la garganta y me acerco más mientras los miro.

—Explorar —respondo elevando la comisura de los labios—. ¿Y tú qué haces?

La sonrisa de Simon se acentúa. Tiene a un lado la espada de juguete. Al acercarme más, una marca oscura en torno a su ojo. Es un moretón que destaca sobre su piel oscura.

Respiro hondo, pero dejo de mirarlo para que no se sienta incómodo, aunque la sola idea de que alguien haya golpeado a este niño hace que me hierva la sangre en las venas.

Bajo la vista. Tristan está dibujando en la piel de Simon. No ha reaccionado de ninguna manera a mi presencia, lo que me provoca desazón. Me acerco aún más y piso otra rama, que se me clava en el tobillo. El dolor me sube por la pierna y ahogo una exclamación.

—La próxima vez que salgas a rondar por el bosque, ponte ropa adecuada —dice Tristan. Su voz me roza la piel como una caricia.

Suelto un bufido y entrecierro los ojos, pero sigue sin mirarme, concentrado como está en el brazo de Simon.

—No estoy rondado. He oído risas y he venido a investigar.

Al oírlo, se detiene y me mira.

—¿Estás aquí tú sola?

—Sí. —Levanto la barbilla—. Bueno, Timothy y Paul están en el jardín. —Hago un ademán hacia atrás—. Me deben de estar buscando.

Simon se echa a reír.

—Seguro que están encantados de que te hayas ido.

Me pongo las manos en las caderas.

—Oye, no seas antipático. Te informo de que soy una excelente acompañante.

—Sí, ya, pero Timmy y Paul se quieren.

Frunzo el ceño.

—¿Cómo sabes tú…?

—Simon… —La voz de Tristan es cortante.

Los miro alternativamente, pero no hago más preguntas y me reservo la información para más adelante. Me arrodillo en el suelo y, al hacerlo, el corsé se me clava en los muslos, pero no quiero que Tristan sepa que tiene razón, que la ropa que llevo no es apropiada para caminar por el bosque, así que disimulo.

—¿Qué estás dibujando?

Simon se muerde un labio.

—Quería un tatuaje, pero me ha dicho que no.

—Así que te está haciendo uno temporal. —Me inclino hacia delante para verlo.

Los pulmones se me cierran como si alguien me estuviera quitando el aliento. No es la primera vez que veo una obra de arte. En el castillo hay cientos de cuadros, y en Silva, en mi hogar, también había muchos. Pero nunca había visto nada así. Abro mucho los ojos y el corazón se me acelera cuando me acerco para examinarlo mejor.

Es asombroso. Siento un nudo en la garganta. Solo con verlo, las emociones me invaden y se me cuelan por las grietas del alma. La mano de Tristan se desliza sobre la piel como un barco sobre el agua y me provoca un cosquilleo por todo el cuerpo, como si me estuviera tocando a mí. Su dominio de la pluma es asombroso. Es capaz de trazar las líneas más complejas, crear sombras y volúmenes con un instrumento con el que a mí me cuesta hasta escribir.

El dibujo hace que parezca que la piel de Simon está desgarrada, como una tela llena de rasgones y agujeros. Tras ella se ve la cara de un tigre con tal profundidad en los detalles que una parte de mí está segura de que va a saltar del brazo para devorarme.

Observo boquiabierta a Tristan mientras dibuja, asombrada ante tanto talento. Vuelve a mirarme y cierro la boca tan deprisa que me chocan los dientes. Se le escapa una sonrisa y se concentra de nuevo en su obra.

—¿Por qué quieres tatuajes, Simon? —pregunto para no pensar en las mariposas que me aletean en el estómago.

Es una sensación que no quiero sentir. Preferiría que se quedaran quietas.

El niño se encoge de hombros y se mordisquea el labio inferior mientras mira al príncipe.

—Porque él los tiene.

Miro a Tristan, que no deja de dibujar ni de apretar los dientes.

—Nadie le hace daño porque todos le tienen miedo —sigue Simon—, y he pensado que, si yo tengo tatuajes, a mí también me tendrán miedo.

Se me seca la boca y noto que un nudo me crece en la garganta. Tristan se endereza y se aparta el pelo de la cara.

—Ya está terminado.

Simon abre mucho los ojos.

—¡Me encanta! ¿Tú crees que dará resultado?

—Es para ti, no para ellos. Olvídate de ellos.

—Ya me gustaría, pero no sé cómo. —El niño se sorbe los mocos y mueve el brazo para ver cómo lo siguen los ojos del tigre—. ¿Y cuando se me borre?

—Te lo volveré a dibujar.

—¿Lady Beatreaux?

Una voz suena detrás de nosotros y alzo la cabeza. Miro a los ojos a Tristan. Hay muchas palabras que no hemos dicho que quedan suspendidas en el aire, entre nosotros.

Nunca he despreciado a nadie tanto como a él. Es malvado y grosero; es todo lo que me habían dicho que era. Pero, ahora mismo, no consigo odiarlo.

Timothy aparece entre la vegetación, con el ceño fruncido y una expresión huraña. Me levanto.

—Hola, Timothy. ¿Cómo has tardado tanto?

—No deberías haberte escapado.

Sonrío.

—Si llego a saber que con eso oiría tu voz, lo habría hecho antes. Además... —Me encojo de hombros—. No soy una niña y no me gusta que me traten como si lo fuera.

Aprieta los dientes al ver a Simon y a Tristan, y se pone más firme.

—Alteza.

Hace una reverencia.

Los rasgos del príncipe parecen esculpidos en piedra. Habría jurado que se transforma, que el aire se enfría a su alrededor cuando se transforma y pasa de ser quien era a convertirse en el hombre al que todos ven.

«El príncipe marcado».

No dice nada, pero cuando pasa junto a mí me roza la mano con la suya y nuestros dedos se entrelazan por un brevísimo instante. La manera en que se me acelera el corazón es una gigantesca señal de alerta.

Pero, como hago con todas las emociones que el príncipe despierta en mí, la ignoro.

CAPÍTULO 18

Tristan

El piso superior de la Taberna Huesos de Elefante se compone de un pasillo estrecho y, a ambos lados, un baño pequeño y dos dormitorios, que siempre tienen limpios por si decido quedarme. Cosa que, lo reconozco, no ha sucedido a menudo últimamente. He pasado más tiempo en el castillo porque lady Beatreaux me fascina, y también porque quiero estar ahí por si Simon me necesita.

Pero Edward me cuenta que la moral está baja debido a mi ausencia, así que esta noche lo voy a remediar. Por lo visto, quemar el cadáver del comandante del rey no fue suficiente para demostrar mi dedicación a la causa.

Subo por la escalera y, mientras recorro el pasillo en dirección a la habitación, me sorprendo al oír pisadas amortiguadas al otro lado de la puerta. Giro el picaporte con el ceño fruncido y el aire me golpea en el rostro cuando la puerta se abre y choca con la pared. Cruje como si se fuera a romper en pedazos por el impacto, y el ruido sobresalta a las dos personas que yacen desnudas en la cama.

Se incorporan a toda prisa. La mujer chilla cuando el hombre se aparta de encima de ella, y agarra las sábanas para taparse el pecho. Al ver que soy yo, me mira asustada.

Inclino la cabeza hacia un lado mientras examino sus rasgos, y la ira me hierve por dentro al fijarme en el pelo rubio alborotado y en las pecas.

Es la dama de compañía del cervatillo. Sonrojada y recién follada por mi soldado de confianza.

Edward.

Cómo se ha atrevido a traerla aquí.

Aprieto los puños y lo miro mientras se viste a toda prisa.

—Alteza, no…

Levanto una mano para interrumpirlo a media frase, sin apartar los ojos de la chica hecha un ovillo en la cama.

—¿Me has traído un regalo, Edward?

Traga saliva mientras termina de abotonarse los pantalones y luego se pasa una mano por el pelo revuelto.

—Qué amable por tu parte —sigo.

Ella retrocede en la cama, supongo que para poner más distancia entre nosotros. Camino hasta llegar junto al pequeño colchón, la agarro por el brazo y la tiro al suelo de madera.

Deja escapar un sonido chirriante, y el miedo que destila hace que me corra la adrenalina por las venas. Edward consigue sacudirse el estupor y se adelanta, coge la ropa de la mujer y, solo tras colocarse a mi lado, se la da.

—Un poco tarde para tener un ataque de modestia, ¿no? —Suelto una risita. La mujer se sonroja, y hago un ademán tranquilizador con la mano—. Venga, querida, vístete.

Se aprieta la ropa contra el pecho, pero no hace más movimiento que ese. La irritación me vibra en los huesos.

—No me gusta repetirme.

—Sheina, por favor —suplica Edward—. Haz lo que te dice.

—No quiero que me vea —susurra ella sin alzar la vista.

—Vamos a hacer una cosa. Tómate unos minutos, Sheina. Recupera la compostura. —Me acerco y le acaricio el pelo revuelto—. Luego baja, y a ver cómo arreglamos esta... situación.

—No sabe nada —susurra Edward.

La ira me hace ser brusco.

—Sabe suficiente.

Aprieta los labios y, por un momento, me parece que va a luchar por ella. Pero agacha la cabeza y asiente.

—Diez minutos —digo.

Salgo por la puerta y voy hacia la escalera.

Tengo los hombros tensos y el cerebro me va a toda velocidad, entre la incredulidad y la decepción. Nunca he dudado de la lealtad de Edward, pero es que nunca me ha dado motivo para hacerlo.

No quiero utilizarlo para dar ejemplo, pero a veces ciertas cosas son inevitables.

Las escaleras crujen cuando bajo por ellas y, al llegar al piso de abajo, cruzo la estancia en busca de Belinda, que está sentada en el regazo de Earl acariciándole la barba desaliñada entre risas.

Los dos se yerguen al verme llegar y ella se levanta de inmediato.

—Señor... —susurra.

—Hay una mujer arriba, con Edward. Aseguraos de que no se vayan.

—Por supuesto.

Me coge la mano y me besa los anillos. Siento una oleada de satisfacción ante su sumisión. Sin duda, es la más leal de todos mis seguidores.

Levanta la cabeza con un brillo demente en los ojos.

Me dirijo al estrado donde hay una silla de respaldo alto y asiento de terciopelo negro, un trono desde el que me dirijo a mi pueblo. No se parece ni de lejos al de verdad, al que me merezco, pero me conformo con este por el momento.

Me dejo caer en el asiento, estiro las piernas y tamborileo con los dedos en el brazo de la silla mientras paseo la vista por la estancia. Todos están muy ocupados sorbiendo la sopa y comiendo el pan que Paul ha mandado del castillo por orden mía, y sobre las mesas se apilan ropas de abrigo para los meses de invierno. Un regalo para los leales.

Al cabo de unos minutos oigo unos pasos pesados. Miro hacia la esquina de la estancia, más allá de las mesas, donde el final de la barra llega hasta la escalera. Edward y su nueva amada bajan con las cabezas muy juntas, empujados por Belinda.

Apoyo la barbilla en los nudillos y los observo pasar entre las mesas y bancos hasta llegar al estrado. Los sonidos se acallan a nuestro alrededor cuando la gente se da cuenta de que pasa algo, y me resulta muy satisfactorio no tener que pedir silencio.

—Arrodíllate ante su grandeza, niña —sisea Belinda, y empuja a la chica por los hombros hasta que cae de rodillas.

Edward le lanza una mirada asesina y se sitúa entre ellas.

Sonrío ante el evidente afecto que siente por Sheina y aguardo a que la imite. No lo hace. Se me borra la sonrisa y la sangre me hierve.

—¿Ya no te inclinas ante mí, Edward?

Me mira a los ojos y, al final, se pone de rodillas.

Me inquieta el titubeo.

—Amigos… —agarro los brazos del trono y me inclino hacia delante mirando a la gente—, parece que tenemos una nueva camarada en nuestras filas, y viene del castillo, nada menos.

Se oyen gruñidos.

—Dime, ¿has venido para unirte a nuestra causa? —Me rasco la barbilla.

Sheina no responde. Se queda mirando al suelo con los hombros temblorosos.

Su desobediencia hace que la ira empiece a correr por mis venas. Me dan ganas de hacerle daño hasta que grite, de utilizarla como ejemplo para mostrar lo que les pasa a los que no me contentan.

—O puede que solo hayas venido a follar con el comandante del rey —escupo.

Se le escapa un gemido y me mira a los ojos mientras se pone roja.

Edward se adelanta.

—Basta.

Una palabra.

Una sola palabra, nada más, es el cuchillo que corta lo que me quedaba de control. Me levanto del asiento, bajo del estrado para situarme ante él y le doy una bofetada tan fuerte con el dorso de la mano que le hace girar la cabeza. Le he hecho una herida con los anillos y la sangre salpica el suelo. Da un traspié y está a punto de caerse.

Espero a que recupere el equilibrio y entonces lo agarro por el brazo y se lo retuerzo hasta que siento cómo saltan los ligamentos. Se deja caer de rodillas y se le escapa un grito entre los dientes apretados.

—No eres nadie para darme órdenes —siseo.

Hace una mueca de dolor.

—La... la he traído para ti.

Arqueo las cejas, sorprendido. No me esperaba que dijera eso.

—¿De veras? —pregunto. La miro, sin saber si es cierto o solo quiere salvarla de la muerte—. Así que eres un regalo.

Suelto a Edward y me vuelvo hacia ella.

—Di tu nombre para que todos lo oigan —ordeno.

—Sheina —susurra, y las lágrimas le corren por la cara.

—Sheina —pronuncio las sílabas muy despacio. Dudo si anunciar que sé muy bien quién es, y al final opto por no hacerlo—. ¿Quién eres tú para el rey?

—Nadie.

—Habla más alto, que te oiga todo el mundo.

Se incorpora un poco y respira hondo.

—He... he dicho que no soy nadie.

—¿Y para su nueva reina? —Arqueo una ceja.

Se le corta el aliento, y hasta yo noto los ojos de la gente que tiene clavados en su espalda.

—No tienes nada que decir a eso, ¿eh? —susurro y me acuclillo para cogerla por la barbilla—. ¿Y quién eres para mí?

Se humedece los labios con la lengua y traga saliva al tiempo que lanza una mirada a Edward, quien asiente mientras se frota el brazo.

La chica se vuelve hacia mí y me mira con los ojos apagados.

—Soy quien tú necesites que sea.

Suelto un bufido y le pellizco la barbilla antes de soltarla y levantarme. No es leal a la causa y, aunque lo fuera, eso no cambia nada: Edward ha traído a una forastera, una forastera peligrosa, a nuestra base, sin decírmelo antes. Pero la chica es un instrumento nuevo en mi arsenal, y puede que me resulte útil.

Me cruzo de brazos y la miro.

—Puedes levantarte.

Se apoya en la madera sucia del suelo para levantarse y se estira la parte delantera del vestido con los dedos.

Me acerco y le pongo una mano en la nuca.

—Serás leal a mí o destriparé a todos los que amas y te obligaré a mirar cómo lo hago —le susurro para que nadie más me oiga.

Noto cómo se estremece.

—Luego te encadenaré como a una yegua y dejaré que las hienas te follen como quieran hasta destrozarte. Pero te mantendré viva para que disfruten. —Me aparto un poco para mirarle los ojos aterrados, vidriosos, y le pongo la otra mano en la mejilla—. Y seguirás así, aunque supliques morir. ¿Entendido?

Asiente y se le escapa un hipido. Tiene las mejillas llenas de lágrimas.

Retrocedo un paso y sonrío al resto de los presentes al tiempo que abro los brazos.

—¡Dad la bienvenida a nuestra nueva guerrera! Ha venido a unirse a la lucha.

CAPÍTULO 19

Sara

—No soy idiota, Marisol. Ya sé bailar.

Aprieta los labios, que es su gesto favorito últimamente, y se pone una mano en la cadera.

—Va a ser tu primer baile con su majestad.

Voy hacia una punta del salón de baile, cojo un vaso de agua y bebo un sorbo. Ojalá esta espantosa «clase» se acabara ya. He recibido lecciones de baile desde que era niña. Sé lo que hago.

—Es que bailar con otra mujer me resulta raro. —Me encojo de hombros.

—Señora, quiero impedir que quedes en mal lugar y dejes en mal lugar al rey.

Entrecierro los ojos ante el insulto apenas disimulado.

—No, claro, eso no conviene.

Se dirige hacia el fonógrafo. La enorme bocina parece un instrumento de metal. Mueve el brazo con la aguja y empieza a sonar la música. Respiro hondo, estiro el cuello y, en ese momento, se abre la puerta en el otro extremo de la sala.

—¿Me he perdido algo divertido?

La voz de Sheina cruza la estancia. Me vuelvo con una sonrisa en la cara.

—¡Sheina! ¿Dónde te habías metido? Te echaba de menos.

Le tiendo los brazos y la estrecho contra mí, con el corazón caldeado.

—No tengo perdón por desaparecer así, ¿verdad? —Me estrecha con fuerza—. Necesito contarte muchas cosas —me susurra al oído.

Asiento, me aparto de ella y le bajo las manos por los brazos hasta que nuestros dedos se entrelazan. Me muero de curiosidad. ¿Qué quiere contarme y dónde ha estado?

—¿Puedo ayudar en algo? —pregunta al tiempo que mira a su alrededor.

—No a menos que me consigas a alguien que baile mejor. —Me vuelvo hacia Marisol y arrugo la nariz—. Sin ánimo de ofender.

La doncella suspira y frunce el ceño.

—Esto es inútil.

Se me escapa la risa.

—Vamos, vamos, Marisol. ¡Anímate! —Me dirijo hacia ella y la agarro por el hombro—. Todo saldrá bien. Estás haciendo un gran trabajo con la organización, y de verdad que siento ponerte las cosas difíciles. Pero sé bailar, te lo prometo.

Se le suaviza la mirada y esboza una sonrisa. Asiente y respira hondo.

—Siento ser tan…, bueno, ya me entiendes. —Se encoge de hombros—. Organizar el baile supone mucha presión.

Sonrío.

—Por eso te he encargado a ti esa responsabilidad. Sé que puedes hacerlo mejor que nadie.

Se le ilumina la cara y asiente.

—Anda, tómate un descanso, así Sheina y yo nos ponemos al día.

Le vuelvo a apretar el hombro con la esperanza de que no se oponga. Sé que tiene tan pocas ganas como yo de seguir con la clase de baile.

—Gracias, señora.

Hace una reverencia, recorre el brillante suelo del salón de baile y se pierde por los pasillos del castillo.

Solo me relajo cuando cierra la puerta y el sonido resuena entre las columnas y los arcos del techo. Me vuelvo hacia mi mejor amiga, la que se ha vuelto una desconocida desde que llegamos aquí.

Sonrío, ella me sonríe, y pronto las dos nos estamos riendo.

—Me parece que no le caigo bien —digo entre carcajadas.

A Sheina le brillan los ojos azules.

—No creo que le caiga bien nadie.

Me pongo una mano en la cadera e inclino la cabeza hacia un lado.

—Yo diría que mi futuro marido le cae muy muy bien.

Arquea tanto las cejas que casi se le juntan con el pelo.

—¡No! ¿Tú crees? ¿Será una de sus amantes?

Me encojo de hombros.

—Ni idea. Seguro que tiene muchas. Por lo que yo sé, puede que hasta tú seas una de ellas.

Me da un empujón.

—Venga, Sara, seamos realistas.

—¿Y yo qué sé? Te traje conmigo para que fueras mi dama de compañía, pero parece que seas uno de esos fantasmas que dicen que hechizan el castillo.

Se le borra la sonrisa y se retuerce los dedos.

—Lo siento. No te enfades. Es que…

Aparta la vista y se sonroja. Se me encoge el corazón.

—¿Qué pasa?

—He conocido a alguien —susurra—. Un general del ejército del rey y es… maravilloso.

Abro mucho los ojos. La sorpresa es como un peso muerto que me cae en las tripas.

—¿Ya?

—Es muy guapo. Y muy bueno en… otras cosas.

El rubor de las mejillas se le hace más intenso.

Arqueo las cejas y sonrío de oreja a oreja.

—¡Y me decías que yo era traviesa!

Se tapa la cara con las manos y suelta un gemido.

—Soy tonta. —Alza la vista y me coge la mano—. Pero no volveré a desaparecer, te lo prometo. Lo siento mucho.

Noto un nudo en la boca del estómago, como me sucede siempre que la intuición me dice que algo va mal, que preste atención. Es una advertencia.

—Bueno, ¿voy a conocer a tu hombre misterioso?

Se le tensa la sonrisa, y el cambio me atraviesa como una flecha.

«Aquí falla algo».

—Me encantaría —dice.

Pero sonríe con los labios, no con los ojos.

—Quiero ir otra vez al jardín de la reina. ¿Me recuerdas por dónde se iba?

Alzo la vista hacia Timothy por encima del libro de poesía que estoy leyendo. Está sentado en mi sala, junto a la chimenea, más relajado de lo que lo he visto nunca. Desde que tuvo que hablarme en el bosque, se ha soltado mucho, pero solo cuando estamos en mis habitaciones privadas, donde ahora se atreve a entrar siempre que haya otras personas. Tiene una voz muy agradable.

Ha resultado que no es tan aburrido.

—¿Por qué? —pregunta.

Arqueo las cejas y dejo el libro.

—Bueno, lo que me gustaría es salir del castillo, pero me imagino que no lo vas a permitir porque, evidentemente, comprometerse en matrimonio es como volver a ser una adolescente que necesita niñera.

Frunce el ceño.

—¿Te parece que soy tu niñera?

Me encojo de hombros.

—¿A ti no?

Aprieta los labios.

—Solicité ser tu guardia personal.

—¿De veras? No sé si ofenderme porque crees que necesito un guardia personal o sentirme halagada porque pediste serlo.

Inclina la cabeza.

—Vas a ser la reina. Si alguien necesita protección, eres tú, señora.

Su manera de decirlo hace que sienta un escalofrío en la espalda, como si supiera algo y no me lo estuviera diciendo.

—¿De quién hay que protegerme? —quiero saber.

Aparta la vista de mí para mirar a Ophelia, que nos observa mientras borda. Me vuelvo hacia ella y baja la vista como si no nos hubiera estado escuchando.

—No importa —digo, y me levanto—. Si no sabes cómo ir al jardín, dilo y ya está.

Suelta un bufido y se levanta a su vez.

—Conozco hasta el último corredor de este castillo.

—¿De verdad? —Arqueo las cejas—. ¿Todos? —La expectación me caldea por dentro—. Vamos a dar un paseo, Ophelia. ¿Quieres venir? —pregunto por educación, aunque espero que diga que no.

—No, señora. Marisol va a venir de un momento a otro para que repasemos el menú del baile.

Arrugo la nariz.

—Qué aburrimiento.

Sonríe.

—Por eso lo hacemos nosotras, y no tú.

Me acerco a Timothy y me cojo de su brazo. Se le contrae un músculo de la mandíbula ante el contacto y le sonrío. Vamos hacia la puerta y, en cuanto la abre, me suelta el brazo y adopta una pose gélida; el hombre que estaba en mis aposentos hace unos segundos se esfuma en el aire.

Guardo silencio todo el camino porque estoy memorizando la ruta para poder ir y volver sola. Cuando llegamos a la puerta del jardín, me vuelvo y le apunto al pecho con un dedo.

—Dices que conoces hasta el último corredor.

—Así es.

—¿También los secretos?

Me mira con sus ojos oscuros como si calculara la mejor respuesta, y con eso basta para que una chispa de emoción me
prenda por dentro. «Sabe de lo que hablo».

—¿Me los enseñarás? —insisto.

Guarda silencio un momento largo, tenso, mientras el
músculo de la barbilla se le contrae una y otra vez. Al final,
asiente.

Esbozo una sonrisa. La satisfacción me cosquillea por las
venas.

Extiende la mano a un lado y la pone sobre el candelabro de
la pared. Observo sus movimientos, fascinada, con el corazón
tan acelerado que oigo los latidos.

Tal vez, cuando recuerde este momento, pensaré que fue el
instante en el que descubrí que todo se esconde a plena luz.
Porque la pared que estaba mirando desaparece para dejar lugar
a un pasadizo oscuro y estrecho.

CAPÍTULO 20

Tristan

Cuando Michael y yo éramos niños, mi padre solía estar demasiado ocupado para hablar con nosotros, y a mi madre no le importábamos. Y aunque le hubiéramos importado, las cosas no son así en la monarquía. Las reinas no educan a sus vástagos. Solo tienen que parirlos.

Por tanto, como era de esperar, las que nos criaron fueron las niñeras. Los otros niños que había en el castillo eran los hijos de los criados, y no nos dejaban jugar con ellos o a ellos no les dejaban jugar con nosotros. Pero Michael siempre se las arregló para tener un grupo de amigos, que no dejaban escapar ninguna ocasión para aterrorizarme.

Yo era una presa fácil. No me interesaba ser el centro de atención; prefería quedarme al margen con mi libreta de dibujo y observar las interacciones de los demás.

Cuando ves las cosas desde fuera, aprendes mucho sobre la naturaleza humana.

No sé por qué, eso a mi hermano no le gustaba. Nunca le ha gustado nada que tuviera que ver conmigo. Solo nos une la sangre y, hasta de niño, ya me lo imaginaba encadenado a una pared mientras yo derramaba hasta la última gota de la suya, aunque solo fuera para acabar con lo único que nos conectaba.

Por aquel entonces no contaba con los medios para hacerlo, claro.

Solo se puede tirar a alguien al barro y decirle que es un monstruo un cierto número de veces para que acabe por creérselo. Por creer que, como eres un poco diferente, eres inferior.

A mí me lo inculcaron a puñetazos, pero todos decían que eran «cosas de niños». El hecho de que mi familia no me viera ni me diera importancia sirvió para afianzar ese convencimiento. Ser el segundo hijo me dio libertad, pero también me obligó a vivir a la sombra de Michael.

Pero, al menos durante un tiempo, mi padre se preocupó por mí.

Solía llevarme al borde del acantilado para enseñarme las constelaciones, para mostrarme cómo iluminaban el camino de vuelta a casa hasta en la noche más oscura. Aquellas veladas tranquilas con él eran un tesoro para mí. Eran el único momento en que sentía que estaba en mi lugar, que me veía, que me amaba.

Pero, a medida que fui creciendo, aquellos encuentros nocturnos cada vez eran menos habituales, porque el tiempo que solía dedicarme lo invertía entonces en preparar a Michael para ser rey.

Y, como hacía el resto de la gente, me olvidó.

Las estrellas no brillan tanto cuando las miras a solas.

Michael era el príncipe heredero, mientras que yo solo era... yo. Nunca entendí por qué él lo tenía todo, pero aun así se empeñaba en que yo tuviera menos que nada.

Pensé que, con el tiempo, las cosas mejorarían, pero fue al revés. Los empujones se convirtieron en torturas prolongadas; las magulladuras, en huesos rotos. Me escabullía por los túneles secretos del castillo solo para escapar.

Entonces fue cuando descubrí que llevaban a las montañas y al centro del bosque. También fue cuando decidí que iba a dejar de ser la víctima de Michael, y empecé a pasar horas visualizando el día en que se lo quitaría todo a él, a los que me habían hecho daño y a los que se habían limitado a mirar en silencio.

Es lo que tiene el resentimiento: crece y se te enrosca por todas partes como la hiedra, alimenta la rabia hasta que está tan entretejido con tu ser que es parte de ti, y eres la encarnación viva, latiente, del odio.

Y yo, el niño rechazado como si fuera basura, tenía tiempo de sobra para regar las hierbas. Para dejar que se pudrieran y crecieran sin dejar sitio a nadie más.

Michael siempre había sido más fuerte físicamente.

Pero yo soy mucho mucho más inteligente.

Y no se merece ocupar el trono.

Siento una punzada de dolor en la cicatriz del rostro, y aprieto los dientes para concentrarme en la madera oscura del cofre que guardo bajo la cama. Noto un cosquilleo en las entrañas cuando echo el cierre de metal de la parte delantera y lo vuelvo a meter en su escondite antes de coger una vela y salir de la habitación al pasillo.

Voy por los corredores hasta llegar a los túneles. Es la única manera de ir al despacho de mi hermano sin ser detectado; es medianoche, así que no habrá nadie por allí. Los túneles son oscuros y estrechos, y el frío de la piedra se cuela por las paredes y me cala los huesos. Acelero el paso. Una alegría salvaje me corre por las venas cuando me imagino su cara al ver lo que voy a dejarle.

Oigo un ruido al otro lado de un recodo y aminoro la marcha, inclino la cabeza y presto atención.

«¿Quién puede estar en los túneles a estas horas de la noche?».

Pocos conocen su existencia.

Un suspiro resuena entre las paredes y, en cuanto lo oigo, me relajo, cojo el cigarrillo de marihuana que llevo detrás de la oreja y me apoyo en la piedra fría para encenderlo con la vela.

Lanzo una bocanada de humo y cruzo un pie sobre el otro mientras espero y noto chispas en las tripas. Las pisadas se detienen de repente y, aparte del sonido de la respiración entrecortada, no se oye nada más.

—Qué cervatillo tan valiente, que se adentra en los túneles de noche.

No responde, y el sonido de la respiración cesa como si quisiera ocultar su presencia.

«Como si pudiera esconderse de mí».

—Si no vienes, daré por hecho que quieres que vaya a por ti. Y, entre nosotros, estás en desventaja. —Espero unos momentos antes de soltar la colilla de marihuana y pisarla con la bota—. Vale, de acuerdo.

—¡Espera!

El corazón me salta en el pecho cuando dobla la esquina con la lamparilla de aceite ante la cara. La luz le da un aspecto casi etéreo en la oscuridad.

Me tomo unos momentos para empaparme de ella. Le miro las puntas de las botas, los pantalones negros, la capa oscura y el pelo recogido en la nuca. Se me dibuja una sonrisa en la cara.

—Por tu aspecto, no parece que tengas buenas intenciones.

Frunce el ceño.

—Lo mismo se podría decir de ti.

—Yo nunca he tenido buenas intenciones.

Se muerde el labio inferior, incómoda. El gesto me va directo a la entrepierna. Me muero por sentir su carne entre los dientes, por notar el sabor de su sangre en la lengua.

Suspira y se pasa una mano por la cara.

—N-no le dirás a nadie que me has visto aquí, ¿verdad?

—Depende. —Me acerco un paso—. ¿Qué saco yo de esto?

Se queda boquiabierta.

—No… ¿Qué quieres?

Doy un paso más, luego otro, hasta que las puntas de mis botas tocan las de ella. Estoy tan cerca que veo cómo se le mueven los músculos del cuello cuando traga saliva, y tengo que contenerme para no extender los dedos y tocarle la vena palpitante y poder comprobar lo deprisa que le hago latir el corazón.

—Dime un secreto, *ma petite menteuse* —susurro.

La llama de la vela le arranca destellos de los ojos cuando estira el cuello para mirarme.

—Yo no tengo secretos.

Dejo escapar una risita.

—Todos tenemos secretos.

—Dime uno tuyo. —Inclina la cabeza hacia un lado.

—Los míos son una carga que no le deseo a nadie, la verdad. Ni siquiera a ti.

Suelta un bufido.

—Bueno, pues dime qué significa lo que me llamas.

Arqueo una ceja.

—Eso que dices en francés —insiste—. ¿Qué significa?

Chasqueo la lengua y sacudo la cabeza.

—Cuántas preguntas.

—Y ninguna respuesta —replica—. Al menos, dime qué haces aquí a las tres de la madrugada.

Soy incapaz de resistirme más y le pongo los dedos en torno al cuello para sentir el ritmo desbocado de su corazón. Se le acelera aún más bajo mi contacto y contiene el aliento.

—Puede que te estuviera siguiendo.

—¿Me estabas siguiendo?

—¿Te gustaría?

Deja escapar un gemido.

—¿Siempre respondes con preguntas? Es de lo más irritante.

Una sensación cálida me llena el pecho y me doy cuenta de que estamos solos en los túneles.

Podría tomarla, follármela, destrozarla, y nadie lo sabría.

La tentación es tan fuerte que se me van las manos, la polla se me tensa al imaginármela desnuda, ardiente contra la piedra fría de la pared, temblorosa, mientras la fuerzo y la hago gritar. Presiono mi cuerpo contra el suyo. Quiero que note lo que me está haciendo.

Abre mucho los ojos y agarra la lamparilla con más fuerza.

—¿Reaccionas igual cuando mi hermano te toca? —le pregunto, y se me revuelve el estómago ante la sola idea. Le suelto el cuello para subir la mano hacia la mandíbula y recorrer con los dedos los ángulos de su rostro—. ¿Se te entrecorta la respiración, te pones roja?

—Eso no es asunto tuyo —jadea.

Le paso las yemas por el cuello en una caricia suave, le toco el vello erizado…

—¿Se te moja el coño pensando en él como te pasa cuando piensas en mí?

—Yo no… —Deja escapar un gemido. La lamparilla se le cae al suelo y me agarra por la camisa—. ¡Ah!

Bajo la vista y veo que una gota de cera de la vela le ha caído en la clavícula. Presiono con el pulgar la cera que se va enfriando. El deseo me sacude hasta que las piernas casi me tiemblan al notar cómo se le ha enrojecido la piel.

Quiero verterle encima el resto de la cera y luego arrancársela fragmento a fragmento.

Entreabre la boca, se pasa la lengua por el labio inferior, maldita sea, cuánto deseo inclinarme sobre ella y robarle el aliento.

Hay unos segundos de silencio y la tensión carga el aire mientras nos miramos a los ojos, sin saber cómo admitir, tal vez sin querer admitir, que entre nosotros hay algo más que animosidad.

Levanto más la vela y la llama se mece cuando la inclino. Noto que una gota me aflora de la polla cuando la cera cae sobre la piel cremosa de su cuello, se le acumula en el hueco de la garganta, le corre por la piel expuesta creando un sendero que querría seguir con los dedos.

Entrecierra los ojos e inclina la cabeza para darme más acceso.

Le pongo la mano en el torso y la empujo contra la pared de piedra.

—Tristan… —susurra.

El estómago me da un vuelco y un infierno de lujuria me ruge por dentro y me abrasa la garganta.

—Dilo otra vez.

—¿El qué?

—Mi nombre, cervatillo —jadeo—. Di mi nombre.

Deja escapar el aire contenido y yo lo inhalo, desesperado por saborearlo en la lengua.

—Tristan.

Me enreda el pelo entre sus dedos.

Apoyo la frente en la de ella. El deseo me desgarra. Me muero de ganas de desnudarla, de follarla hasta que grite.

—Tendría que matarte por hacerme sentir así.

—Pues mátame —susurra.

Se pone de puntillas y me agarra el pelo con fuerza, haciendo que su nariz roce la mía.

—La muerte sería un regalo. —Presiono las caderas contra ella—. Prefiero verte sufrir.

Me inclino hacia delante, inhalo su aroma, contengo el gemido que se me quiere escapar. Rozo con los labios la cera endurecida del cuello y me contengo para no marcarla arrancándole la piel. Así, aunque no fuera mía, no sería de nadie.

Pero no lo voy a hacer.

La detesto por hacerme sentir esto, por hacer que anhele otra cosa que va a ser para mi hermano. Me ha hechizado y prefiero borrarla de la faz de la tierra a vivir en un mundo en el que me tienta y luego me deja con las manos vacías.

Me aparto de golpe y retrocedo hasta el otro lado del túnel. El resentimiento que llevo veintiséis años acumulando contra Michael me corre por las venas y me sale por los poros.

—Así que, además de ser la puta de mi hermano, eres una bruja —escupo.

El rostro se le contrae y entrecierra los ojos.

—No...

Pero no le doy tiempo a terminar. Me alejo por el túnel, sin hacer caso de cómo se me encoge el corazón al ver que no me sigue.

CAPÍTULO 21

Sara

Ha sido una tontería meterme en los túneles, pero, desde que he llegado al castillo, no aprendo de mis errores. Pensaba que no pasaría nada, pero debí imaginarme que el príncipe rondaría por ellos. Le gusta acechar en los lugares oscuros, y le gusta todavía más arrastrarme a ellos, ya sea para amenazarme o para susurrarme groserías al oído.

No sé cómo controlar la reacción que tengo a las dos cosas.

Y lo desprecio.

Pero hay momentos, instantes, en los que no me parece tan terrible. Como cuando utiliza todo su talento para dibujarle valor a Simon en el brazo, o como cuando guarda mis secretos. Y no me gusta reconocerlo, pero si alguien tenía que descubrirme mientras deambulaba por los túneles del castillo, mejor que haya sido él. Existe entre nosotros un nivel de confianza que nunca había experimentado con nadie aparte de con mi padre, y aún no sé cómo combinar estas dos emociones contradictorias.

Su hermano, en cambio, es mucho más fácil de interpretar.

—Gracias por invitarme a comer —le digo a Michael desde el otro lado de la pequeña mesa ovalada.

Me había vestido para la ocasión porque pensaba que se trataba de una aparición pública, pero me han traído a su despacho, donde nos han servido un almuerzo ligero de sándwiches y té.

Sonríe y se limpia las migas de los labios con la servilleta blanca.

—Es un placer. Bueno, Sara, háblame de ti.

—¿Qué quieres saber?

Inclino la cabeza hacia un lado. No soy idiota, sé que no siente ninguna curiosidad ni desea conocerme. Ningún hombre lo desea.

Se encoge de hombros y sonríe con astucia.

—Cualquier cosa que te parezca importante.

Le devuelvo la sonrisa.

—Soy una chica sencilla con necesidades sencillas.

Se echa a reír alzando su atractivo rostro hacia el techo. El sonido retumbante de las carcajadas levanta ecos en las paredes. Es un sonido sincero, y yo también me río.

—Me cuesta creerlo —dice.

Me encojo de hombros.

—La verdad es que prefiero hablar de ti.

—¿No lees los periódicos, Sara? —Arquea las cejas—. ¿Qué quieres saber que no se haya dicho ya?

Sonríe al hablar, pero veo en su rostro una expresión fugaz de tristeza. Siento un aguijonazo en el pecho, pero lo descarto de inmediato. No me importa que sufra. Se merece sufrir por todo el dolor que ha causado su familia.

—Bueno, es que en Silva no hay periódicos.

Se echa a reír.

—¿No? Creía que había periódicos en todas partes.

Me invade la incredulidad. ¿De verdad es tan obtuso?

Exhalo el aire muy despacio y aprieto los dientes para controlar la furia que me hierve en las entrañas.

—No hay ningún lugar para imprimirlos. No hay ningún negocio que los distribuya.

—¿En Silva? —Frunce el ceño—. No me lo puedo creer.

—Pues es así —replico—. He vivido allí toda mi vida.

—Estuve en Silva una vez, de niño. Recuerdo que era un lugar precioso.

Se me encoge el corazón al recordar que, cuando era pequeña, Silva era un lugar floreciente. Eran los tiempos en que mi padre vivía, y la gente estaba sana y era feliz.

—Es increíble lo rápido que cambian las cosas, ¿verdad? —entono—. En un momento dado estás en la cima del mundo, y al siguiente...

Sus ojos ambarinos se oscurecen.

—Entiendo... —Bebe un sorbo de té y sonríe—. Bueno, ¿qué quieres saber de mí?

«Quiero saber que estás muerto».

Tamborileo con las uñas sobre la mesa y me inclino hacia delante.

—Quiero saber qué te convertirá en un gran rey.

Se le borra la sonrisa y los nervios me atenazan el pecho hasta que siento que no puedo respirar.

—¿Sugieres que no soy todavía un gran rey, lady Beatreaux?

Tiene la voz ronca; el tono, afilado.

Niego con la cabeza.

—Solo quiero saber por qué te recordará tu pueblo. Como

esposa tuya, mi deber es resaltar esos rasgos, subrayarlos. Debo conocer tus planes para ser tu complemento ideal.

Inclina la cabeza a un lado y se frota la barbilla con los dedos. El corazón se me acelera, y me acerco más a él.

—¿Qué hace que seas grande, rey Michael Faasa III?

Le brillan los ojos, pero, antes de que diga nada, se oye un golpe en la puerta y entra mi primo Xander con una sonrisa en la cara.

—Parecéis muy a gusto el uno con el otro.

Michael aparta los ojos en mí y se acomoda en la silla. Luego me mira una vez más antes de sonreírle a mi primo.

—Va a ser mi esposa, Xander. ¿Pensabas que no íbamos a disfrutar de nuestra mutua compañía?

—Nunca se puede estar seguro, señor. Los matrimonios no siempre se basan en la compatibilidad.

Michael se levanta para acercarse a su enorme escritorio y abre la caja de los cigarros.

—Por suerte para nosotros, mi prometida es hermosa y tiene una conversación agradable. Estamos más que...

Se detiene a media frase y se pone pálido, casi blanco, al tiempo que se le abren mucho los ojos.

—¿Señor? —El rostro de Xander se tensa.

—¿Qué pasa? —pregunto. Me levanto de la silla, alarmada—. ¿Estás bien?

Michael tiene el rostro tenso. Coge algo de la caja, pero al instante lo suelta y se aparta mientras sacude la cabeza.

—¿Majestad? —prueba de nuevo Xander.

Michael se vuelve hacia mí con los ojos entrecerrados y los rasgos contraídos por el pánico.

—¿Has sido tú?

El cambio repentino en su personalidad me pilla con la guardia baja, y tengo que levantar las defensas.

—No sé a qué te refieres. —Voy hacia el escritorio y miro dentro de la caja.

Hay una docena de puros bien colocados y, justo encima de ellos, veo un pañuelo negro con bordados de oro y las iniciales MFGII en una esquina.

Me doy cuenta de que son las de su padre y voy a cogerlo, pero Michael se adelanta y me da un manotazo.

—No lo toques, estúpida.

Contengo una exclamación y me llevo una mano al pecho.

—Señor, por favor… —Xander se sitúa a mi lado con el ceño fruncido y me pone una mano en el brazo—. ¿Estás bien? —me pregunta.

Asiento. La mente me va a toda velocidad. Miro a Michael, que va de un lado a otro del escritorio y se mesa el pelo.

—Mira eso, Xander. —Señala la caja abierta—. ¿Qué vamos a hacer? No estoy loco. Ya te dije que no estaba loco.

Me pongo nerviosa al ver lo alterado que está. Mi primo se adelanta para examinar la caja y las gafitas se le deslizan por el puente de la nariz. Se le tensan un poco los hombros y alza la cabeza para mirarme igual que acaba de hacer Michael. Como si fuera yo la que ha puesto el pañuelo de su padre en la caja.

Suspira y mira al rey.

—Tiene que haber una explicación, estoy seguro.

—Pues tú me dirás —le espeta Michael, y da un puñetazo en la mesa que hace temblar los cimientos del edificio.

Xander nos mira alternativamente. Cuando habla, su voz es pausada, controlada, como si tratara de domar a la bestia antes de que salga de la jaula y nos haga pedazos.

—Majestad, tal vez deberíamos mandar a lady Beatreaux a sus aposentos antes de seguir adelante con esta conversación.

Aprieto los dientes. No quiero marcharme. Quiero saber qué está pasando.

—Si hay algo que preocupa a su majestad, es imprescindible que siga aquí, aunque solo sea para darle mi apoyo.

Michael se me acerca con dos zancadas rápidas y me pone una mano en la mejilla. Tiene una energía enloquecida que vibra en el aire, me envuelve con sus brazos. Su contacto es cálido, pero no reconfortante.

No saltan chispas.

Solo un ligero temblor.

—Eres un tesoro —dice. Me mira, luego mira hacia la pared y, por último, vuelve a mirarme a mí—. Mi reacción ha sido excesiva. Ese pañuelo es… importante para mí. Pensaba que lo había perdido para siempre. —Me da un toquecito en la barbilla—. Puede que seas mi amuleto de la buena suerte.

Me obligo a sonreír.

—Espero ser más que eso.

Me coge la mano y se la lleva al pecho. Noto lo deprisa que le palpita el corazón bajo la ropa. Si fuera más ingenua, pensaría que es por mí.

Pero sé muy bien la verdad.

Algo lo ha asustado.

Y tiene que ver con su difunto padre.

CAPÍTULO 22

Tristan

Lo que le dije a Antony sobre una cabaña abandonada antes de romperle el cuello no era ninguna mentira. La encontré un día que escapaba de mi hermano y su manada. No sé de quién era, y menos aún quién la habitó, pero sí sé que, en los diez años que han pasado desde que la descubrí, nadie más ha sabido de su existencia ni ha estado entre sus ruinosas paredes.

La he ido limpiando poco a poco, y aunque no hay agua corriente y la novedad de la electricidad nunca llegó aquí, es cómoda.

Y está en una zona del bosque donde nadie puede oír los gritos.

—No te quiero seguir haciendo daño —digo al tiempo que doy una vuelta más en torno a Edward. Le he encadenado los brazos a una larga mesa que está inclinada de manera que tiene la cabeza más baja que el cuerpo—. Quiero confiar en ti.

Su respiración es entrecortada; lo sé porque el trapo sucio con el que le he tapado la cara se mueve con cada jadeo.

—Has cometido una estupidez y, por tu culpa, todo podría echarse a perder —sigo—. ¿Sabes lo que has hecho?

Sacude la cabeza y las cadenas se tensan.

—Lo siento —dice con la voz amortiguada por la tela.

El estómago se me revuelve con lo que me está obligando a hacer. Resoplo y chasqueo la lengua.

—Es demasiado tarde para disculpas, Edward. Debemos arrepentirnos de nuestros errores y aprender de ellos.

Meto la jarra de metal en el cubo de agua que tengo a los pies, la sitúo sobre la cabeza y la inclino hasta que el líquido cae en un chorro continuo sobre el rostro, empapa la tela y se le mete en la boca hasta bloquearle las vías respiratorias.

Los tendones del cuello se le tensan cuando forcejea contra la mesa.

—Sé muy bien que eres consciente de que esto no es nada comparado con lo que pasará si tu amante se va de la lengua y nos arrestan por traición —digo—. Eres el que ha estado aplicando los castigos desde hace años.

Su respiración es un gorgoteo. El cuerpo se sacude en movimientos espasmódicos mientras se ahoga con el agua, incapaz de hacer nada que no sea experimentar la sensación y rezar para que no lo mate.

Aparto la jarra de nuevo y suspiro, molesto por tener que llegar a estos extremos. Suelto el recipiente en el suelo podrido de madera antes de inclinarme sobre Edward y quitarle el trapo de la cara.

Está empapado y tiene venillas rotas en torno a los ojos y los labios ensangrentados de mordérselos por el pánico.

Enderezo la mesa para que quede tendido en horizontal.

—Si fueras otra persona, te mataría.

Se le cae la cabeza hacia un lado. Su pecho sube y baja con la respiración jadeante.

—Ya lo sé —dice con la voz rota, ronca.

—¿Me vas a dar las gracias por ser tan compasivo?

Me mira a los ojos, entreabre los labios.

—No quiero quebrar tu espíritu, Edward. Esto me duele a mí tanto como a ti. —Le pongo una mano en el pecho—. Pero traer a alguien sin mi aprobación ha sido, como mínimo, peligroso. Un intento de suicidio.

Parpadea, se pasa la lengua por la carne agrietada.

—G-gracias.

—¿Por? —Arqueo las cejas.

—Por ser tan compasivo.

Asiento y me doy por satisfecho con el castigo. Llevo el cubo de agua a un rincón y apago las velas, pero no lo desato. Se va a pasar aquí la noche. Vendré a buscarlo por la mañana, cuando esté seguro de que comprende que la lealtad y el silencio son de una importancia vital.

—¿Me vas a dejar aquí? —pregunta con voz temblorosa.

Pongo la mano sobre el pomo oxidado de la puerta.

—Medita sobre lo que has hecho, Edward. Mañana por la mañana empezaremos de cero. —Abro la puerta y salgo al aire frío de la noche. Me detengo un momento y me vuelvo hacia él—. Si pasa algo, si las cosas se tuercen, las consecuencias las sufrirás tú. ¿Entendido?

Asiente sobre la mesa de madera. Tiene los ojos turbios.

He perdido toda la confianza que tenía en él, pero por ahora es suficiente.

Cierro la puerta, saco la llave y la hago girar en la cerradura antes de darme media vuelta para alejarme. Estiro el cuello para relajar la tensión y luego saco las cerillas del bolsillo y cojo el cigarrillo de marihuana que llevo dentro de la caja.

Puede que haya cometido una estupidez al dejar a Edward con vida; si se tratara de otro, no lo habría hecho. Pero él es un elemento clave en la rebelión, y perderlo sería como perder un brazo. Es un riesgo que no puedo correr.

Enciendo el cigarrillo y, tras darle una larga calada, echo a andar hacia el castillo.

Esta noche, la luna brilla alta, pues no hay las nubes habituales en el cielo de Saxum, y su luz tenue resulta inquietante. No hay un camino abierto que lleve a la cabaña; a lo largo de los años, he seguido rutas diferentes para asegurarme de que no queden marcas de mi paso en la hierba. Pero la ruta más sencilla lleva directa al jardín de mi madre, y es la que elijo esta noche.

Torturar a alguien es agotador.

Salgo de entre los árboles y me detengo en seco al ver una figura entre las sombras, en uno de los bancos cercanos a la fuente. Me acerco un poco más y advierto que se trata de lady Beatreaux.

Siento una extraña perturbación al darme cuenta de que mi cervatillo vuelve a estar fuera del castillo, cuando debería encontrarse a salvo en la cama.

—El insomnio es un problema grave de salud —digo al tiempo que me sitúo detrás de ella.

Se da media vuelta. La luz de la luna le ilumina los pómulos, y tiene una sombra de sonrisa en los labios.

—Me imagino que lo sabes por experiencia.

Camino alrededor del banco y me siento junto a ella, estiro las piernas, me llevo el canuto a los labios para darle otra calada.

Me observa con un brillo de curiosidad en el rostro. Estoy seguro de que es inocente, pero su mirada parece traspasarme, me abre surcos bajo la piel trazando un camino de fuego hasta lo más hondo de mí. Apoyo la cabeza en el respaldo y dejo que las tablas del banco me presionen el cráneo. Le ofrezco el cigarrillo de marihuana.

La verdad es que creo que no lo va a aceptar, pero, como suele hacer siempre, me sorprende al cogérmelo de entre los dedos con una mano delicada. Giro la cabeza para mirarla cuando se lo lleva a la boca, cierra los labios en torno a la punta y se le hunden las mejillas al inhalar.

Se me pone dura la polla.

Abre mucho los ojos y se le escapa el humo cuando tose y carraspea, golpeándose el pecho con un puño.

—Es... —Tose de nuevo—. Es asqueroso. ¿Por qué fumas esto? Es una tortura.

Sonrío, recupero el canuto y me acerco más a ella en el banco.

—¿Qué sabes tú de torturas, cervatillo?

Consigue parar de toser, pero tiene los ojos llorosos.

—Quema por dentro —gime.

—Tienes que aprender a inhalar.

Me acerco más y se me tensa el vientre cuando le pongo el canuto junto a los labios. No sé si me lo va a permitir o me va a apartar la mano de un golpe.

Las dos opciones son excitantes, y no sé cuál deseo más: la sumisión o la lucha.

Me agarra la muñeca con la mano y el contacto hace que me suban chispas por el brazo. Le pongo la punta en la boca.

—Inhala despacio.

Cuando cierra los labios en torno al cilindro de papel, la polla se me pone tan dura que me hace daño.

Deslizo dos dedos por su cuello. Ahora mismo, cuando estamos solos, no puedo no tocarla.

—Traga —digo con voz ronca.

Le brillan los ojos, pero los músculos se mueven cuando el humo le baja por la garganta y se le derrama en los pulmones.

Nos miramos.

—Exhala.

Hace lo que le digo, y una nube de humo se le enrosca en torno a la cara y me la oculta por un instante. Me excita cómo me obedece.

—Bien hecho.

Le doy un último toquecito en el cuello antes de recuperar el canuto y llevármelo a los labios. Está húmedo de su saliva.

Los ojos oscuros le brillan cuando se clavan en los míos. Luego baja la vista. Carraspea y se aparta en el banco.

—Sigue sin gustarme.

Me echo hacia atrás y me quedo mirando al cielo, sin hacer caso de todas las terminaciones nerviosas de mi cuerpo que me piden a gritos que la folle, o la mate, o lo que sea con tal de recuperar la calma entumecida a la que estoy acostumbrado.

—No es para todos los gustos.

—¿Tú por qué fumas marihuana?

Me encojo de hombros.

—¿Por qué no?

No responde, pero imita mi postura, estira las piernas y entrelaza las manos sobre el vientre, apoyando la cabeza en el respaldo del banco.

Reina el silencio. El sonido de las cigarras en los árboles y el ulular ocasional de algún búho son nuestra única compañía.

—Me calma —digo al final.

Me arrepiento al momento de haberlo dicho, porque me imagino que aprovechará la ocasión para atacarme. Pero no lo hace. Asiente y cierra los ojos.

—¿Alguna vez tienes la sensación de que no puedes apagar tus pensamientos? —sigo.

—Constantemente.

—Cuando los susurros no cesan, es como si tuviera nudos por dentro, y me aprietan tanto que no puedo quedarme quieto. Además, noto una tensión tan fuerte en el pecho que casi no puedo respirar. —Levanto el cilindro de papel—. Esto me alivia.

Gira la cabeza hacia mí con las cejas arqueadas.

—¿El poderoso príncipe Tristan acaba de reconocer delante de mí que hay algo que lo supera?

—A nadie le resulta fácil controlar la ansiedad, tampoco a mí. —Doy otra calada y se lo ofrezco de nuevo.

Para mi sorpresa, lo coge entre los dedos.

—Lo entiendo —dice—. Antes de la muerte de mi padre, yo era muy diferente. Era como cualquier otra chica. —Titubea y me mira con el rabillo del ojo—. Luego, cuando yo aún no había cumplido veinte años, salió de la ciudad para hacer lo que mejor sabía hacer.

—¿El qué?

—Ser un buen hombre. —Le tiembla el labio inferior—. Me prometió que volvería a tiempo de celebrar mi cumpleaños, y todos los días me sentaba junto a la ventana para mirar el camino de tierra esperando verlo llegar. Sentía un malestar en el estómago y tenía los nervios de punta. —Sacude la cabeza—.

Resultó que yo tenía razón. A veces, cuando tratas de ser bueno, acabas convirtiéndote en un mártir.

Se me encoge el corazón. No sé por qué me cuenta esto, y no sé por qué me importa.

—Bueno… —Se echa a reír—. Esa sensación no me ha abandonado desde entonces. Es como un ácido que lo destruye todo a su paso. Siempre estoy…, no sé, esperando, esperando que alguien llame a la puerta, que me diga que la persona que quiero no va a volver jamás.

Trago saliva para ahogar las emociones inesperadas que me provocan sus palabras, y recuerdo el momento en que supe que mi padre había muerto.

Se lleva el canuto a los labios echando la cabeza hacia atrás, y veo cómo se le mueven los músculos del cuello al inhalar. Su silueta es preciosa a la luz de la luna y, sin poder contenerme, le aparto un mechón ondulado de la cara.

—Sería un retrato deslumbrante.

Arruga la nariz, pero no se aparta.

—¿Qué?

—Me gustaría dibujarte —reformulo, y me acerco un poco más mientras mis dedos bailan sobre su piel—. Así, tal como estás, con el rostro besado por las estrellas… Es lo más bello que he visto jamás.

Se tensa, y siento que el corazón me va a estallar en el pecho. No sé por qué se me suelta así la lengua, no sé si pienso de verdad las cosas que digo. Lo único que sé es que, en este momento, me moriría si no las digo.

—¿Estás diciendo que soy hermosa? —susurra mirándome con los ojos muy abiertos.

Me humedezco los labios con la lengua y me acerco más a ella hasta que tengo la boca junto a su oreja.

—Estoy diciendo que eres capaz de volver loco a cualquier hombre, de hacer que arrase el mundo con tal de verte sonreír.

Se estremece, y siento una gota de semen que me asoma en la polla. Cada hueso de mi cuerpo me pide a gritos que la agarre, que la estreche contra mí, que la haga mía bajo las constelaciones cuya luz palidece a su lado.

Pero, entonces, recuerdo que dentro de pocas noches irá cogida del brazo de mi hermano.

Que será él quien se la lleve a la cama.

Que será él quien la tenga a su lado mientras reina.

Así que tendré que matarla, igual que a todos los demás.

Me aparto, le quito los dedos del pelo, me levanto y me alejo sin saber qué es ese dolor sordo que siento en el pecho y por qué ha empezado justo ahora.

CAPÍTULO 23

Sara

Ha pasado casi un mes desde que salí de Silva y, en este tiempo, no he tenido noticias de mi hogar. Sabía que sería así, pero eso no evita que añore ver los rostros conocidos.

Y las tierras familiares.

Me considero una trotamundos, pero no me gusta explorar un territorio desconocido sin saber qué pasará cuando dobles una esquina, como me ocurre en Saxum. Podría recorrer cada kilómetro cuadrado de Silva con los ojos cerrados y las manos atadas a la espalda. En cambio, aquí no he sido capaz de aferrarme a nada en concreto. El mapa mental que tengo de Saxum prácticamente está en blanco, apenas he podido marcar algunos puntos: los pocos sitios que he conocido. Tengo una imagen incompleta de este lugar y, cada vez que intento añadir información sobre él, algo se cruza en mi camino.

Mejor dicho, alguien.

Se me tensa el estómago cuando tengo que admitir que tal vez por eso me paso las noches caminando furtiva, en lugar de hacer lo que tengo que hacer. O tal vez son los últimos vestigios de mí que se aferran a la libertad porque sé que pronto me quitarán hasta eso. No soy tan inocente como para creer que, cuando todo termine, voy a seguir siendo la misma que soy.

La muerte te cambia de manera inevitable.

Mañana por la noche voy a desfilar del brazo del rey como una joya que ha capturado y quiere guardar en su cofre del tesoro.

—Mañana es un día importante, prima —me dice Xander mientras atravesamos el patio de la entrada.

Asiento y trago saliva, pese al peso que noto en el estómago.

—Has estado muy nerviosa —sigue—, pero es completamente normal, dada tu situación.

Arqueo las cejas y lo miro.

—¿Tan obvio es?

—Es obvio, pero, además, tú misma me lo has dicho. —Se ríe—. Habrá periodistas.

—No soy una incompetente, Alexander. Puedo hacer frente a unas pocas preguntas.

Se detiene, y la gravilla del suelo le cruje bajo los pies cuando se vuelve para mirarme.

—A partir de mañana, todo va a cambiar, Sara.

Sé que tiene razón. El baile de compromiso solo es el primero de muchos momentos importantes que van a marcar mi futuro. En el fondo sé que es verdad, pero, por primera vez, noto algo más por dentro. Algo pesado y palpitante en el pecho que me hace sentir como si me encaminara hacia la muerte. Cierro los ojos y ahogo los pensamientos egoístas, los encierro en un rincón del corazón donde espero que se queden para siempre.

Echo a andar de nuevo y Xander me sigue a toda prisa para darme alcance.

—Por cierto, tengo un regalo para ti.

—¿De verdad? —Le sonrío—. ¿Qué regalo me puede hacer falta?

Me devuelve la sonrisa y se sube las gafas.

—Esto te va a gustar.

—¿Me vas a decir qué es?

—Muy pronto.

Simon irrumpe por una puerta del lado este del patio y lo miro mientras corre sosteniendo ante él la espada de juguete.

—Ese mierdecilla…

Me vuelvo hacia Xander como un resorte.

—¿Cómo dices?

Hace un ademán en dirección al niño.

—No sé cuántas veces le voy a tener que decir a su madre que lo esconda, que lo ponga en su sitio.

Se me revuelve el estómago y la bilis me sube a la garganta.

—¿Y cuál es su sitio?

—Donde no lo veamos. —Frunce el ceño.

—Es un niño.

—Es el niño de una criada.

Arqueo las cejas y me aparto un paso de él.

—¿Y crees que vale menos por sus circunstancias?

—Por favor, prima, no seas ingenua. En este mundo, la posición lo es todo. Cada uno tiene que estar en su sitio.

—¿Por el color de su piel?

Me está hirviendo la sangre.

Se le contrae el rostro en una mueca al mirarme y luego mira de nuevo al niño.

—Porque es una abominación.

Suelto una carcajada de incredulidad. Los puñales que llevo bajo el vestido me piden a gritos que acalle su insolencia para siempre.

—Ay, Alexander... Para mí, la abominación eres tú.

Me doy media vuelta y me alejo, consumida por la ira.

«Cómo se atreve».

Simon está bajo el gran sauce llorón al final del patio, lanzando estocadas mientras mantiene la pierna adelantada.

—*En garde!*

Siento una calidez que me sube por el pecho y se me extiende por los miembros cuando me dirijo hacia él. Me pregunto, y no es la primera vez, cómo se puede ser tan cruel con un ser tan inocente.

Cuando me detengo a pocos metros y lo observo luchar con el aire, se me encoge el corazón al recordar el moretón que tenía en el ojo el otro día y su voz llorosa. ¿Estará solo porque no tiene a nadie con quien jugar?

—Tienes que mantener recta la muñeca —le digo.

Se gira y entrecierra los ojos hasta que me ve.

—¡Hola, señora! —Sonríe de oreja a oreja—. ¿Tú sabes luchar?

—Mejor de lo que te imaginas. —Le devuelvo la sonrisa—. Ven, te voy a enseñar.

Le indico que se acerque y corre hacia mí con una deliciosa sonrisa llena de dientes. Lo cojo por los hombros para darle la vuelta, le pongo las manos por delante y le corrijo la postura. Luego le paso los dedos por los brazos, y se sobresalta.

—No puedes estar tan tenso, Simon. Si estás rígido como una tabla, el cuerpo no te va a obedecer.

Los pequeños músculos se relajan. Bajo la mano para ponerla sobre la suya, en torno al puño de la espada.

—Tienes que ser como el agua. Fluido y veloz.

—¿Cómo el agua?

Arruga la frente, pero le muevo el brazo para enseñarle lo que me enseñó mi padre cuando yo tenía su edad.

Me aparto para dejar que termine él solo los movimientos.

—Exacto —le digo—. El agua es el elemento más poderoso del mundo. Es tranquila si quiere y feroz si hace falta. Nunca te fíes del aspecto para calcular el poder de otro.

Asiente con los ojos muy abiertos.

—¿Cómo te has hecho tan lista?

Me sacudo una pelusa imaginaria de la manga.

—Ni te imaginas las cosas que sabemos las damas.

—Muy cierto. Nunca subestimes a una mujer. Y menos a esta —ruge una voz detrás de mí.

Es una voz que hace que el corazón me dé un salto. Me giro en redondo y me encuentro cara a cara con un pecho amplio y una sonrisa luminosa.

—¡Tío Raf! —exclamo—. ¿Qué haces aquí?

Sus ojos de un azul hielo se iluminan mientras me examinan de la cabeza a los pies, apoyado en el bastón de madera oscura.

—Hola, querida sobrina.

—¿Quién eres tú? —nos interrumpe Simon, que se ha situado delante de mí y apunta con la espada al pecho del tío Raf.

Mi tío lo mira y se le borra la sonrisa al ver quién lo está interrogando. Entrecierro los ojos, y la necesidad de proteger a Simon me corre por las venas como una llamarada.

—Es mi tío, Rafael Beatreaux. —Le pongo una mano en el hombro a Simon—. Tío, te presento a su majestad —le digo con los ojos muy abiertos para que siga el juego.

Simon me mira con sus ojos ambarinos centelleantes. Y se me corta el aliento cuando, por primera vez, me doy cuenta de lo mucho que se parecen a los de Michael.

Se me encoge el corazón.

«No. ¿Es posible que…?».

El tío Raf se echa a reír.

—Claro, bromista.

Sacudo la cabeza.

—No, de verdad, es el rey. Y a la realeza hay que tratarla con respeto.

Simon hincha el pecho.

—Eso. Soy el rey. —Le pone la punta de la espada contra la pierna a mi tío, y tengo que contenerme para no soltar una carcajada—. Inclínate ante mí.

El tío Raf nos mira y noto que la ira me crece por dentro con cada segundo que pasa sin que nos siga la corriente.

—Tigrecito.

Esa sola palabra basta para que se me prenda un fuego en las entrañas.

Me tenso. No soporto cómo reacciona mi cuerpo ante el simple sonido de su voz.

Simon se da media vuelta, suelta la espada y corre a recibir a Tristan. No puedo evitar que se me encoja el corazón al ver el afecto sincero en sus ojos.

Lo adora.

Puede que sea el único que lo quiere.

Aparto la vista del niño y mis ojos se encuentran con los de Tristan. Las mariposas me revolotean en el estómago sin que pueda impedirlo. Quiero detenerlas, pero no puedo.

—¿Ese es…?

El tío Raf me coge del brazo, pero su contacto es frío en comparación con el calor de la mirada del príncipe.

—Sí —digo, apartándome para que me suelte.

—El príncipe marcado —susurra.

Siento un nudo en el pecho.

—No lo llames así —le espeto al tiempo que me vuelvo hacia él.

—¿Por qué te mira así?

Resoplo y me obligo a sonreír.

—Se debe de estar preguntando por qué existo todavía. No es mi mayor admirador.

—Bien. Que siga así.

Me ofrece el brazo y se lo cojo, tratando de ignorar la mirada abrasadora de Tristan en la espalda.

CAPÍTULO 24

Sara

Marisol revolotea a mi alrededor para asegurarse de que el vestido cae amplio donde tiene que caer amplio y se me ciñe donde se me tiene que ceñir. Es la última prueba antes de que lo luzca mañana en el baile. Y es espectacular. El encaje negro se superpone a la seda color crema en los volantes que me ciñen la cintura y también en la cola, y las mangas tres cuartos se acentúan con unos guantes hasta el codo. Jamás me había sentido tan bella.

Es el vestido que habría elegido si alguna vez hubiera juntado dinero para algo tan ostentoso. Pero, hasta hace muy poco, mi vida no era así. Tengo muchos vestidos bonitos, pero todos son heredados de mi madre, de los tiempos en que teníamos dinero. Los que traía cuando llegué me los proporcionó mi primo para que nadie supiera que, pese a ser hija de un duque, estoy en la ruina. Al rey Michael no le gustaría saber que lo único de alta alcurnia que me queda es el nombre.

Y, sobre todo, se negaría a creer que es culpa suya.

—Estás preciosa, señora —suspira Ophelia mientras me mira con las manos en el pecho.

—Gracias —respondo con una sonrisa.

Daría cualquier cosa por ser tan inocente como ella. Solo tiene tres años menos que yo, luce la frescura de los dieciocho en el rostro, pero me siento como si nos separaran décadas. Es lo que sucede cuando experimentas la crueldad de este mundo y de su gente. Ophelia, de rasgos delicados, me contempla con admiración; espero que conserve esa inocencia tanto tiempo como sea posible. Una vez la pierdes, ya no se puede recuperar. Solo queda de ella un recuerdo que quieres tocar con los dedos, pero siempre queda fuera de tu alcance.

—¿Tienes familia aquí, Ophelia? —le pregunto.

Sonríe y asiente.

—Mi madre, mi padre y un hermano mayor.

El amor que se percibe en su voz me hace sonreír.

—¿A qué se dedican?

—Mi padre trabaja con tu primo, en el consejo privado, y mi madre cuida de la casa.

—¿Viven aquí, en el castillo?

Abre mucho los ojos.

—No, no, señora. Mis padres viven en Saxum, pero no en el castillo. Y mi hermano está en Francia.

Sheina entra en la habitación con la bandeja de la merienda y se detiene en seco al verme.

—No pongas esa cara, Sheina. —Me echo a reír—. Cualquiera diría que no me has visto nunca con un vestido bonito.

Sacude la cabeza y la ornamentada vajilla tintinea cuando deposita la bandeja en una mesita.

—No, es que… —Me mira de arriba abajo, desde el ribete de encaje del dobladillo hasta el atrevido escote—. Pareces una reina.

Se me tensan todos los nervios bajo la piel.

Aunque no quiera reconocerlo, estoy nerviosa por el baile de mañana por la noche, y también por todas las noches que seguirán a la de mañana. Para actuar en el mundo de los hombres, aprendes a reprimir las emociones de tal manera que acabas olvidándolas; buena parte de mi futuro depende de saber hacer esto. Sobre todo, en el baile de compromiso. Estarán presentes todas las personas de importancia, incluida la familia real al completo, con la reina madre a la cabeza.

Suelto el aliento contenido y trato de controlar la mente desbocada y el temblor de las manos.

En ese momento llaman a la puerta. Timothy asoma la cabeza y pasea, una y otra vez, su mirada sorprendida por mi vestido. Las tres damas presentes se vuelven hacia él cuando abre la puerta y se hace a un lado para dejar paso a mi tío.

Las damas se vuelven hacia mí de nuevo. Cuando ve que no lo miran, Timothy asiente con la cabeza y me guiña un ojo al tiempo que se pone una mano en el corazón. Su gesto hace que se me ilumine el rostro con una sonrisa. No lo va a decir en voz alta y puede que no lo quiera reconocer, pero nos estamos haciendo amigos.

—Sara, cariño. Estás preciosa —entona el tío Raf al tiempo que cruza la estancia apoyado en el bastón.

Aparto la vista de la puerta por la que ha desaparecido Timothy y me concentro en mi tío. Cuando le miro los ojos azules y el pelo oscuro en el que hay más mechones blancos que hace unos años, siento el cálido confort de la familiaridad.

—Gracias, tío.

Se detiene delante de mí y mira a mis damas.

—¿Te queda mucho? He venido a tomar algo contigo y a charlar un rato para ponernos al día.

Miro a Marisol.

—¿Jefa?

Suelta un bufido, pero sonríe y se levanta.

—Podemos dejarlo ya, señora.

Aplaudo, deseosa de pasar un rato a solas con mi tío. Es el hombre más importante que hay en mi vida. No confío en su hijo, pero en él, sí.

—Es la hora.

La voz del tío Raf suena seria. No para de tamborilear con las uñas sobre el puño del bastón. Me siento como si tuviera mil abejas en el estómago y me estuvieran picando por dentro. Trago saliva y asiento.

—Lo sé.

Arquea las cejas.

—¿Has conseguido cierta influencia sobre el rey?

Me encojo de hombros y me muerdo la cara interior de la mejilla hasta hacerme sangre.

—Lo he intentado, pero no lo veo a menudo. —Me miro los dedos entrelazados sobre el regazo—. Y tu hijo no… colabora tanto como esperaba.

Mi tío arquea las pobladas cejas y frunce los labios.

—Ese chico siempre está metido en algo. —Se inclina hacia delante—. Pero puedes fiarte de él. Se avecinan cambios, querida sobrina, pero eso no quiere decir que las cosas vayan a ser fáciles.

No formulo en voz alta ninguna de las preguntas que me pesan en la punta de la lengua. Como, por ejemplo, qué demonios quiere decir. Hace tiempo que sé que es mejor no ahondar demasiado en los acertijos y afirmaciones sin sentido del tío Ralf.

—Siempre has sido la niña más lista de la familia —sigue.

—Ya no soy una niña, tío.

Deja escapar una risita.

—Para mí, siempre serás una niña, querida Sara.

Le sonrío, cojo la taza de té y bebo un sorbo tratando de no abrasarme. ¿Seguiría pensando que soy lista si supiera que me paso las horas soñando con rincones oscuros y príncipes peligrosos?

La sonrisa se le borra de la cara y los ojos le centellean cuando se inclina hacia mí.

—Tu padre estaría muy orgulloso de ti. Todos los que tengan sangre Faasa en las venas deben pagar por lo que han hecho.

Asiento. Un nudo de pesar me cierra la garganta hasta que casi no puedo respirar, y el peso de la responsabilidad me cae sobre los hombros de una manera que no sentía desde que llegué a Saxum.

Me he distraído del objetivo.

Eso no volverá a suceder.

CAPÍTULO 25

Tristan

—La mayoría ya sabéis que mañana se celebrará el baile del compromiso de mi hermano y su prometida.

Se oyen abucheos y veo gestos de odio en todos los presentes en la taberna. Alguien escupe en el suelo, asqueado.

Alzo la mano y suspiro.

—Seguro que no se esperan verme. Pero ya sabemos que me encanta hacer lo inesperado.

Una carcajada llena la habitación.

—Estamos en el umbral de un nuevo amanecer en el que no estaréis oprimidos por vuestras circunstancias. Donde nadie os echará a los leones solo porque sois un poco diferentes.

Hago una pausa y miro a los ojos a la gente. Siento su ardor tan claro como si me estuviera lamiendo la piel.

—El rey se ha vuelto loco y no quiere que nadie lo sepa. —Muestro los dientes en una sonrisa—. Pero yo lo sé.

—¿Por qué no tomamos el castillo por asalto ya mismo? —chilla una mujer que está en primera fila; las greñas le caen sobre el rostro demacrado—. ¡Somos suficientes!

Se oye un murmullo colectivo. Alzo una mano para pedir silencio.

—Sé que la situación es difícil, pero una gratificación instantánea rara vez satisface las necesidades; y yo lo que quiero es conseguir, con vuestra ayuda, la libertad para todos nosotros. ¡No basta con poner fin al reinado de Michael!

—¡Si muere, la corona pasará a ti! —insiste la mujer, y se da un puñetazo en la mano—. ¡Donde debe estar!

—Muy cierto, y me quedará de maravilla. —Sonrío—. Pero el objetivo es muy superior, no se limita a mí.

Me levanto la camisa para que puedan ver el tatuaje que me he hecho hace poco en el pecho; la piel todavía está enrojecida ahí donde la tinta ha penetrado. Es una hiena que muestra los dientes sobre un montón de huesos. Le cae un hilo de saliva de la boca y en sus ojos oscuros se ve el reflejo de unas llamas.

Debajo dice: «Unidos, reinamos; divididos, caemos».

—Sé que muchos no soportáis que os llamen hienas, y no es de extrañar. Dicen que son sucias, repugnantes, groseras…

Hay expresiones de odio en todos los rostros. La ira de los presentes me llega como una oleada de energía.

—Pero el poder solo puede estar en manos de aquellos a quienes permitimos que lo tengan —sigo. Me suelto la camisa y paseo por el estrado—. ¡Es hora de que lo recuperemos!

Miro a la mujer de las preguntas estúpidas y siento una corriente de placer que me corre por las venas al verle los ojos cargados de admiración. Se pone en pie de un salto y se deja caer de rodillas ante mí. Justo como me gusta.

—¿No dicen que somos fieras? —Me detengo y sonrío—. ¡Pues les demostraremos que tienen razón!

Golpean las mesas con las jarras y las aclamaciones crecen como una ola.

—Por el momento, festejad con las provisiones que he traído. Volved a vuestros hogares con la barriga llena, besad a vuestra familia sabiendo que habéis elegido el lado correcto de la historia.

De la parte trasera de la taberna empiezan a llegar fuentes de comida a las mesas, y todos se precipitan sobre ellas.

Bajo del estrado y paseo entre los bancos hasta la esquina del fondo, donde está Edward. Tiene los dientes apretados y los ojos extraviados, aún está recuperándose de las secuelas psicológicas del castigo sufrido. Su nueva amante esta delante de él, y Edward le rodea la cintura con los brazos.

—Bien hecho, Sheina. Has traído la comida del castillo —digo cuando llego junto a ellos.

La mujer inclina la cabeza.

—Gracias, señor.

—¿Te ha causado algún problema Paul?

—Ninguno. —Sonríe y aparta la mirada de mí para observar las mesas que nos rodean. Sin duda se está fijando en los cuerpos esqueléticos que se atiborran de pan y alubias—. Parece que no hubieran comido en muchos días —dice.

Me meto las manos en los bolsillos y rozo el borde de la caja de cerillas con el pulgar.

—Y así es para la mayoría.

—Esto que haces aquí… —Me mira, y tiene los ojos húmedos—. No eres en absoluto como dicen.

Los brazos de Edward se tensan. Es un movimiento sutil, pero lo advierto y lo archivo en la memoria para analizarlo más tarde.

Sonrío a la chica. No sé si es muy ingenua o muy estúpida, o tal vez se ha olvidado ya de que la amenacé con dejar que la violara el pueblo entero mientras mataba a todos sus seres queridos. De cualquier manera, sus palabras pulsan un botón que tengo en las entrañas, y sus reverberaciones me recorren con ecos que me provocan náuseas. Me inclino hacia ella.

—Soy como dicen; de hecho, soy aún peor de lo que dicen.

Tiene las manos sobre los brazos de Edward, y se los aprieta.

—Si Sara supiera lo que haces, te ayudaría —susurra.

—No me menciones su nombre —le espeto con una tensión repentina en el pecho.

—Es solo que…

—Chisss… —Le pongo la mano sobre la boca con tanta fuerza que le moldeo los labios entre los dedos—. ¿Te acuerdas de lo que te dije, lo que te pasaría si me traicionabas?

Parpadea y asiente.

—Bien. —Sonrío a pesar de las náuseas—. Pues no vuelvas a hablar de ella delante de mí.

Doy un paso atrás y me vuelvo hacia la gente.

—Entonces ¿ya la conoces? —me pregunta mi madre al tiempo que se alisa con las manos el vestido color púrpura oscuro.

Tiene el pelo blanco recogido en un moño tan prieto que le tensa los rasgos.

La reina viuda siempre está perfecta, siempre, aunque acabe de llegar tras horas de viaje desde nuestra hacienda.

—La conozco —respondo.

Tendido en el sofá, lanzo una bocanada de humo, que se enrosca en el aire sobre mi cabeza.

—¿Y bien? —insiste, y se adelanta en la silla.

—¿Qué quieres que te diga, madre? —suspiro, me paso la mano por el pelo y me siento para mirarla a los ojos—. ¿Que es todo lo que tú no eres? Pues sí.

Frunce el ceño y siento un cosquilleo de alegría. Me encanta haber creado rencor entre ellas antes siquiera de que se conozcan. Me muero por ver cómo mi cervatillo se enfrenta a mi madre.

—Me gustaría que dejaras de fumar hachís —dice—. Es un vicio repulsivo. No te hace falta manchar más tu reputación.

Me sube una risa por la garganta. Las heridas abiertas de cuando era niño y aún anhelaba el amor de mi madre me palpitan como si fueran recientes.

—Me cuesta acceder a tus deseos, madre. Sobre todo porque tú nunca tuviste tiempo para ocuparte de los míos.

—Eso no es justo —resopla. Se hace una pausa tensa y, justo cuando creo que va a cerrar el pico y dejarme en paz en silencio, vuelve a hablar—. Sé que estás triste por lo de tu padre. Todos lo hemos sentido. Si alguien te entiende, soy yo. Pero ya han pasado dos años, tienes que seguir adelante y…

Me levanto del sofá y me acerco a ella con los dientes tan apretados que me crujen.

—No finjas que comprendes mi dolor. —Me acuclillo delante de ella y sacudo la ceniza del canuto antes de ponerle las manos en las rodillas y mirarla—. ¿Dónde estabas la noche en que murió?

Alza la barbilla.

—Eso no es asunto tuyo.

La bilis me sube por la garganta. Siento una rabia tan palpable que se saborea en el aire.

—En su cama, no, seguro, porque ahí fue donde lo encontraron, con la piel azulada y completamente solo.

Se pone rígida, y en ese momento llaman a la puerta.

Una de sus damas va a abrir. Entra Timothy, que se aclara la garganta y hace una reverencia.

—Majestad, ha llegado lady Beatreaux a tomar el té.

Siento un nudo en el pecho al oír su nombre y también la repentina necesidad de quedarme allí, aunque solo sea para protegerla de la lengua afilada y las garras de mi madre. Cosa que es ridícula, porque hace un momento he estado alimentando el fuego para provocar esa misma destrucción.

Mi madre me da una palmadita en la mano.

—Ya hablaré contigo más tarde, Tristan, querido.

Le beso el dorso de la mano.

—Más tarde seguiremos con esta conversación, madre —la corrijo.

Me doy la vuelta y me encuentro ante lady Beatreaux, tan hermosa y voluntariosa como siempre.

Bien.

Ese rasgo de su carácter le resultará útil.

CAPÍTULO 26

Sara

No me había esperado que el encuentro con la reina viuda fuera en privado, pero me ha mandado llamar como si fuese una criada cualquiera, siempre a su disposición. La verdad es que no tengo ningún deseo de conocerla, pero mi tío ha insistido, y dice que es fundamental estar a buenas con ella, al menos hasta que me encuentre en una posición con más poder.

Así que me he colgado los puñales de la liga, me he puesto el vestido de día más caro que tengo, le he pedido a Sheina que me apriete al máximo el corsé y aquí estoy, respirando como puedo mientras sigo a Timothy por el pasillo.

—¿Conoces a la reina madre? —le pregunto.

—Sí —responde.

—¿Y?

Arquea una ceja.

—¿Y, qué?

—¿Dónde me estoy metiendo, Timothy? ¿Esa mujer es rosa o espinas?

—No es ninguna rosa, señora. —Deja escapar una risita y

se vuelve hacia mí antes de llegar a la puerta—. Pero tú tampoco. Sabrás manejarla.

Tal vez debería ofenderme por lo que dice, pero la verdad es que me reconforta, porque tiene razón. No soy ninguna rosa, y me alegro de que se haya dado cuenta.

La puerta se abre, y una joven con un sencillo vestido azul claro me sonríe y se aparta a un lado para que entremos en la habitación. Tengo las manos sudorosas y los guantes de encaje rosa se me pegan a la piel, pero respiro tan hondo como me permite el corsé y enderezo los hombros para fingir una seguridad que no siento. Estamos en sus habitaciones personales, un lugar donde no he entrado nunca, y me sorprende lo mucho que se parece a mi sala de estar.

Las maderas oscuras hacen destacar el papel pintado rojo y crema, y en el centro de la estancia chisporrotea el fuego en la chimenea. Veo dos sofás granates enfrentados, y también dos sillones de cuero ante una mesita redonda donde ya hay una bandeja de té con un servicio de porcelana con ribetes dorados y dibujos de pájaros azules.

Nada de todo esto retiene mi atención, porque nada más entrar en la habitación he notado su presencia. Es una vibración en el aire que me repta por la piel y se me mete por dentro.

Trato de resistirme y no mirar hacia donde está él, de verdad, pero me rindo y reconozco, quizá por primera vez, que pierdo el control cuando el príncipe anda cerca.

El colgante de mi padre me pesa en torno al cuello.

Nos miramos.

Los ojos de Tristan se me clavan como si yo fuera un animal en el circo; está al otro lado de la estancia, pero tengo la sensación de que me exhibo solo para él. Se me corta la respiración, que ya era superficial, cuando me mira el escote, y los muslos se me tensan con la repentina urgencia que siento entre ellos.

Timothy carraspea para aclararse la garganta y me roza el codo. Solo entonces consigo reponerme, aparto los ojos de Tristan y me concentro en la mujer que he venido a ver.

La reina Gertrude Faasa. La mujer que se limitó a mirar mientras su hijo asesinaba a mi padre, que permitió que lo ahorcaran por atreverse a cuestionar a la corona.

La rabia me arde en las tripas.

Doy un paso adelante y hago una reverencia. El dobladillo rosa del vestido roza el suelo a mis pies.

—Majestad.

—Acércate, niña —ordena—. Enderézate, que te quiero ver bien.

Las palabras cortan el aire como un cuchillo. El tono es exigente, casi cruel. Me levanto y me acerco a ella. Me mira con los ojos entrecerrados y los dientes apretados, como si me catalogara por piezas. Nunca había tenido tantas ganas de vomitar.

—Así que tú eres la chica que se va a casar con mi hijo. —Me examina el cuerpo entero con los ojos—. ¿Tus damas no saben peinarte esos rizos alborotados o qué?

Me pongo rígida ante el evidente insulto, pero a la vez siento más confianza: se ve obligada a recurrir a frases mezquinas, en lugar de lanzar ataques que me hagan verdadero daño.

Me río.

—Estos rizos son difíciles de peinar, señora. Mis damas hacen lo que pueden con lo que Dios me dio. —Inclino la cabeza—. Si algún día tienes la amabilidad de peinarme para que aprendan…

Aprieta los labios.

—¿Qué te hace digna de la corona, lady Beatreaux? —Sonríe. Sin esperar a que me invite, me siento en el sofá junto a ella—. Ponte cómoda, ponte cómoda —dice en tono de pulla.

Mi sonrisa es tan amplia que me duelen las mejillas.

—Muchas gracias.

—Bueno. —Hace un ademán con la cabeza en dirección a una de sus damas—. ¿Vienes de la nobleza?

—Mi padre era duque.

La chica que nos abrió la puerta se adelanta y sirve el té en las tazas de porcelana antes de volver a su lugar junto a la pared.

—¿Y qué hace ahora? —pregunta la reina madre.

El nudo del estómago se me aprieta todavía más.

—Pudrirse en la tierra.

Detrás de nosotras se oye una carcajada, y el sonido me vibra por dentro. Me vuelvo y veo a Tristan apoyado en la puerta, con las botas negras cruzadas una sobre la otra. No sé qué hace aquí todavía, pero, por extraño que parezca, su presencia me resulta reconfortante. Casi como si estuviera de mi parte, y no de la de su madre.

—¿O sea, que está muerto? —pregunta la reina.

Me vuelvo a fijar en ella y la grata sensación se esfuma.

—Así es, señora —confirmo.

Esta conversación me está poniendo furiosa. No se acuerda de él. Sabe mi nombre, sabe de dónde vengo, y no se acuerda de mi padre.

Ha habido momentos en que la vida me ha abofeteado, me ha abierto los ojos a realidades que te arrancan la inocencia de raíz, pero es la primera vez que veo cómo la misma experiencia puede ser muy diferente para dos personas.

Para mí, la muerte de mi padre lo cambió todo. Para ella, fue un día como otro cualquiera.

En este momento me prometo que jamás quitaré importancia a la muerte; que, cuando una vida llegue a su fin, rezaré por el difunto, por sus familiares y por todos los que lo querían. Todo el mundo merece que lo recuerden, aunque solo sea para imaginar cómo arde su alma en el infierno.

—Mmm..., es una pena. —Coge la taza de té y remueve el líquido unos momentos eternos. Al final, da un golpecito en la porcelana—. Mis hijos también perdieron a su padre. —Sacude la cabeza—. Aunque me imagino que ya lo sabes.

Asiento y entrelazo las manos sobre el regazo.

—Nunca olvidaré el día en que nos enteramos de la muerte del rey Michael.

—Aún lo seguimos llorando —suspira.

—Sí —interviene Tristan—. Una verdadera tragedia. Si quieres hablar sobre tu esposo, madre, por favor, sigamos nuestra conversación donde la habíamos dejado.

El corazón se me acelera al oír su voz. Lo miro a él y a la reina madre con curiosidad. Tristan le habla como si no la soportara, y eso contradice todo lo que me habían contado sobre ellos.

Siempre había pensado que la familia Faasa estaba muy unida, que eran leales hasta la muerte entre ellos. Ya me he dado cuenta de que el rey y su hermano no se llevan bien, pero no me imaginaba que la hostilidad incluyera también a la reina viuda.

Tampoco me importa. Para erradicar el poder de los Faasa, tengo que acabar con todos ellos.

—Tienes permiso para retirarte, Tristan —dice su madre.

Me vuelvo hacia él y le sonrío.

—Sí, no hace falta que te quedes.

Sonríe burlón, se aparta de la pared y se acerca a donde estamos. Viste de negro de la cabeza a los pies, como suele hacer, y la chaqueta le tapa los tatuajes que me encantaría ver, aunque me digo a mí misma que solo es porque su arte me parece admirable.

—Imposible, con lo interesante que se ha puesto la conversación —responde al tiempo que se acomoda en el sofá a mi lado—. Prefiero quedarme.

—No, por favor —repito, pero con poca convicción.

Chasquea la lengua y el sonido me toca la piel como si me hubiera rozado con las manos. Se ha sentado con las piernas abiertas y el brazo en el respaldo del sofá, de forma que las yemas de sus dedos me quedan peligrosamente cerca del hombro.

Está haciendo que me resulte difícil concentrarme. Tal vez sea eso lo que pretende. Estoy convencida de que le encanta causarme dificultades.

«Es irritante».

—Dime, lady Beatreaux —sigue la reina viuda—, ¿cómo es que una joven que no tiene padre es capaz de medrar tan bien en sociedad?

Se me rompe el corazón, pero consigo que no se me note en la cara.

—Igual que una reina viuda, me imagino. Con mucho dolor en el corazón, pero también con mucha voluntad.

—Mmm… —Me vuelve a mirar de arriba abajo antes de clavar los ojos de nuevo en los míos—. Los deberes de una reina exceden en mucho a los de una niña huérfana.

Casi me pueden las ganas de estrangularla, pero entrelazo los dedos sobre el regazo para contenerme.

—En ese caso, espero con impaciencia el momento de ser la reina. —Me aliso la falda—. ¿Y ahora te resulta agradable?

Inclina la cabeza hacia un lado.

—Oh… —Me río—. Tengo curiosidad por saber si disfrutas de no tener ya esos deberes. Estoy segura de que estás encantada de poder vivir en tu hacienda, en medio de la nada, sin ninguna responsabilidad como reina.

Se pone rígida y entrecierra los ojos.

—Debe de ser una vida muy tranquila —sigo—. Algún día, después de casarme con tu hijo, podemos ir a verte para que se calmen tus dudas cuando veas hasta qué punto he mejorado los cimientos que trataste de sentar.

La reina viuda deja la taza de té y el líquido casi se derrama de la taza cuando se vuelve a mirar a la dama de la esquina.

Un cosquilleo me recorre la espalda al notar un roce delicado en la nuca. Contengo el aliento y siento cómo se me tensan las entrañas.

Tristan me está tocando. Sus dedos son como un fantasma que me recorre la piel y me ponen el vello de punta. El pánico por si nos ve su madre se mezcla con la excitación del contacto y, en vez de echarme hacia delante para apartarme, me presiono contra él y noto cómo se me acelera el corazón y se me hace un nudo en el estómago.

No me atrevo a volver los ojos hacia él, pero sé que me está mirando.

Y no debería disfrutarlo tanto como lo disfruto.

CAPÍTULO 27

Tristan

Hace falta habilidad y precisión para tejer un tapiz de magia con las palabras, y desde niño descubrí que a mí se me daba bien. Ya de pequeño era capaz de convencer a otros de que mis ideas se les habían ocurrido a ellos, así que me pasé muchos años afinando ese talento para decirle a la gente que se fuera al infierno y lograr que disfrutaran con el viaje.

Por eso ver a lady Beatreaux enfrentándose a mi madre con esas mismas tácticas me resultó algo embriagador.

Es pura voluntad. Es fuego.

Es el demonio disfrazado de serpiente para convencer a cualquiera para que muerda la manzana.

«*Ma petite menteuse...*». Mi pequeña mentirosa.

Esto es todo lo que debe ser una reina. No se puede poner a una niña inocente al frente de un reino.

La sola idea de que mi hermano la vaya a tener a su lado siendo tan valiosa hace que la bilis me suba a la garganta. Mi odio me pide a gritos que lo mate ya y me la quede para mí.

En menos de dos semanas caerá mi hermano y, con él, todos los que lo apoyan, y yo ocuparé su lugar porque soy el heredero del trono. Pero nunca me había planteado tener una reina.

—¿Listo? —le pregunto a Edward, y lo miro de reojo mientras nos dirigimos al salón del banquete.

Los murmullos suben de volumen con cada paso que damos. Se oyen a través de las paredes. Sonrío y la energía me crepita bajo la piel.

—Todo saldrá bien.

—Pues claro —replico—. No llevo el fracaso en la sangre.

Esboza una sonrisa.

—Técnicamente, tu hermano tiene la misma sangre.

—Es cierto, por desgracia. —Hago una mueca—. Tendré que derramar hasta la última gota.

Edward suelta una risita, llegamos ante las puertas de madera oscura y las bisagras de metal gris chirrían cuando las abre y entramos.

Toda la atención se centra sobre mí y la absorbo a través de la piel. Me alimento de esa energía.

El salón del banquete está decorado en negro y oro, y el estandarte de la familia cuelga del techo, sobre las largas mesas cubiertas de manteles blancos situadas cerca de las paredes. La más grande está en perpendicular a las demás, sobre un estrado desde el que se domina la estancia. En el centro se encuentra mi hermano flanqueado por su futura esposa y nuestra madre, y sus consejeros ocupan el resto de las sillas.

Siento náuseas al ver los rostros de todos los que se han interpuesto en mi camino, de la gente que nunca me ha mostrado el respeto que le muestran a Michael si no les convenía.

Los rostros se vuelven para mirarme cuando paso entre las mesas. Mis pisadas resuenan en el suelo y levantan ecos en los techos altos.

—El príncipe marcado —susurra alguien.

Hubo un tiempo en que ese apodo me dolía, pero ahora lo utilizo como combustible porque sé que cualquiera que ose enfrentarse a mí acabará a mis pies suplicando compasión.

Mi hermano aún no se ha fijado en mí porque está concentrado hablando con mi madre y con Xander, pero la cosa cambia cuando miro a mi cervatillo. Un calor peligroso me sube por las entrañas con solo saber que, mientras todos celebran su unión con Michael, ella solo tiene ojos para mí.

Edward se dirige hacia una de las mesas de los lados para ocupar su asiento junto a otros militares de alto rango y empieza a charlar con ellos. Es importante que haya muchos testigos de nuestra presencia.

Me detengo al llegar ante el estrado sin dejar de mirar a lady Beatreaux. Ella inclina la cabeza y frunce el ceño. No puedo contener una sonrisa mientras me humedezco el labio inferior. Está incómoda.

—Tristan… —La voz grave de Michael resuena en la estancia—. Qué maravillosa sorpresa.

Muy despacio, aparto la vista de su prometida para mirarlo a él.

—¿Creías que no iba a venir, hermano?

—Contigo nunca se sabe. —Deja escapar una risita y hace un ademán a un criado—. Traedle una silla.

—Lady Beatreaux. —Dejo que su nombre se me deslice por la lengua cuando me vuelvo de nuevo hacia ella—. Estás arrebatadora. Mi hermano tiene mucha suerte.

Oigo exclamaciones contenidas a mi espalda. No me cabe duda de que mi osadía ha sorprendido a muchos. La excitación me revolotea por dentro. ¿Cómo va a reaccionar ella? ¿Y mi hermano?

Lady Beatreaux sonríe e inclina la cabeza, aunque veo una chispa de irritación en lo más profundo de sus ojos castaños.

—Gracias, alteza. Eres muy amable.

—Ya sé que tus modales están algo oxidados —interrumpe Michael con llamaradas en los ojos—. Pero cuida cómo hablas a mi futura esposa.

Extiende una mano para coger la de ella, que se vuelve para mirarlo con dulzura y entrelaza los dedos con los suyos por encima de la mesa.

Una oleada verde me invade por dentro y aprieto los dientes con tanta fuerza que me crujen. Aparto los ojos porque tengo miedo de que, si no lo hago, voy a subir de un salto donde están y voy a arrancarle los dedos a mi hermano para que no se le ocurra volver a tocarla.

Subo al estrado y paso por detrás de las sillas hasta situarme tras mi primo, lord Takan, que ocupa la que hay junto a mi cervatillo. «La bruja traidora».

Me inclino sobre él y le pongo una mano en el hombro. Los diamantes de los anillos centellean cuando se lo aprieto.

—Cuánto tiempo, primo.

Se pone tenso y la copa de vino queda detenida a medio camino de su boca.

—Vaya, Tristan. Qué agradable sorpresa.

Arqueo una ceja.

—¿De veras? ¿Cuándo fue la última vez que te vi? —pregunto—. ¿En el funeral de mi padre?

Carraspea para aclararse la garganta mientras deja la copa en la mesa.

—Me parece que sí —contesta tamborileando los dedos, nervioso.

—Vaya. —Lanzo un silbido—. Dos años. Cómo pasa el tiempo.

Un criado se acerca con una silla en las manos, y encuentro muy divertido que Takan tenga que moverse a un lado para dejarme sitio.

Una vez colocada la silla, me siento y estiro las piernas bajo el largo mantel de lino blanco que me cubre el regazo. Me vuelvo hacia mi primo, pero extiendo el brazo derecho para poner la mano sobre el muslo de lady Beatreaux. Se pone rígida como un cable y el tenedor se le cae en el plato con estrépito.

—¿Te encuentras bien? —le pregunta Michael.

La agarro con más fuerza.

—¿Qué? —Fuerza una risa—. Sí, sí, todo perfecto. Es que me ha parecido ver una cosa.

—Cuéntame, primo. —Sonrío a Takan—. ¿Qué has andado haciendo desde que nos vimos por última vez?

Dibujo círculos ascendentes por la pierna sobre la tela de su vestido y me detengo al notar un bulto.

Se pone tensa, y me doy cuenta de que lleva un puñal en el muslo. Sonrío y la miro de reojo.

«La muy bribona».

Una visión me asalta la mente y se me pone dura al imaginármela atada y desnuda, sin nada sobre la piel, excepto la plata del puñal y el calor de mis labios. Subo la palma de la mano hasta llegar a la abertura entre los muslos y rozo con los nudillos la parte baja del corsé al tiempo que le aprieto el tejido contra la piel.

Noto el calor que desprende su coño y he de apretar los labios para contener un gemido al tiempo que amaso su carne entre mis dedos. Entonces lady Beatreaux me sorprende una vez más colocando su mano sobre la mía.

Takan se limpia los labios con la servilleta, pero sus movimientos son torpes y tiene la frente perlada de sudor. Aprieta los dientes, nervioso.

—Tu hermano me ha nombrado virrey de Campestria.

—¡Virrey, nada menos! —Arqueo las cejas—. Qué... pintoresco.

Amaso con más fuerza y las piedras de los anillos de mis dedos se clavan contra la palma de mi cervatillo. Aparta la mano y sigo ascendiendo al tiempo que me apoyo en el respaldo de la silla, cojo la copa de vino y me la llevo a los labios.

Ella me pone la mano en el muslo y me roza la erección con las yemas de los dedos. Me atraganto y el vino me quema en la garganta. La polla me palpita, desesperada por su contacto. Me muero de ganas de cogerla en brazos, de tirarla sobre la mesa, subirle el vestido y pasarle la lengua por el coño para oír cómo suenan sus gemidos con la acústica de esta sala.

Me adelanto un poco, con los labios entreabiertos mientras ella recorre mi miembro con la palma de la mano, moviendo la tela, creando una fricción que está a punto de llevarme al orgasmo casi sin tocarme.

Noto una gota en la punta y le aprieto el muslo con tanta fuerza que sé que le voy a dejar marcas.

—Sara, querida. —La voz de Michael atraviesa la bruma lujuriosa en la que estamos perdidos y ella aparta la mano al instante—. Quiero hablar contigo a solas un momento antes de que empiece el baile.

Lo mira sonrojada. Yo me tengo que agarrar al borde de la mesa con tanta fuerza que los nudillos se me ponen blancos.

—Por supuesto, majestad —susurra, seductora.

Pone la mano en la de él y se levantan. Pero, antes de que puedan alejarse, se oye un golpe estrepitoso. Me vuelvo hacia la izquierda y veo que mi primo se ha desplomado sobre la mesa llevándose las manos al cuello y está sufriendo espasmos convulsivos, por lo que ha perdido por completo el control sobre los músculos. Los capilares se le han reventado en los ojos. Estoy paralizado, no puedo apartar la vista.

Se oye un grito ante el estrado y alguien sube a toda prisa y me empuja a un lado para ayudarle. Lo permito y siento cierto temor al darme cuenta de que alguien ha envenenado a mi primo, y no he sido yo.

CAPÍTULO 28

Sara

Estricnina.

No es el veneno más sutil, pero tampoco me hacía falta ninguna sutileza. Necesitaba algo que no tuviera cura conocida y que actuara deprisa.

Lord Takan es inofensivo, un sacrificio necesario, pero algo en mi interior se ha marchitado, se ha roto cuando le he puesto el polvo en la copa y he visto cómo se disolvía sabiendo que lo estaba condenando a muerte.

Es primo hermano del rey, es un Faasa. Está muy abajo en la línea sucesoria, pero está en la línea. Y mi sed de venganza no quedará aplacada hasta que haya erradicado de la tierra hasta la última gota de sangre Faasa.

Michael me agarra por el brazo con una mano temblorosa. Tiene perlas de sudor en la frente mientras nos escoltan fuera de la sala, rodeados de guardias dirigidos por Timothy y otro hombre de uniforme con el pelo rubio enmarañado. No recuerdo su nombre, pero es el que retuvo a la mujer que trajo la cabeza de lord Reginald. Xander nos precede y se mesa el pelo como si quisiera poner orden en sus pensamientos.

Entramos en el despacho de Michael y Timothy me agarra por el codo para examinarme de la cabeza a los pies, como si tuviera miedo de que yo también hubiera ingerido un veneno que me va a paralizar las vías respiratorias y me va a hacer morir entre convulsiones.

—Quiero saber qué demonios ha pasado. —La voz de Michael estremece las paredes.

Xander pasea inquieto ante el escritorio.

He llegado a la conclusión de que es un actor con mucho talento.

Porque ha sido él quien me ha dado el veneno.

—Hay que seguir con el baile —cloquea mi primo—. Es el momento ideal para que aparezcáis juntos y tranquilicéis al pueblo. Les demostraréis que, incluso ante la adversidad, os dais fuerza el uno al otro.

Suelto un bufido.

—¿Alguna vez piensas en algo que no sea la política?

Aprieta los labios y un brillo siniestro le nubla los ojos.

La puerta se abre de golpe y entra el príncipe Tristan envuelto en un aura de energía oscura que hace que la temperatura baje solo con su presencia.

Me estremezco y el corazón se me acelera en el pecho.

Parece furioso.

—Tristan —salta Xander—, parece que la muerte te atrae, ¿no?

Las pisadas del príncipe marcado resuenan en el suelo cuando atraviesa la habitación, con la chaqueta larga y suelta volando tras él. Xander abre mucho los ojos y retrocede hasta chocar contra el escritorio.

Rápido como el rayo, Tristan lo agarra por la cara y le aprieta las mejillas de tal manera que las gafas se le suben torcidas hasta la frente.

—Por favor, hermano… —suspira Michael al tiempo que se frota la cara con las manos.

Tristan aprieta los dientes y levanta a Xander hasta que apenas toca el suelo con los dedos de los pies.

Siento un atisbo de preocupación por mi primo, pero estoy paralizada en el sitio ante la energía pura que irradia el príncipe. Es una sensación embriagadora que me corre por las venas. Su sola presencia en un lugar domina al resto de las personas que se hallan cerca.

Le miro los anillos de los dedos, las venas hinchadas de la mano, y no puedo evitar apretar los muslos al recordar que esa misma mano acaba de estar entre mis piernas delante de docenas de personas, sin que ninguna de ellas lo advirtiera.

Lamento no haber podido aprovechar la ocasión de comprobar hasta qué punto le afectan mis caricias.

—Alguien de mi familia ha sido envenenado en nuestra casa, y tienes la osadía de hablarme como si no pudiera hacerte pedazos y echarte a los perros para que te devoraran —escupe Tristan.

La imagen que evocan sus palabras me revuelve el estómago.

—No se lo recomendaría, alteza —tartamudea Xander; hace una mueca cuando el príncipe afloja un poco el agarre—. Debo de ser muy correoso.

Tristan se ríe con desprecio y lo suelta. Corro junto a mi primo y me agacho para ayudarlo a levantarse.

—¡Compórtate! —le espeto a Tristan.

Tiene una tormenta desencadenada en los ojos. Las burlas juguetonas han desaparecido como si fueran imaginaciones mías. El corazón me late desbocado mientras lo miro y, por primera vez, entiendo por qué le tienen miedo. Vuelvo a oír las palabras de mi tío: «El príncipe marcado es un salvaje, Sara. No te acerques a él hasta el último momento, ¿entendido?».

—¿Cómo sabes que ha sido veneno? —pregunta Michael.

—Porque no soy idiota. —Tristan aparta los ojos de mí y se vuelve hacia su hermano—. ¿No te has fijado en las convulsiones, en lo que le costaba respirar? Ha sido una muerte rápida y dolorosa.

Michael contiene el aliento.

—¿Está muerto?

Tristan deja escapar una carcajada ronca.

—Las hienas —susurra Xander.

Arqueo las cejas, indignada por aquel insulto despreciable. Sé lo que está haciendo: atribuir el asesinato a los rebeldes. Ese no era el plan, pero entiendo que es útil usarlos como chivos expiatorios para apartar cualquier sospecha de nosotros. Pero la sola idea de que sufran inocentes me pesa tanto que me tiemblan las piernas. Espero poder terminar con mi misión antes de que las cosas lleguen tan lejos.

Michael suelta un bufido.

—¿Aquí? ¿En el castillo?

—No sería la primera vez que entran en el castillo —intervengo—. ¿Tan imposible es que hayan vuelto a hacerlo?

Tristan se apoya en la pared con los dientes apretados. Se saca el canuto de detrás de la oreja y se lo pasa por el labio superior antes de ponérselo en la boca. Sé que no es el momento oportuno ni la reacción apropiada, pero se me tensa el vientre y noto el deseo acumulándoseme entre las piernas.

Tras aquella noche bajo las estrellas, he dejado de pensar lo que opinaba sobre fumar.

Saca cerillas del bolsillo y unos mechones de pelo negro azabache le caen sobre la cicatriz cuando se inclina para encender una. La llama le ilumina las facciones con un cálido fulgor anaranjado y sus ojos relampaguean cuando los clava en mí. Se yergue y deja que la cerilla se consuma hasta que estoy segura de que la llama le está quemando los dedos.

Pero no parpadea. Ni siquiera se mueve.

Trago saliva, atrapada en su mirada como si fueran arenas movedizas.

Esboza una sonrisa burlona y el humo se le escapa entre los labios y se enrosca en el aire.

—De cualquier manera, ahora no podemos hacer nada —dice Xander. Su tono me arranca del estupor.

Siento un nudo en el pecho cuando aparto la mirada de Tristan.

Michael recorre la habitación de un lado a otro mirando en todas direcciones. No entiendo que esté tan nervioso por lo ocurrido ahora y que, sin embargo, hace apenas unas semanas, ni siquiera se molestara en mirar la cabeza decapitada que rodó hasta sus pies.

—No te preocupes —le dice mi primo—. Yo me encargaré de todo.

CAPÍTULO 29

Tristan

—¿Crees que ha sido un rebelde? —me pregunta Edward al tiempo que se estira los puños del uniforme—. No sé..., alguien que se ha cansado de esperar y está actuando por su cuenta.

La sola idea de que algún rebelde me desobedezca me llena de rabia. Lo miro de reojo, y la desconfianza me empieza a serpentear por el cerebro.

—¿Por qué va a querer alguien morir lenta y dolorosamente a mis manos? —pregunto—. Porque cualquiera sabe que eso es lo que le pasaría si me desobedeciera.

Asiente y se frota la barbilla.

—O puede haber sido Alexander, ese pajarraco patético...

—En este momento, todo el mundo es sospechoso.

Me levanto del asiento y voy hasta el rincón del cuarto de Edward para mirarme en el espejo que tiene sobre la cómoda.

—¿Lady Beatreaux también?

Me pongo a la defensiva al instante. Me vuelvo hacia él inclinando la cabeza.

—Si me quieres preguntar algo, Edward, hazlo sin rodeos. No soporto los jueguecitos de insinuaciones.

Traga saliva y se encoge de hombros.

—No insinúo nada…, pero es una mujer muy atractiva.

Aprieto los dientes y contengo las ganas de cortarle la lengua por hablar de ella como si tuviera algún derecho. O como si tuviera la menor idea de lo arrebatadora que es.

—Pertenece a mi hermano.

Me mira de reojo y viene a mi lado.

—Les dijiste a los rebeldes que no la tocaran.

Dejo escapar un suspiro. Estoy harto de este interrogatorio.

—La mataré yo, con mis propias manos, Edward. A ser posible, delante de Michael.

Vuelvo a verla en la cena, cuando me acariciaba la polla y luego puso esos mismos dedos en la mano de Michael mientras le sonreía como si mi hermano fuera el mundo entero para ella.

Una idea repentina me asalta como una bofetada en el rostro.

«¿Y si ha sido ella quien ha matado a Takan?».

Siempre está rondando por donde no debe, lleva un puñal en el muslo, aparenta ser adorable y tierna cuando sé que en realidad es una serpiente capaz de hechizar a cualquiera.

Estaba sentada junto a lord Takan en el banquete.

Se me escapa una bocanada de aire mientras las piezas del rompecabezas encajan. Una corriente fría de calma se me desliza por las entrañas cuando lo comprendo.

Claro que ha sido ella.

«Mi pequeña mentirosa».

Debería sentir rabia, pero lo que noto es excitación; si de verdad ha sido ella, es mucho más perversa de lo que pensaba. Me muero de ganas de presionarla para ver hasta dónde aguanta antes de quebrarse.

Se me empieza a poner dura la polla, excitado por la artería de esta mujer. Me muerdo el labio inferior para contener un gemido al darme cuenta de que eso la hace todavía más atractiva para mí.

Me estiro el chaleco negro, voy hasta la silla donde he dejado la chaqueta del frac y me la pongo.

—Esto no altera para nada nuestros planes —le digo a Edward, y una sonrisa astuta se dibuja en mi rostro—. Esta noche igual hay una oferta especial de dos por uno.

El último baile que se dio en el castillo Saxum fue cuando Michael subió al trono. Fue el evento más fastuoso desde el organizado para celebrar el cambio de siglo hacía ya diez años.

Yo no asistí.

Se me debió de olvidar.

Pero sabía que esta noche era la presentación en la corte de lady Beatreaux, así que ella sería el centro de atención.

Lo que no esperaba era que me afectara como me está afectando.

La observo desde las sombras del salón de baile y la sangre me hierve como si fuera ácido en una cuba mientras la veo pasar por los brazos de una docena de hombres que piden su oportunidad de bailar con la futura reina.

Mi hermano está sentado al lado de nuestra madre, en una zona aparte para la familia real, bajo una marquesina de drapeado deslumbrante color negro y oro.

—Es una belleza, ¿verdad? —susurra una voz pastosa detrás de mí.

Miro hacia atrás, molesto. ¿Quién se atreve a hablar conmigo? La irritación no hace más que crecer cuando veo a un hombre bajo y corpulento, demasiado enjoyado, con el pelo rojo brillante como el sol y sosteniendo con mano insegura una copa de vino.

Lord Claudius, el barón de Sulta, una ciudad al otro lado de las llanuras de Campestria, cerca de la frontera sur. Solía pasar los veranos con nuestra familia en la hacienda, y siempre ha tenido envidia de mi hermano. Es una verdadera obsesión para él.

—Hola, Claudius. —Suspiro—. Me alegra ver que sigues siendo una sabandija.

Sonríe y apura el resto del vino.

—Y tú sigues manteniéndote al acecho entre las sombras, alteza. ¿Todavía te escondes de tu hermano como cuando éramos niños?

Dejo escapar una risita y me vuelvo para enfrentarme a él con toda mi altura.

—¿A ti te han invitado esta noche? ¿O te has colado para estar cerca de Michael? —Lo agarro por el hombro—. Oye, ¿por qué no te pones un vestido? Igual lo engañas y te deja que le chupes la polla creyendo que eres una puta. Sé que llevas años soñando hacerlo.

El rostro se le deforma en una mueca de ira y se aparta de mí, alejándose a toda prisa sin decir palabra. Lo sigo con la mirada. Va hasta el centro del salón de baile, da un golpecito en el hombro al joven que baila con lady Beatreaux y lo sustituye. Los dedos regordetes la agarran por la cintura cuando la estrecha contra él.

La ira me devora desde dentro cuando la toca. La sonrisa de lady Beatreaux es forzada y tiene un brillo de malestar en los ojos.

Por lo general, disfrutaría con su evidente incomodidad. Pero solo si es a mis manos.

Mientras bailan el sencillo vals, la palma de la mano del hombre baja por la cintura de ella hasta detenerse justo por encima del culo.

Estoy a dos segundos de cruzar la estancia y arrancarle los dedos uno a uno; pero, antes de que tenga ocasión, ella consigue romper el contacto.

Claudius hace una reverencia y ella se aleja y se dirige hacia la salida caminando por aquel suelo de baldosas brillantes.

Los músculos se me tensan de expectación cuando él la sigue con la mirada, y veo el momento exacto en que toma la decisión y echa a andar tras ella para salir por la misma puerta.

Miro a mi hermano, imaginando que estará furioso por el comportamiento de ese cretino, sin embargo, me doy cuenta de que está distraído mirando hacia el fondo de la sala, donde hay una criada de pie junto a la pared.

Es repulsivo.

Estiro el cuello para relajar los músculos y sopeso las opciones. Podría seguirla o podría hacer caso omiso de la situación.

Sara Beatreaux no es asunto mío.

No tiene por qué importarme lo que le pase.

No me debería importar.

Pero me importa.

CAPÍTULO 30

Sara

Noto que está detrás de mí antes de verlo.

Apenas he llegado a la puerta del tocador para las damas, me agarra, me da la vuelta y tira de mí hacia un rincón oscuro del pasillo para presionarme contra la piedra.

—Quítame las manos de encima —siseo al ver el rostro congestionado de lord Claudius.

El aliento le apesta a alcohol y a podredumbre aún más que mientras bailábamos.

Es la última gota que le faltaba a mi cordura, tras pasar por los brazos de tantos hombres, de bailar hasta que ya no siento los pies. Cuando Marisol me obligó a practicar, di por hecho que iba a bailar con mi futuro esposo, no con todos los asistentes.

Pero Michael casi no me ha mirado en toda la noche. Ha hecho un discurso desganado sobre lo enfermo que había estado su primo últimamente y lo afortunado que era de contar conmigo a su lado para sobrellevar esta pérdida. Luego ha sido un fantasma, y me ha tratado como si fuera una carga de la que se moría de ganas de librarse.

—Cuando estés sobrio, lo vas a lamentar —pruebo de nuevo al tiempo que empujo a lord Claudius por las solapas.

—Eres una mujer muy bella, señora —farfulla—. Cualquiera entenderá que quiera probar la mercancía.

—Te aseguro que su majestad no lo entenderá —replico, con el miedo subiéndome por los músculos—. Te hará ajusticiar.

Los dedos regordetes bajan por el escote del vestido, arrugando el satén y la seda, mientras me presiona el cuello con el brazo hasta el punto de que empiezo a ahogarme.

—Nadie te creerá. —Deja escapar una risita—. Si lo estás pidiendo a gritos...

Siento punzadas en la garganta. Me cuesta respirar. Miro hacia el pasillo con la esperanza de que aparezca alguien y encauce la situación.

Pero no hay nadie.

Presiona las caderas contra mí y noto la erección sobre el vientre mientras no deja de palparme. Intento mover las manos para llegar a los puñales que llevo en el muslo, pero el peso de su cuerpo me paraliza.

Mi padre me enseñó a manejar la espada y el puñal, y tengo una puntería impecable con la pistola.

Pero no me entrenó para esto.

Me dejo caer inerte sobre él con la esperanza de que afloje su presa si paro de forcejear y entonces él lanza un gruñido y se frota contra mi vientre. Se le escapa la saliva de la boca y me humedece el cuello. Me sube la falda y el sonido de la tela al rasgarse es como si me clavaran una flecha. El miedo se mezcla con los latidos del corazón. Sigue tirando de la ropa hacia arriba hasta que las medias quedan a la vista y entonces mete la mano y logra llegar al muslo, más allá del encaje de la ropa interior, y empieza a manosearme la piel.

Doy las gracias porque no ha notado el metal frío de los puñales, o quizá sí lo ha hecho, pero está demasiado borracho y no le ha dado importancia. La bilis me sube por la garganta. Me dan ganas de vomitar. Ojalá lo haga encima de él, a ver si así se aparta.

—Putos vestidos —masculla, y me clava el brazo con más fuerza en el cuello. Se aparta un poco para maniobrar mejor con la mano a pocos centímetros de los rizos suaves de entre mis piernas, y aprovecho la ocasión. Con el corazón palpitando a toda velocidad, bajo la mano y me saco de la liga uno de los puñales.

Se lo pongo en el cuello y presiono el filo contra la yugular.

Me suelta el vestido y retrocede tambaleante, con los ojos muy abiertos.

—Vigila mejor a quién arrinconas en un pasillo oscuro —siseo. Por las venas me corre fuego líquido—. Nunca se sabe quién tiene garras.

Ahora soy yo la que avanza hacia él y lo obligo a retroceder hasta que está contra la pared contraria y levanta las manos en gesto de rendición.

—¿Debería acabar con tu vida aquí y ahora? —le pregunto. Le paso la mano por el pecho con una mezcla de asco y rabia tan poderosa que siento arcadas. Bajo por la cintura y le agarro los testículos a través de la tela, y se los retuerzo hasta que grita—. Si lo estás pidiendo a gritos.

Aprieto con más fuerza y giro la muñeca para poner más tensión. Noto cómo la nuez se le mueve bajo el puñal.

Presiono un poco más la hoja y aparece un hilo de sangre que le empieza a bajar por el cuello, hasta la pajarita y el blanco níveo de la camisa.

Qué fácil sería cortarle el cuello. El cuerpo me lo está exigiendo. Aprieto los dientes y clavo un poco más la hoja. El aliento jadeante del hombre me llena con su hedor las fosas nasales.

Se oye un sonido de pisadas en el pasillo y retrocedo, escondiéndome el puñal a la espalda. No quiero que nadie sepa que lo llevo encima y que sé utilizarlo.

Los dos nos quedamos inmóviles, paralizados.

Al final, las pisadas desaparecen en la distancia.

El hombrecillo me da un empujón y echa a correr por el pasillo hasta desaparecer de mi vista.

Sopeso la posibilidad de perseguirlo, pero la adrenalina ya se ha agotado y solo me queda una sensación pesada de náuseas. Me dejo caer contra la pared de piedra y me llevo la mano a la boca para sofocar un sollozo. Cierro los ojos tratando de contener las lágrimas. No quiero darle a esa parodia de ser humano más poder del que tiene.

Pero algunas se me escapan.

Y corren ardientes por mis mejillas. Tienen sabor a fracaso.

«No pasa nada. Lo has parado. Eres fuerte».

Entro en el tocador con las piernas temblorosas. Cada sonido, cada crujido, me sobresalta, como si no tuviera piel sobre los nervios.

No ha llegado demasiado lejos, pero me siento como si me hubiera robado algo.

El puñal me tiembla en la mano. Abro el grifo y paso la hoja bajo el agua para lavar las gotas de sangre con la esperanza de que así se lavarán también las marcas que me ha dejado en el alma.

Porque no me ha robado la virtud, pero se ha llevado algo mucho más importante.

Mi dignidad.

Y no sé cómo la voy a recuperar.

CAPÍTULO 31

Tristan

Los sigo.

Claro que los sigo. ¿Cómo no los voy a seguir?

Pero cuando doy con ellos, ya es demasiado tarde, y me encuentro con el espectáculo de las manos sucias de Claudius rasgando el vestido y su cuerpo repulsivo apretado contra el de ella. Toda lógica salta por los aires. Siento una presión en el pecho y cómo los pulmones se me marchitan por la ola de fuego rabioso que me arrasa las entrañas.

No puedo moverme.

No puedo oír.

No puedo hablar.

Solo puedo pensar en una cosa: «Es mía».

Las palabras me sacuden como un terremoto, me agrietan los cimientos y todas las defensas que he erigido sobre ellos, crean un abismo tan profundo que no puedo salir de él.

Lady Beatreaux, Sara, es mía.

Veo claro como el agua el futuro que se extiende ante nosotros: yo en el trono, con ella a mi lado. ¿Por qué no? ¿Por qué no va a estar a mi lado?

—Putos vestidos.

El farfulleo de Claudius me saca del estupor y me dirijo hacia ellos. Solo pienso en matarlo, en bañarme en su sangre mientras me apodero del cuerpo y del alma de Sara.

La furia que siento es tal que me tiemblan las piernas y noto cómo sus garras me destrozan por dentro hasta que me cortan la piel y sangro.

«Cómo se atreve ese indeseable a tocar lo que es mío».

De pronto, ella se mueve y todo cambia. Coloca un puñal en el cuello de Claudius. El corazón se me acelera y la polla se me pone dura cuando mueve sus deliciosos labios con pasión y amenaza a su agresor con matarlo allí mismo.

Doy dos pasos y me detengo en seco para mirar a esta mujer fiera, increíble, capaz de revolverse y convertirse en lo que se tenga que convertir con tal de sobrevivir, capaz de ocuparse sin ayuda de cualquier amenaza. La excitación se mezcla con la ira y da lugar a una sensación que no había experimentado jamás.

Y no me desagrada. Ya no.

Con la aceptación llega la comprensión.

Mi cervatillo no es ningún cervatillo.

Es una cazadora que se hace pasar por la presa.

Me apoyo en la pared y con una mano presiono el pecho con fuerza porque temo que mi corazón estalle entre las costillas.

Esa mujer es increíble. Debería estar expuesta en la galería de un museo para que pudieran admirarla las masas.

Es una perfecta obra de arte.

«Es mía».

Se oyen pisadas a lo lejos y me voy a toda prisa al final del corredor, junto a un retrato de mi bisabuelo, para que no me vean. Al final, cuando se pierden a lo lejos, solo me rodea el silencio. Aguzo el oído, pero no se escucha nada. ¿Lo habrá matado? Es decepcionante, querría haberlo visto, querría haber compartido ese placer con ella.

Pero se vuelven a oír pisadas, y me encuentro con un regalo en las manos cuando veo el rostro congestionado de Claudius que corre por el pasillo hacia mí.

Mi brazo sale disparado antes de que me dé tiempo a pensar. Noto cómo se me clavan los anillos en la piel cuando lo agarro por el cuello y lo atraigo hacia mí, su espalda contra mi pecho. Deja escapar un sonido gorgoteante, pero le tapo la boca con una mano y, con la otra, le pellizco la tráquea, sintiendo cómo cruje el músculo bajo mis dedos.

—Chisss, no tengas miedo —susurro.

Le quito la mano de la boca, inclino el retrato de mi bisabuelo hacia un lado y la pared desaparece a mi espalda. Entro en el túnel tirando de Claudius, que forcejea.

Cuando la pared vuelve a su sitio, giro con él y lo tiro al suelo. El sonido del golpe de la cabeza contra el suelo duro de piedra me complace sobremanera.

Noto que la rabia me burbujea por dentro e intento controlarla cerrando los ojos y respirando profundamente. Se mueve para levantarse y apoya un brazo tembloroso en el suelo, pero me adelanto y le piso el pecho con la bota para detenerlo.

—Vaya, vaya, Claudius. —Chasqueo la lengua y cojo el cigarrillo de marihuana de detrás de la oreja para ponérmelo entre los dientes. Luego rebusco las cerillas en los bolsillos y enciendo una. El sonido restalla en el reducido espacio. Me acuclillo junto a él y doy una calada, saboreando el dulzor de la marihuana en la lengua—. ¿Qué voy a hacer contigo?

Deja escapar un gemido. Tiene los ojos nublados, desenfocados.

Le doy una bofetada tan fuerte que noto el escozor en la palma de la mano.

—No se te ocurra desmayarte. Levántate y ven conmigo.

Frunce el ceño.

—No.

Lo agarro por el brazo y lo levanto hasta que queda en ángulo recto con el suelo. Se le doblan las rodillas, pero no lo suelto.

—No te lo estaba pidiendo.

La adrenalina que me corre por las venas me da fuerzas y lo arrastro por los túneles hasta el bosque, hasta llegar a mi cabaña.

El camino no está iluminado, pero lo he recorrido tantas veces que me lo sé de memoria. Abro la puerta de una patada que deja la marca de la bota en la madera y empujo a Claudius al interior, de manera que cae contra los tablones viejos del suelo. Me saco otro canuto del bolsillo, lo enciendo y doy una larga calada mientras lo miro con los ojos entrecerrados.

—Siempre has sido un chico travieso, Claudius, pero lo de hoy no lo puedo dejar correr.

Me quito el cigarrillo de entre los labios y lo dejo en el cenicero de una mesita ovalada. Cuando vuelvo a su lado, se ha conseguido sentar. Le sale sangre de la nuca, pero el fino corte que Sara le hizo en la garganta ya está seco.

—Tu... tu hermano se enterará de esto —mascula arrastrando las palabras.

Suspiro y suelto el aire.

—Siempre me has subestimado.

Deja escapar un bufido.

—No pasa nada. –Hago un ademán con la mano y me dirijo hacia el armario donde tengo las herramientas para el mantenimiento de la cabaña—. Estoy acostumbrado. El mundo me subestima, y lo pagará caro. Igual que tú.

Cojo lo que necesito, me doy media vuelta y me dirijo a él con pasos lentos, deliberados. Inclina la cabeza hacia un lado, los codos le fallan y se vuelve a derrumbar.

—Ah, no, no... —Chasqueo la lengua y hago girar el martillo en la mano—. No me digas que vas a perder el conocimiento ahora que viene lo divertido.

Me detengo junto a él con una sonrisa, me inclino y le doy otra bofetada. Me molesta que crea que puede desmayarse y no experimentar cada brizna del dolor que voy a causarle.

Abre los ojos y trata de incorporarse de nuevo.

—Yo que tú no lo haría. —Camino en torno a él y me acuclillo sobre sus rodillas, con un pie a cada lado de su cuerpo—. ¿Sabes por qué estás aquí, conmigo, Claudius?

—¡Porque estás loco! —Levanta la cabeza y escupe—. Soy el barón de Sulta, soy amigo de tu hermano. No te saldrás con la tuya —consigue decir.

—Qué miedo. —Sonrío—. Estoy temblando.

—¡Eres un salvaje! —chilla.

—Eso dicen. —Se me borra la sonrisa y levanto el martillo—. Pero también soy tu príncipe y hago lo que quiero.

Dejo caer la herramienta y el grito desgarrador ahoga el sonido de la rótula al romperse.

—Sí. —Arrugo la nariz. La sensación de satisfacción se me acumula en la base de la espalda y serpentea columna arriba—. Eso ha debido de doler. —Suspiro y le paso el canto afilado del martillo por los huesos intactos—. Estás aquí porque has tocado algo que no era tuyo.

—Estás loco.

Me rasco la frente con el martillo.

—Ya que mencionas mi salud mental, no soporto las cosas asimétricas.

Deja caer la cabeza.

—Me resulta insufrible. —Le pongo el martillo sobre la rodilla—. ¿A ti no te pasa?

Con el segundo golpe, disfruto aún más de sus gritos, de las lágrimas que le corren por la cara y se le mezclan con los mocos mientras toda su hombría va desapareciendo y ahogándose en el dolor.

Tiro el martillo a un lado, me inclino hacia delante y paso la yema del dedo por la herida del cuello, la que le hizo Sara; el orgullo me estalla en el pecho como fuegos artificiales.

Me pongo de pie, camino alrededor de las piernas destrozadas de Claudius hasta llegar a la cabeza y lo agarro por los hombros. Los gritos se convierten en gemidos cuando lo arrastro por el suelo hasta la parte trasera de la cabaña, donde hay dos grandes trozos de madera fijados a la pared.

Una cruz, con correas de cuero en la parte inferior y a ambos lados.

Levanto el cuerpo inerte de Claudius con un gruñido y lo pongo contra los tablones. Me apoyo sobre él para sujetarlo, le cojo un brazo y se lo ato con la primera correa.

Lanza un grito.

—Tristan… —susurra entre hipidos. Le gotea sangre por la frente—. Por favor…

Su súplica me hace sonreír.

—¿Ya no quieres jugar más? —preguntó mientras le ato la otra muñeca.

—No —dice con voz ronca.

Me acuclillo y le junto las piernas para atarle los tobillos a la base de la cruz, lo que provoca más gritos de dolor.

Me levanto y lo miro con los ojos llenos de asco.

—Yo tampoco quería que tú jugaras con lady Beatreaux, pero lo hiciste.

—No la…

—Chisss… —Le coloco un dedo sobre la boca—. Cállate o te corto la polla y te la meto en la garganta. —Retrocedo, contemplo mi obra y me aseguro de que las ligaduras sean resistentes—. La verdad, prefiero el fuego. —Voy de nuevo al armario, busco por los estantes hasta dar con un cuchillo de trinchar y lo alzo para examinar el filo—. Pero el castigo se tiene que corresponder con el crimen.

—¡No he cometido ningún crimen! —gime con voz débil, patética.

—Has tocado algo que no era tuyo. De hecho, hace poco que me he dado cuenta de que es mío. —Vuelvo junto a él, le paso el cuchillo por el brazo hasta llegar al índice de la mano izquierda—. Así que el mero hecho de que sepas cómo es el tacto de su piel me parece inaceptable.

Presiono la hoja del cuchillo sobre la punta del dedo y aprieto para sentir cómo la carne se le separa del hueso como la piel de una manzana. Grita y se sacude contra las correas de cuero.

—¿Duele? —pregunto, e inclino la cabeza. Cuando la tira de carne le llega a la palma, la arranco y se la pongo ante los ojos—. Qué cosa más abominable, ¿no?

El cuerpo de Claudius tiembla tanto que toda la cruz se sacude.

—¡Ya solo quedan nueve! —Bajo la voz—. Esto es muy divertido. Me recuerda a cuando éramos niños y ayudabas a mi hermano a dejarme el cuerpo lleno de cardenales.

La rabia me hierve en el estómago y me sube por el pecho. Suelto la tira de carne y me acerco al brazo.

—¡Por Dios! —grita.

Dejo escapar una risita y le cojo otro dedo.

—Ahora yo soy tu Dios. Y no voy a escuchar tus súplicas.

CAPÍTULO 32

Sara

Paseo la mirada por el salón de baile, una y otra vez, de un rincón a otro, en busca del rechoncho lord Claudius, pero no lo veo por ninguna parte. Eso no me quita la ansiedad ni calma la ira que me arde en el pecho.

Ya empiezo a lamentar no haberlo matado cuando tuve ocasión. Tengo miedo de que haya encontrado otra presa, una que no lleve un puñal en el muslo.

Michael está sentado a mi lado y ambos miramos a los que bailan. Su madre y mi tío ya se han retirado. Las baldosas relucientes reflejan las sonrisas en los rostros de los que bailan y beben, y tengo la sensación de estar asistiendo a un espectáculo. Cientos de personas que viven en una realidad alternativa, tan diferente de la realidad que yo conozco.

Pero ¿no sucede eso con casi todo? Tejemos historias, inventamos cuentos, creamos una narrativa que dicta cómo se nos va a percibir. O, en algunos casos, cómo van a vivir los demás.

—¿Te lo estás pasando bien? —me pregunta Michael, que se dirige a mí por primera vez en toda la velada.

Sonrío.

—Esto es maravilloso.

Se levanta y me tiende una mano.

—¿Bailamos?

Arqueo las cejas y siento una oleada de náuseas, pero pongo la palma de la mano sobre la suya y me dejo llevar al centro de la sala con la esperanza de que nadie se fije en el desgarrón que tengo cerca del ribete del vestido.

La zona de baile se despeja cuando todos se apartan para dejarnos sitio. Me entran ganas de vomitar.

Me entran ganas de vomitar cuando me rodea la cintura con el brazo para atraerme hacia él.

Me entran ganas de vomitar cuando me coge la mano.

Y me entran ganas de vomitar cuando sonríe.

—Eres un auténtico trofeo, lady Beatreaux.

La bilis me sube por la garganta.

No soy un trofeo para nadie.

Los músicos terminan la pieza y de inmediato empiezan con otra, y se me escapa un gemido solo de pensar que tengo que seguir bailando. Tengo los pies doloridos. Casi tanto como el alma.

—Majestad… —La voz de Xander me llega en medio de una neblina—. ¿Puedo interrumpir?

Michael asiente y no se me escapa que nadie me pregunta a mí. No les interesa si quiero seguir bailando. Me pasan de mano en mano como un objeto. Estoy aquí para el disfrute de los demás.

Mi primo se acerca a mí y sonrío cuando me coge la mano, pero no me devuelve la sonrisa.

Comienza la siguiente canción y me arrastra por toda la sala. Trato de seguir sus pasos a trompicones. Hago una mueca cuando me aprieta la mano y me hace crujir los dedos.

—¿Qué demonios crees que haces? —sisea.

El tono de voz me pilla desprevenida y doy un paso atrás.

—¿Cómo dices? No he hecho nada.

—No te hagas la inocente conmigo, prima —me dice con desdén—. Te he visto.

El corazón me da un vuelco.

—No he...

—No pienso permitir que todo lo que hemos hecho, todo por lo que hemos trabajado, se vaya a pique porque eres incapaz de cerrarte de piernas.

Estoy conmocionada, y el nudo de emoción que tengo en la garganta se me tensa hasta que me parece que va a estallar.

—He hecho todo lo que me has pedido, así que no sé de qué me estás hablando.

—Te he visto —repite—. Con lord Claudius.

—Es evidente que no has visto nada.

—¿Y si hubiera sido otra persona la que te hubiera visto? —Arquea las cejas hasta el pelo gris—. ¿Y si llega a verte el rey?

Aprieto los dientes y niego con la cabeza; la acusación es falsa, pero lo que dice es verdad. A Michael no le habría importado qué estaba pasando en realidad, o si yo había accedido a algo. Solo le importan las apariencias.

Noto fuego en la cara y asiento, trato de contener las lágrimas que se me quieren escapar.

—Es cierto —digo con voz ahogada—. Déjame terminar lo que he venido hacer y ya podré morir satisfecha. ¿Por qué me estás haciendo esperar?

—Cállate —me espeta—. Te va a oír alguien.

—¡Eres tú el que ha empezado a hablar de esto!

Le estoy gritando, incapaz de controlar las emociones que me presionan con el pecho dolorido.

—Me debes un baile.

Xander se detiene bruscamente al oír la voz sedosa, y a mí el corazón me da un vuelco cuando veo a Tristan. Está mirando a mi primo con ojos tormentosos, salvajes…

—Puedes retirarte, Alexander.

No deja lugar a la discusión. Y, aunque lo dejara, Xander no puede negarse. Hay demasiada gente alrededor.

Miro en torno a mí, no me sorprende ver que todos se han detenido y nos observan. Siempre pasa lo mismo cuando Tristan aparece. Los comprendo. Yo tampoco puedo apartar la vista de él.

Xander carraspea, sonríe con los dientes apretados y me suelta al tiempo que hace una reverencia burlona de puro torpe.

—Por supuesto, alteza.

Es obvio que pretende faltarle al respeto.

Pero Tristan ni siquiera parpadea, se limita a dirigirse hacia mí.

El corazón se me acelera y las mariposas que tengo en el estómago empiezan a revolotear. Por lo general, es una sensación que me incomoda, pero al compararla con el resto de las emociones que he experimentado esta noche, la verdad es que en este momento me resulta agradable. Me mira a los ojos, me rodea la cintura con el brazo y me atrae hacia él. Se me corta la respiración cuando nuestras manos se entrelazan. Querría arrancarme los guantes de satén negro solo para sentir el tacto de sus dedos. Levanta la palma con la que sujeta la mía y empieza el vals.

Domina mi cuerpo igual que domina la estancia con su presencia: sin esfuerzo. Me dejo llevar por él y, por primera vez esta noche, me permito no pensar en nada.

No sé por qué, tal vez por su manera de sujetarme, tal vez porque me aprieta un poco más de lo debido o porque me acerca a él más de lo socialmente permitido, hace que se me llenen los ojos de lágrimas.

Me hace sentir segura. Importante. Algo que no sentía desde que perdí a mi padre.

Solo hay que hurgar un poco para darse cuenta de que Tristan y yo estamos cortados por el mismo patrón; tal vez por eso no lo soporto. Mirar a Tristan es como mirarme en un espejo y ver esas partes de mí que quiero ocultar a toda costa.

Pero él no las oculta, y no sé cómo enfrentarme a eso.

Aprieto los dientes. Tengo la visión borrosa, y trato por todos los medios de contener la tristeza. No quiero mostrar debilidad en un salón lleno de desconocidos.

El rostro de Tristan se suaviza. Los dedos me aprietan la cintura antes de lanzarme para hacerme girar y atraerme de nuevo hacia él, aún más cerca que antes. Tan cerca que no es apropiado. El estómago me aletea como si tuviera vida propia y noto la humedad que se me acumula entre los muslos.

Me roza la oreja con los labios.

—No, cervatillo. Aquí, no. Tus lágrimas no son para ellos.

Asiento, pegada a él, y respiro hondo para contener el dolor que me está arrollando las entrañas.

Estoy segura de que todos nos miran.

Pero disfruto con su contacto.

Me clava los dedos como si no quisiera soltarme, pero da un paso atrás y se mete una mano en el bolsillo al tiempo que se inclina, se lleva mis dedos a los labios y me besa la mano.

La excitación me calienta el vientre, pero frunzo el ceño al notar algo crujiente que pasa de su mano a la mía. Cierro los dedos para que no se me caiga.

—Gracias por el baile. —Se da media vuelta y se aleja bruscamente.

Aprieto el papel. El corazón me late enloquecido en el pecho. Sonrío a los que me miran y, con tanta normalidad como soy capaz de aparentar, me dirijo al fondo del salón, saludando a todos los que se cruzan conmigo. La expectación crece con cada paso.

Solo cuando estoy junto a la pared del fondo me doy la vuelta y estiro la nota con dedos temblorosos.

«Reúnete conmigo donde besas las estrellas».

CAPÍTULO 33

Tristan

Los celos son una emoción muy potente.

Mentiría si dijera que nunca he sentido que me abrasaban las entrañas, que me grababan pensamientos malignos en la mente. La primera vez fue cuando mi padre no acudió a nuestra charla nocturna porque prefirió ir a ver a Michael para hablar de una reunión del consejo privado que iba a tener lugar al día siguiente. Me pasé horas sentado al borde del acantilado y traté de convencerme a mí mismo de que acudiría tarde o temprano, aunque en el fondo sabía que no iba a ser así.

Pero hace años que me he librado de la envidia porque sé que estoy destinado a cosas más grandes; que, al final, todo será para mí. En cuanto a mi padre... Bueno, las cosas no duelen tanto cuando aprendes a hacerte insensible al dolor.

Noto una punzada en la cicatriz de la cara y me llevo los dedos a los bordes irregulares. Tengo que reconciliarme con el hecho de que el aguijón amargo de los celos se me ha vuelto a clavar y está despertando emociones que no sentía desde niño.

Ver a Claudius manosear a Sara me ha provocado una ira salvaje, una repugnancia sin límites ante la sola idea de que se creyera digno de pronunciar su nombre, no digamos ya tocarle la piel.

Pero verla con mi hermano… Los celos son una enfermedad, transforman todas las células del cuerpo, infectan todos los órganos y te invaden las entrañas hasta alcanzar la médula de los huesos. Ver que mi hermano tiene todo lo que yo deseo me hace sentir de nuevo como un niño extraviado entre las sombras.

Pero Michael preferirá matarla antes de sufrir la humillación de perderla. Así que, hasta que les dé a las hienas la revolución que quieren y suba al trono, lo único a lo que puedo aspirar es a algunos momentos robados en la oscuridad de la noche.

Los jardines están más oscuros de lo normal y la ciudad está cubierta de nubes oscuras que ocultan el cielo. No tengo ni idea de si el baile ha terminado o no, y no me importa. Edward ya me ha dicho que hemos conseguido nuestro objetivo, y aquí, en el jardín de mi madre, no hay nadie más.

Las hojas crujen en el suelo detrás de mí. Echo la cabeza hacia atrás y lanzo anillos de humo al aire.

—Técnicamente, esta noche no hay estrellas que pueda besar.

Sonrío al oír la voz de Sara.

—Puede que estén esperando a que llegues.

Suelta un bufido y da la vuelta en torno al banco con las manos en las caderas. La mujer del vestido de gala ha desaparecido, y en su lugar hay una chica sencilla con un vestido negro que le llega hasta justo por encima de los tobillos.

Antes estaba hermosa, pero en este momento me deja sin respiración.

Se me acerca con una sonrisa burlona, y su aroma a flores invade mis fosas nasales cuando se inclina para cogerme el canuto de la boca. Se lo lleva a los labios e inhala sin apartar los ojos de los míos.

Necesito atraerla hacia mi regazo.

—Bueno. —Se yergue y mira a su alrededor—. Esto es diferente.

Arqueo una ceja.

—¿De veras?

Suspira y aprieta los labios para mirarme.

—He llegado a la conclusión de que eres incapaz de mantener una conversación. Te limitas a hacer una pregunta tras otra.

Estiro las piernas hasta que la tengo entre los tobillos, atrapada.

—¿Tú crees? —pregunto, y la cojo por las caderas.

Abre mucho los ojos cuando tiro de ella hacia mí hasta que tiene las piernas contra el banco y mis botas en torno a los tobillos.

—Esto está fuera de lugar —susurra.

—No. —Le cojo el cigarrillo de marihuana de la boca y aprovecho para rozarle los labios—. Pero, hablando de lugares, ya sé cuál es el tuyo.

Se le corta el aliento.

—En cierta ocasión me pediste que te contara un secreto —sigo—. ¿Todavía quieres oírlo?

Se sienta a mi lado e inclina la cabeza para mirarme con curiosidad.

—Me suena a truco.

Dejo escapar una risita y me recuesto en el respaldo del banco.

En el bosque se oye un crujido. Mira en dirección a la procedencia del sonido, luego a un lado y a otro.

—Me tengo que ir.

—Le señalo la puerta.

—Vete.

No se mueve, pero sigue registrando la zona con los ojos.

—Los dos sabemos que el riesgo te excita, *ma petite menteuse*. —Me acerco a ella en el banco—. ¿No es así?

Suelta el aliento contenido.

—Para ya.

—¿De qué?

—De esto —estalla—. Eres de lo más irritante. Ni siquiera sé por qué he venido. Prefiero beber un cubo de lejía antes que seguir oyendo cómo respondes a todo con preguntas el resto de la noche.

Esbozo una sonrisa.

—Vale, vuelve a probar, cervatillo.

—Deja de llamarme así. Es inapropiado.

Sonrío burlón y doy una calada al canuto.

—De acuerdo.

Inclina el cuerpo hacia mí y noto un cosquilleo en el estómago. Se me van los ojos hacia su pecho, y me muero por saber cómo son sus pezones, qué tacto tienen. Si desea que me los lleve a la boca tanto como yo deseo saborearlos.

Alza la mano del regazo y me roza con los dedos la cicatriz de la cara. Bajo su contacto, todas las terminaciones nerviosas me chisporrotean.

—¿Cómo te hiciste esta herida?

La pregunta me arranca a la velocidad del rayo del estupor en que me encuentro. Me enderezo mientras me invaden los recuerdos.

—¿Y esto qué es? —La voz de Michael me corretea como una araña por la nuca.

Me pongo rígido. Estoy ante la chimenea y agarro con fuerza el carboncillo con el que estoy dando los últimos toques a mi obra más reciente. Somos mi padre y yo, sentados al borde del acantilado. Él rodea mis hombros con su brazo. Me inclino hacia delante y me encojo, y difumino uno de los árboles mientras trato de hacer caso omiso de la presencia de mi hermano.

El papel me corta la piel cuando me arranca la libreta de las manos.

—Devuélvemela —susurro apretando los dientes, presa de la ira.

Mira el dibujo y arquea las cejas angulosas, entrecerrando los ojos. Cuando me mira, detecto en sus ojos un odio tan potente que se me enrosca en torno al cuello como un nudo corredizo.

—Qué monada —se burla.

Está agarrando la libreta con tanta fuerza que se le ponen los nudillos blancos.

Yo tengo lava en el estómago.

—Devuélvemela, Michael.

Inclina la cabeza hacia un lado.

—¿Era así por aquel entonces? ¿En los tiempos en los que te hacía caso?

—Michael... —Me levanto. Estoy furioso—. Va en serio. De-vuélvemela ahora mismo.

—¿Qué vas a hacer si no, tigrecito? —Entona mi apodo alargando las vocales—. Papá no está aquí para salvarte. Se está preparando para un almuerzo, al que yo asistiré con él.

Aprieto los puños. Sus palabras me cortan como un cuchillo, se me clavan en el corazón herido, abandonado.

—Ni siquiera sé por qué sigues aquí —continúa. Se me acerca un paso más con expresión arrogante.

Doy un traspié al retroceder y el calor de las llamas me acaricia la espalda cuando me apoyo en la repisa de la chimenea.

—No eres nada. No vales ni el espacio que ocupas, Tristan. Cuanto antes te des cuenta y te esfumes, mejor. —Se da un golpecito en la barbilla—. Deberías huir. Ve a aparearte con las hienas en las tierras de las sombras o a morirte de hambre en las llanuras de Campestria. —Se encoge de hombros—. Así verás cuánto te quiere nuestro padre, cuando sueñes con que va a buscarte para traerte de vuelta a casa.

Me duele el pecho… porque acierta en el blanco con cada insulto. Porque es verdad, mi padre no ha pasado tiempo conmigo desde hace meses, desde que Michael cumplió quince años y empezó a mostrar cierto interés en el título.

—Solo te presta atención a ti porque naciste antes —siseo—. Conmigo al menos estaba porque disfrutaba con mi compañía.

El rostro de Michael se tensa como la piedra. Su voz es un susurro mortífero.

—Cuéntate los cuentos que quieras, hermano. Pero yo le he oído decir que ojalá no hubieras nacido.

El corazón me da un vuelco.

—Eso es mentira.

—*En realidad, es lo que pensamos todos.* —*Se adelanta un paso*—. *Eres una mancha sobre nuestro nombre, Tristan. Por eso a nadie le importa cuando desapareces durante días. Todos esperamos que no vuelvas, pero no captas la indirecta y... regresas.*

Trago saliva pese al nudo que siento en la garganta y aparto los ojos para cerrarme la herida que se me ha abierto en el corazón.

—*Dame mis dibujos, Michael* —*susurro, y la voz se me quiebra al decir su nombre.*

—*Vamos a hacer una cosa.* —*Chasquea la lengua*—. *Venga, cógelos.*

Tira la libreta al fuego.

—*¡No!* —*Me lanzo hacia las llamas, pero se han avivado y están devorando el papel.*

Algo se me rompe por dentro. Me vuelvo en redondo y toda la rabia acumulada me impulsa cuando me abalanzo sobre mi hermano. Soy tres años más pequeño y mucho menos fuerte que él, pero consigo derribarlo y rodamos por el suelo.

—*¡Te voy a matar!*

Le agarro el cuello con las manos y aprieto, presa de una rabia negra que me domina. La envidia por el tiempo que comparte con mi padre se mezcla con el dolor de que haya destruido lo único que me importa: mis dibujos.

Era lo único que me hacía compañía. Los únicos amigos que tenía.

Michael tiene más fuerza que yo y consigue lanzarme al otro lado de la estancia. Caigo al suelo de espaldas. Me vuelvo con un gemido y cierro los ojos al notar un latigazo que me recorre la columna. Y entonces, de pronto, un dolor agudo me rasga la cara y la agonía me hace gritar hasta que parece que se me va a desgarrar la garganta.

Me entra un líquido en los ojos. Trato de parpadear, pero todo es rojo y luego oscuro. El líquido me corre por la mejilla y me llega a los labios. Tiene un sabor metálico que me resulta vomitivo.

La cabeza me da vueltas entre la neblina de dolor y me llevo la mano a la cara. Cuando la aparto, mis dedos están cubiertos de sangre.

La forma borrosa de Michael se alza sobre mí con el atizador de la chimenea en la mano.

—Ahora ya ni siquiera te pareces a él —se burla, y escupe sobre mi cuerpo torturado—. A ver si te sigue queriendo cuando no seas más que un monstruo desfigurado.

Sale de la habitación y yo me quedo enroscado sobre mí mismo. Pierdo el conocimiento, lo recupero, lo vuelvo a perder, y sueño con que alguien viene a buscarme. A abrazarme. A curarme. A quererme.

Como harían si se tratara de Michael.

Pero no viene nadie.

—Tristan.

La voz de Sara me trae de vuelta al presente. Me obligo a sonreír, pese al dolor de los recuerdos.

Sacude la cabeza y me aparta la mano de la cara.

—No tienes que contármelo. No te lo debería haber preguntado.

Le agarro las manos y vuelvo a ponérmelas sobre las mejillas.

—A Michael no le gustaba lo mucho que me parecía a mi padre y le puso remedio.

Me mira la marca de la cara.

—¿Esto te lo hizo tu hermano?

—Michael ha hecho muchas cosas, cervatillo. Esta es solo una de ellas.

Algo oscuro le nubla el rostro. Aprieta los dientes y noto cómo se le tensan los dedos sobre mis mejillas.

Me llevo el canuto a los labios una última vez. El papel se ha quemado casi hasta donde tengo los dedos. Doy una calada, lo tiro al suelo y lo aplasto con la bota.

Llevo las manos hacia su espalda, la agarro por la nuca y la atraigo hacia mí hasta que estamos a pocos centímetros. La energía entrelaza nuestros cuerpos y me llena el pecho de electricidad. Noto que el corazón me late a toda prisa y que los nervios me chisporrotean bajo la piel. Inclino la cabeza y le presiono la barbilla para que se entreabran sus labios perfectos, tan próximos a los míos.

La tensión de tenerla tan cerca y a la vez tan lejos me está matando. Juro por Dios que en este momento renunciaría a todo con tal de que fuera mía.

Exhalo el humo, que pasa de mi boca a la de ella.

Tengo la polla tan dura que me duele.

Sorprendida, me mira con los ojos muy abiertos. Tenso los dedos sobre su nuca, inmovilizándola, mientras le ayudo a tragar el humo acariciándole la garganta con la otra mano. Luego el humo que estuvo dentro de mi cuerpo escapa ahora de entre sus labios.

—Ahora te voy a besar —le digo.

—¿Por qué? —susurra.

—Porque, *ma petite menteuse,* creo que moriré si no lo hago.

Me basta el leve contacto de nuestros labios para saber que nunca la dejaré escapar.

CAPÍTULO 34

Sara

Como siempre que estoy con Tristan, todo lo demás a mi alrededor se silencia, se apaga, como si no estuviera allí. Deja de importarme el baile que se sigue celebrando en la otra punta del castillo. Dejo de pensar en que estamos al aire libre y que, aunque me han dicho que nadie viene nunca a este jardín, cualquiera podría vernos. Y dejo de pensar en que me he comprometido a matar a este hombre.

Su beso me colma los sentidos y me dejo llevar por él, me ahogo en su esencia, con la esperanza de que el fuego de su contacto borre la huella del contacto anterior.

Se le escapa un gemido y me aprieta el cuello con la mano mientras me recorre un costado con la otra. El calor de su piel atraviesa la tela fina del vestido y de la ropa interior y hace que se me erice el vello de los brazos. Me agarra el muslo y estruja la tela entre los dedos al tiempo que me aparta los labios de mi boca y me recorre la garganta.

Echo atrás la cabeza para darle acceso, aunque en lo más profundo de mi mente sé que no debería. Pero disfruto del contacto de sus labios en mi piel.

—No deberíamos hacer esto aquí —consigo decir.

—Disiento. —Me roza la clavícula con los dientes y me baja una hombrera del vestido. El cosquilleo me hace arder por dentro y me llena la entrepierna de humedad.

—Alguien puede…

Ahora me muerde el hombro.

—A-alguien puede vernos —tartamudeo.

—Lo mataré.

Lo dice de manera tan natural que debería detenerme, pero no lo hago. Todo lo contrario, sus palabras me excitan aún más.

Es embriagador tener a un hombre dispuesto a todo con tal de seguir tocándote.

Pero el riesgo supera con mucho a cualquier recompensa momentánea, de manera que lo empujo para apartarlo y doy un paso atrás, recolocándome los mechones que se me han soltado.

—Y tu hermano me matará a mí si se entera.

Tristan deja escapar el aliento contenido y aprieta los dientes. Se levanta de un salto, me coge la mano y tira de mí. Antes de que me dé cuenta nos estamos alejando.

—Espera —digo mientras me arrastra hacia el bosque—. ¡Espera, Tristan! ¿Qué haces?

Trato de soltarme de su mano, pero se vuelve para sonreírme sin detenerse.

Debería poner punto final a esto. No puede terminar bien.

Pero dejo que tire de mí.

No se detiene hasta que estamos rodeados de árboles. Las hojas nos envuelven en una oscuridad que ni la luna puede traspasar.

—¿A dónde vamos, Tristan? No puedes meterme en el bosque y manejarme como si fuera una… ¡Oh!

Tira de mí y me pone contra el tronco grueso de un árbol. La corteza me araña la parte superior de la espalda y la sensación me desciende por la columna mientras se me desliza por el hombro la manga del vestido y queda al descubierto el encaje blanco de la camisola.

Tristan se presiona contra mí y los ángulos duros de su cuerpo se me clavan en las curvas suaves del mío. Me pone los brazos a ambos lados de la cabeza hasta que me quedo inmovilizada, rodeada de tentación y malas decisiones.

—¿No te callas nunca? —me provoca.

La irritación me sube por el pecho y voy a replicar, pero no me da tiempo, porque se apodera de mis labios en un beso devastador. Le agarro la cabeza para atraerlo aún más hacia mí, para inhalar el rastro de humo que le queda en el aliento y bañarme en él la lengua. Deja escapar un gemido, y cuando aprieta las caderas contra mí, noto toda la longitud de su polla sobre mi vientre.

Me clava los dientes en el labio, perforando mi carne. Entonces se me escapa un quejido, pero él devora el sonido y lo lame junto con la herida mientras pasa la lengua por la sangre.

Me echo hacia atrás.

—¿Estás lamiendo mi sangre?

Me agarra la cintura con una mano y me atrae hacia él hasta que estamos pegados mientras con la otra mano me tira del pelo para obligarme a echar la cabeza hacia atrás.

—Pienso lamerte, y chuparte, y cortarte cuando quiera, tanto como quiera, hasta que me supliques que te abra en canal, que no pare.

No puedo evitar estremecerme al escucharlo. La conmoción se mezcla con la oleada de deseo que me parte en dos.

—Quiero consumirte, Sara, hasta sentirte en las venas.

—Es una locura —digo—. Creía que me odiabas.

Se detiene, me suelta el pelo y me pone la mano en la barbilla para limpiarme con el pulgar los últimos restos de sangre de la boca.

—El odio no es más que obsesión teñida de miedo.

—No...

Me pone la palma de la mano sobre la boca y noto los anillos fríos en mi piel.

—Calla... Calla...

Me agarra las faldas del vestido y me las sube muy despacio. La tela me acaricia la piel de las piernas. El abdomen se me tensa y una sensación abrasadora me arrasa el vientre. Cuando la liga queda al descubierto, pasa los dedos sobre los puñales y noto la polla palpitante en mi vientre cuando toca los filos.

—*Ma petite menteuse,* que finge ser tan pura... —Se deja caer de rodillas, besa la piel entre los puñales—. Tan inocente...

Se me ha acelerado la respiración y siento que el corazón me va a estallar. Se abre camino por los muslos, salpicándome la piel de besos hasta llegar al encaje de la ropa interior. Con la velocidad de un rayo, me quita un puñal y lo hace girar entre los dedos. El corazón me da un salto. ¿He cometido un error? «Hay que ser muy estúpida para darle un arma al enemigo y confiar en que no me corte el cuello con ella».

Pero no me muevo de donde estoy.

Si es aquí donde voy a encontrar la muerte, al menos que sea por propia decisión.

Me sujeta el vestido en alto con una mano y, con la otra, me pasa la hoja del puñal muslo arriba, provocándome un escalofrío al tiempo que aparece una fina línea rosada. No me ha cortado la piel, pero está cerca, muy cerca, y la anticipación me aguza los sentidos y me humedece la entrepierna. Desliza la punta de la hoja bajo el encaje y alza la vista hacia mí con un fuego tan abrasador en los ojos verdes que juraría que puede incendiar mi alma.

—¿Confías en mí, cervatillo?

Se me para el corazón.

—No.

Sonríe, burlón.

—Bien.

Mueve el puñal y corta la tela. El aire fresco me azota la piel desnuda y el frío repentino me obliga a contener un gemido. Pero de inmediato me olvido de él porque ya tiene la boca sobre mi cuerpo, la nariz entre los suaves rizos, y está prodigándome atenciones con la lengua sobre el manojo de nervios más sensible de mi sexo, haciendo que palpite y se hinche con cada contacto.

Se me escapa un gemido y me desplomo contra el árbol, pero enredo los dedos en los mechones de su pelo enmarañado y acerco más las caderas a su rostro para que me siga lamiendo el coño con desesperación.

—Es… Es… —jadeo. Las sensaciones son casi insoportables. Me sorbe el sexo con la boca, me acaricia con lengüetadas largas—. No puedo…

Le tiro del pelo, sin saber si apartarlo de mí o acercarlo aún más. La presión crece dentro de mí, desmedida, demasiado rápida. Cuando todo se me contrae por dentro hasta que estoy a punto de desmayarme de placer, lo aparto de mi cuerpo, de mi sexo palpitante, con tanta fuerza que casi le arranco el pelo.

Respiro hondo, a bocanadas inseguras, con la cabeza dándome vueltas y los músculos tensos pidiendo alivio a gritos. Suelta el puñal y sube por mi cuerpo con los ojos tormentosos y la boca brillante. Huelo mi propia excitación y me estremezco. Quiero lamerle esa humedad de los labios solo para ver cómo saben mis fluidos cuando los bebo de su lengua.

El tronco del árbol me lacera la piel ardiente cuando me agarra las dos muñecas con una sola mano por encima de la cabeza.

—No me apartes de ti —me ordena.

Baja la otra mano para metérmela entre los muslos, y cuando encuentra mi sexo mojado, deseoso, me mete dos dedos y los curva para frotar la cara interior.

—¡Oh, Dios! —grito. Las piernas ya no me sostienen cuando el placer me recorre como una cascada de fuego.

—Pequeña mentirosa, mi zorra mentirosa, finges que no quieres correrte en mi mano —me susurra al oído mientras me aprieta las muñecas con más fuerza.

Arqueo la espalda. El calor que se me acumula por dentro irradia en oleadas y se extiende hasta que casi no veo.

—Qué ingenua, pensar que me detendría si me lo pedías…

Me presiona con el pulgar el clítoris hinchado y luego lo suelta, con lo que mi coño le oprime los dedos y las entrañas se me tensan tanto que se me corta la respiración.

—Por favor… —suplico, delirante de deseo.

—¿Por favor, qué, cervatillo?

—Haz que me corra. Necesito correrme.

—¿Te lo mereces? —me pregunta.

—Te voy a matar.

La frustración me bulle por dentro, como si fuera líquido hirviendo en un caldero.

Se ríe entre dientes, me mete y me saca los dedos a un ritmo que es una tortura, que me lleva al límite, al borde de la explosión, pero sin concederme alivio.

—Di que eres mía, *ma petite menteuse.* Que ningún hombre te ha tenido.

La ira estalla como la pólvora dentro de mí. No tolero que crea que me puede controlar. No tolero que me esté controlando. Abro los ojos y lo miro.

—Pero sería mentira.

Se pone rígido y se detiene en seco.

—¿Quién?

—No es asunto tuyo.

—Dime su nombre —susurra—. Para buscarlo y hacerlo pedazos.

Arqueo la espalda hasta que le rozo el torso con el pecho.

—No.

Sonríe, deja escapar el aliento muy despacio y me suelta tan rápido que caigo al suelo.

—Entonces no mereces correrte.

—¡Estás loco, Tristan! —le grito.

Pero ya se está alejando, y me deja deshecha, jadeante, rabiosa.

CAPÍTULO 35

Sara

—Esto no me gusta. ¡Quiero hablar con mi hermano!

La voz aguda de Michael suena tensa y tan alta que me encojo contra la pared. Mi tío está al otro lado del escritorio, rígido, apoyado en el bastón de madera oscura. Me mira con los ojos de hielo llenos de nubes de tormenta, como si esto fuera culpa mía.

Ni siquiera sé bien qué está pasando. Me he despertado cuando Ophelia ha abierto de golpe la puerta de mi habitación y me ha dicho que el rey quería verme de inmediato. Me he arreglado a toda prisa, de modo que no estoy en absoluto presentable. Llevo el pelo en su estado natural, rizado y ensortijado, suelto hasta la mitad de la espalda, y solo me ha dado tiempo a ponerme un sencillo vestido de mañana… sin corsé. Me siento desnuda y como si hubiera entrado en una habitación con un arma cargada.

—¿Qué ha pasado? —pregunto.

Mi tío se vuelve para mirarme. Su rabia es tan evidente que me sobresalto de nuevo. Lo he visto así muchas veces, sobre todo cuando habla con pasión de vengar a mi padre, pero es la primera vez que dirige esa ira contra mí.

Se me encoge el corazón y me sonrojo como si me hubieran estallado mil soles bajo la piel.

«¿Se han enterado de lo de anoche?».

No, imposible. Me habrían arrojado a las mazmorras. No estaría aquí, de pie, sino encadenada y con grilletes.

—Te diré lo que ha pasado —dice mi tío—. Tu primo, mi hijo, ha sido secuestrado.

Se me corta la respiración.

—¿Qué?

—¡Basta, basta, basta! —chilla Michael, tirándose del pelo.

Lo miro asustada. Está muy pálido y tiene unas ojeras profundas y oscuras.

Parece enfermo.

—Lo saben —murmura como si hablara solo—. Se lo debe de estar contando.

Doy un paso adelante. No sé qué lo tiene tan fuera de sí, pero algo me dice que es mejor que vaya con mucho cuidado.

—Majestad, ¿quién lo sabe?

Me lanza una mirada y empuja hacia mí una caja cuadrada de madera con bisagras negras muy viejas y una imagen tallada en la tapa. Me adelanto y veo que es una hiena de pie sobre un león muerto. La fiera enseña los dientes, y las llamas se reflejan en los ojos negros.

Los detalles son perfectos. Casi sin pensar, acaricio los relieves, hipnotizada por el complejo diseño.

—Ábrela —susurra Michael.

Lo hago, y se me revuelve el estómago al ver lo que hay dentro. Es una mano cortada a la altura de la muñeca. Está cubierta de sangre tan reseca que parece que toda la piel haya sido roída. Y, al lado, hay unas gafas de concha.

—¿Son…? —pregunto mientras miro a Michael y luego a mi tío.

El tío Raf asiente. Es la imagen viva de la ira. Golpea el suelo con el bastón.

—Hay una nota —susurra el rey con voz rota.

Me pone delante un trozo de papel; pero, antes de que me dé tiempo a leerla, la puerta se abre y Tristan entra como si fuera el dueño de la habitación y de todos los presentes. Los penetrantes ojos color jade se clavan en mí, me mira de arriba abajo, le centellean al fijarse en el pelo suelto.

—Ya era hora, Tristan —bufa Michael.

—¿Me has llamado, hermano? —Sonríe y camina hasta el centro—. Tienes un aspecto horrible. ¿Has dormido mal?

—No es momento para bromas —interviene el tío Raf—. Exijo que se reúna el consejo privado.

Estoy cada vez más confusa. Mi tío detesta al consejo privado y todo lo que representan. Mi padre vino a suplicar ayuda porque el consejo está lleno de hombres egoístas y codiciosos que no piensan en nuestro país.

—Pero, tío, ¿qué puede hacer el consejo privado?

Vuelve a dar un golpe en el suelo con el bastón.

—Cállate, niña. No tenemos tiempo para preguntas estúpidas.

Sus palabras son como una bofetada. Si me la hubiera dado con la mano, no me habría dolido más.

Tristan se vuelve hacia él como un resorte y lo mira con los ojos entrecerrados.

Michael da un puñetazo en el escritorio y algunos mechones de pelo, que siempre lleva tan repeinado, le caen sobre la frente.

—A mí no me vengas con exigencias, Rafael. Soy el rey, y tú no eres nadie.

—Con el debido respeto, majestad, todo el mundo es tan fuerte como su eslabón más débil. Y es obvio que hay muchos eslabones débiles si les ha resultado tan fácil llevarse a mi hijo. —El tío Raf se adelanta y agita un dedo en el aire—. Tu padre no habría permitido que sucediera esto.

Se hace el silencio. Un silencio tenso, pesado.

—No querría interrumpir este espectáculo tan fascinante —interviene Tristan—, pero ¿qué hago yo aquí?

—Sí —estalla Michael, y se vuelve al tío Ralf—. Sal de aquí. Antes de que coja una pistola y te pegue un tiro.

—Pero, alteza, no…

—¡Sal de aquí!

Su voz es un rugido que levanta ecos en las paredes y me vibra en los tímpanos.

Los miro alternativamente con un nudo en el estómago.

El tío Ralf hace una reverencia, se yergue y se dirige hacia mí. Me coge del brazo y tira en dirección a la puerta. Hago una mueca, pero no quiero montar una escena delante de los hombres que son nuestros enemigos, y me dejo llevar.

Es importante que los demás vean que estamos unidos.

Justo cuando llegamos a la puerta, la presión desaparece de mi brazo y suspiro de alivio, pero al volverme se me para el corazón porque veo que Tristan ha agarrado a mi tío por una mano y se la está retorciendo en un ángulo extraño.

—¡Tristan! —exclamo, y corro a separarlos.

—¿Siempre tratas así a las mujeres? —pregunta él sin hacerme caso.

Mi tío aprieta los dientes.

—Es mi sobrina, alteza. Es mi responsabilidad... —replica mi tío con los dientes apretados.

—En ese caso, te sugiero que cuides mejor de tu familia. —Baja la vista y me mira a los ojos mientras le habla a mi tío al oído—. No la vuelvas a tocar.

Tengo un nudo en el pecho, querría calmar la situación. Lo que menos falta me hace es que mi tío empiece a sospechar del interés del príncipe en mí. Pero también siento otra cosa, algo que se abre como una flor en primavera y me llena el pecho de calidez. Es agradable sentirse protegida, darse cuenta de que alguien está a tu lado. Aunque sea la persona menos adecuada.

Tristan lo suelta y apenas se vuelve a mirarme antes de girarse de nuevo hacia su atribulado hermano.

Mi tío entrecierra los ojos y sacude la mano, señalando la puerta con impaciencia.

—Bueno...

Dejo escapar el aliento contenido y asiento. Pasamos entre al menos cinco guardias reales apostados en la puerta. «¿Cómo es que de repente hay tantos vigilando el despacho privado del rey?», me pregunto con el ceño fruncido.

Timothy se aparta del grupo y echa a andar detrás de nosotros. Silencioso como un ratón.

—Ya sé que es difícil, tío —empiezo en voz baja—, pero trata de tener fe.

Aprieta los labios y no dice nada; hay una tensión extraña entre nosotros, y sigue creciendo durante todo el trayecto hasta mis aposentos. Cuando llegamos a la puerta, me vuelvo pensando que mi tío va a seguir su camino, pero en lugar de eso entra y, en cuanto estamos a solas, se vuelve hacia mí.

—Han sido los rebeldes.

Arqueo las cejas.

—¿Tú crees?

Suelta un bufido y pasa a la sala de estar para dejarse caer en uno de los dos sofás color verde oscuro.

—Ya has visto el emblema. Una hiena. Se están burlando de nosotros. Y ahora han matado a mi hijo. Mi oportunidad.

Inclino la cabeza a un lado.

—¿Tu oportunidad?

Se yergue y da unos golpecitos en el puño del bastón como hace siempre que está inmerso en sus pensamientos.

—Tío —digo con un suspiro al tiempo que me meto un mechón de pelo detrás de la oreja y voy a sentarme a su lado. Le cojo la mano para darle mi apoyo—. No sé si sirve de algo, pero no creo que Xander esté muerto.

—¿No? —Me mira de reojo.

—Bueno… —Me muerdo el labio. Pienso en todo lo que he visto esta mañana y en lo que no he visto—. Han mandado una nota, ¿no?

—Han mandado su mano, Sara.

—No su cabeza. —Hago una mueca. Sé que no me está saliendo como quería—. ¿Y si lo están utilizando como cebo? ¿O para mandar un mensaje? Para eso les hace falta vivo.

Mi tío vuelve el rostro hacia mí, y su pesar me resulta evidente. Siento que la esperanza me renace en el pecho.

—Si está vivo, podemos salvarlo.

Me aprieta la mano, pero niega con la cabeza.

—Es demasiado peligroso.

Suelto un bufido, cansada ya de que rechace mis propuestas.

—Todo lo que estamos haciendo es peligroso.

—Nadie puede ir a las tierras de las sombras —replica—. Tu padre fue allí, y mira lo que le pasó.

Abre mucho los ojos nada más darse cuenta de lo que ha dicho, pero es demasiado tarde. Lo he oído.

Algo se me congela por dentro. Aparto la mano de golpe. Siento como si los pulmones se me hubieran colapsado. Estoy confusa, pero trato de entender lo que acaba de decirme.

—¿Qué? —pregunta.

Me coge la mano y me aprieta los dedos.

—Escucha, Sara, si crees que puedes ir allí, a las tierras de las sombras…

El corazón me da un vuelco y la ansiedad me tensa hasta el último músculo.

—No te…

—Tienes razón —insiste—. Podemos salvar a Alexander.

Sacudo la cabeza y frunzo tanto el ceño que la frente se me llena de arrugas.

—Espera. ¿Qué querías decir con lo de mi padre?

Se encoge de hombros.

—Que… mira lo que le pasó. Lo asesinaron.

Aprieto los dientes tanto que me duele la mandíbula.

—No me trates como si fuera idiota. Me estás ocultando algo, y quiero saber qué es. —Tengo el corazón en un puño—. Me merezco conocer la verdad.

Traga saliva, me suelta la mano y se pasa los dedos por el pelo.

—El que mató a tu padre no fue el rey.

La incredulidad me golpea como un puño y me desgarra la piel como si me hubiera clavado las palabras en el pecho.

—No te entiendo.

—Fueron los rebeldes. Lo capturaron en el viaje de vuelta a casa y trataron de utilizarlo como moneda de cambio, como están haciendo ahora con tu primo. Solo que la última vez...

La voz le tiembla y se le quiebra. Me quedo paralizada. La conmoción me deja aturdida, helada.

—Pero... si tú me dijiste... ¿Me mentiste? ¿Me has estado mintiendo durante todo este tiempo?

—Tu padre era duque, querida sobrina. El propio rey Michael II le había concedido el título. Los rebeldes pensaban que el nuevo rey no querría perderlo. Se equivocaron.

Me pongo en pie de un salto. Me siento traicionada. La rabia crece dentro de mí al darme cuenta de que todo lo que me habían contado sobre la muerte de mi padre era mentira.

—Y entonces ¿qué objetivo tiene todo lo que estamos haciendo?

—¿Qué objetivo...? —Alza la vista hacia mí. Tiene los ojos vidriosos—. El objetivo no ha cambiado. Capturaron a tu padre. Lo torturaron. Y la corona no hizo nada. Se quedaron mirando. Son igual de culpables. Esto no puede distraerte de tu misión. No olvides para qué has venido.

—No. —Sacudo la cabeza. Los silencios de mi familia me pesan como una losa—. No, no te lo permito. No me vas a decir qué tengo que sentir ni qué tengo que hacer. Me has estado mintiendo. —La furia que me sube por la garganta me llega a los ojos y tengo miedo de echarme a llorar—. ¡Me has mentido!

«No, cervatillo. Aquí, no. Tus lágrimas no son para ellos».

La voz de Tristan me resuena en la cabeza como si lo tuviera a mi lado para ayudarme a superar el dolor que me supone ver cómo se desmorona todo aquello en lo que creía. Aprieto los dientes y me trago la emoción.

—¡Estaba intentando salvarte! —me grita mi tío. Aprieta el bastón con tanta fuerza para levantarse que las manos se le ponen blancas—. Tu padre te entrenó bien, pero ir a las tierras de las sombras es demasiado peligroso. —Se acerca a mí y trata de mirarme a los ojos, pero me niego, no puedo soportar ver su cara en este momento—. Lo siento —susurra—. Siento que te lo ocultáramos. Siempre he intentado hacer lo mejor para ti, y cuando tu padre murió… —Se le quiebra la voz—. Tenía miedo de perderte a ti también.

—Pero me hiciste venir aquí para nada.

—No. —Me coge por la barbilla y me levanta la cara—. Los Faasa siguen siendo culpables de la muerte de tu padre, y merecen pudrirse. Pero los rebeldes son unos salvajes. Su líder es un fantasma. Es otro tipo de juego. No soportaría que algo te pasara también a ti.

Aprieto los dientes, y un fuego renovado me arde en las entrañas, avivado por cada palabra que me dice.

—Moriría mil veces con tal de llevarme conmigo a los culpables —siseo con la mandíbula tensa.

El tío Raf deja escapar el aliento contenido y asiente.

—Entonces tendrás que matar al rey rebelde.

CAPÍTULO 36

Tristan

«Los culpables pagarán por sus pecados».

Miro la nota escrita por mí y luego la pongo sobre el escritorio de Michael.

—¿De qué eres culpable, hermano? —pregunto alzando la vista hacia él—. ¿Qué ha hecho Xander?

Mira a un lado y a otro.

—Nada, por supuesto.

Presiono la bota con fuerza contra el suelo, y el crujido hace que Michael pegue un salto. Es muy divertido, pero me recuerdo que tengo que evitar que la sonrisa me asome a la cara.

—¿Piensas a veces en nuestro padre? —me pregunta.

Agarra la silla con tanta fuerza que tiene los nudillos blancos.

La pregunta hace que se me forme un nudo en el estómago, como siempre que pienso en él.

—¿Te ha dado instrucciones nuestra madre para que me interrogues así?

Miro a mi alrededor, casi esperando verla de un momento a otro. La verdad es que ni siquiera sé si sigue en el castillo, pero tampoco me importa mucho.

Niega con la cabeza.

Me pongo el canuto entre los labios, me dirijo hacia los sofás, me inclino sobre la mesa baja para encender el cigarrillo con una vela y doy unas caladas antes de volver a donde está Michael para ofrecérselo.

Mira la brasa como si pensara que está envenenado.

—Si te fuera a matar, querría que te dieras cuenta, hermano. Cógelo. Te aliviará la conciencia. Al menos un rato.

Traga saliva, tiende la mano y lo coge entre los dedos para llevárselo a los labios. Hace una mueca cuando el humo le brota como una cascada por la nariz.

—¿Crees en Dios? —pregunta en voz baja mientras mira el cigarrillo.

Me meto las manos en los bolsillos e inclino la cabeza hacia un lado.

—Sí.

—Rara vez te veo en misa. —Me mira.

—No es lo mismo creer en algo que adorarlo ciegamente, Michael. Lo primero te da una identidad. Lo segundo te la arrebata. —Vuelvo hacia los sofás y me dejo caer en el *chaise longue*, acomodándome contra el respaldo. Miro al techo. La expectación revolotea en mi vientre como un enjambre de abejas. Esta es mi oportunidad—. Pero, si te refieres a la otra vida, creo que debe existir. Si no, no vería el fantasma de nuestro padre.

Me incorporo de golpe y me tapo la boca con una mano.

Michael abre mucho los ojos y sale de detrás del escritorio con el cigarrillo de marihuana entre los dedos. Viene hasta donde estoy y se deja caer en el sillón, frente a mí.

—Repite eso que has dicho.

Niego con la cabeza y me paso una mano por el pelo.

—No, no he… No sé por qué he dicho eso. No me hagas caso.

—Tristan, ¿ves a nuestro padre? —Se inclina hacia mí.

Apoyo los codos en las rodillas y frunzo el ceño.

—Creo que me estoy volviendo loco —digo, forzando un tartamudeo.

Michael se ríe. Es una risa ligera, tintineante, cargada de alivio.

«Imbécil».

—Es sobre todo cuando duermo —miento al tiempo que alzo la cara para mirar a mi hermano a los ojos—. Me alerta sobre cosas que van a pasar. Al principio pensaba que eran sueños, pero últimamente…

Michael asiente. Tiene los ojos enloquecidos, con el brillo ambarino nublado, desenfocado.

—¿Qué pasa últimamente?

—Últimamente, las cosas que me dice… se hacen realidad. —Suelto un bufido y me pongo de pie—. Debes de pensar que estoy loco. Olvídate de lo que he dicho. Por favor…

Me dirijo hacia la puerta, pero no he recorrido ni la mitad del camino cuando me detiene el sonido de su voz.

—Yo también lo veo.

Esta vez permito que una sonrisa me aflore a los labios.

Doy con Sara en la cocina de los criados, sentada ante una mesa de madera y riéndose. La visión hace que se me pare el corazón.

Está con Simon, Paul, Timothy y una de sus damas de compañía, que sonríen como si ella fuera el centro del mundo. Se me tensan los músculos; no soporto que otras personas disfruten de ella y vean partes suyas que solo son para mí.

—¡Tristan! —grita Simon, y salta del taburete para venir a agarrarse a mis piernas en un abrazo apretado.

—Hola, tigrecito. —Recorro la mesa con los ojos—. ¿Qué tenemos aquí?

—Estamos tomando una taza de té, alteza —responde Sara—. ¿Quieres?

Paul se pone de pie y va hacia el hervidor que está sobre un fogón de la cocina.

—Sí, sí, espera, te lo sirvo.

—No tengo sed.

Se detiene y deja caer los brazos a lo largo del cuerpo.

—Ah.

Voy hacia ellos con Simon pegado a los talones y me siento en la silla que Paul acaba de dejar libre; todo ello sin apartar los ojos de mi cervatillo.

—¿Cómo tiene la mano tu tío?

Se pone rígida.

—Bien, gracias. ¿Cómo está su majestad?

—Depende de a quién se lo preguntes. —Inclino la cabeza hacia un lado.

—¿Sabías que la señora sabe luchar? —me dice Simon mientras se sienta a mi lado.

Se me calienta la sangre y recorro el cuerpo de Sara con la mirada.

—¿De verdad?

—Me alegro de ver que esa molesta costumbre de responder a las preguntas con más preguntas no la tienes reservada solo para mí —me interrumpe ella con una sonrisa.

Sonrío yo también y me concentro en Simon.

—A ver si lo adivino. Te ha dicho que seas valiente y aguerrido. Honorable y fuerte.

El niño arruga la nariz.

—No, me ha dicho que beba agua.

Sara se ríe.

—Te he dicho que seas como el agua.

Coge la taza de té y se la lleva a los labios. Le clavo los ojos en el cuello cuando traga el líquido, y la polla se me despierta al fijarme en el corte diminuto que tiene en el labio inferior.

El recuerdo de su sabor me cosquillea en la lengua y no puedo apartar la vista de la marca. Quiero abrírsela de nuevo solo para hacerla gemir y luego calmarle el dolor con la lengua.

—Lo de ser honorable solo funciona si las dos partes juegan con las mismas reglas. —Mira a Simon y se inclina hacia él—. Los enemigos nunca obedecen las reglas.

El niño asiente y la mira con adoración, algo que, hasta ahora, creía que solo tenía reservado para mí.

No lo culpo por caer en su hechizo. Ni yo puedo escapar de él.

—Es cierto —asiento—. El truco está en ser más listo, tigrecito. No más fuerte.

—¿De veras? —responde Sara en su lugar con un atisbo de sonrisa—. ¿Ese es el truco?

Doy unos golpecitos en la mesa y rozo con el pulgar la base del anillo de mi padre.

—Uno de los muchos que te podría enseñar.

Le relampaguean los ojos y entreabre los labios.

—Señora —interrumpe su dama de compañía—, no te olvides de que tenemos una salida en menos de una hora. Deberíamos ir a prepararte.

Sara se sonroja al romper el contacto visual y se vuelve hacia ella con una sonrisa.

—Cuando quieras, Ophelia. —Se vuelve hacia Timothy—. ¿Vamos?

—¿Una salida? —pregunta Simon—. ¿Puedo ir contigo?

Paul vuelve de los fogones y le pone un plato delante. Mira por un momento a Timothy antes de volverse hacia el niño.

—Simon, tu madre te va a dar una buena paliza. Ya sabes que no puedes ir a la ciudad.

Hace un puchero.

—No me deja ir a ninguna parte.

—¿A ninguna? —Sara le sonríe y se tapa la boca con las manos. Luego le susurra, pero lo hace de forma que todos la oigamos—: Algún día yo te llevaré a donde quieras.

Paul y yo nos miramos, pero no decimos nada.

El bastardo del rey de Gloria Terra es el secreto mejor guardado del castillo.

No le digo que no puede ir a ninguna parte porque nadie debe saber de su existencia. Porque, nos guste o no, si se supiera que hay un niño mulato con los ojos del rey, sería el caos.

Y, si mi hermano lo reconociera, Simon sería el legítimo heredero del trono.

CAPÍTULO 37

Sara

Este va a ser mi primer acto oficial, aparte del baile, como prometida del rey. Antes de ir he recibido instrucciones sobre qué debo hacer.

No detenerme a hablar con la gente.

No apartarme de los guardias.

No hacer nada aparte de sonreír y saludar con la mano, cortar la cinta en la gran inauguración del nuevo centro médico, dejar que me tomen fotos y, luego, volver de inmediato al castillo.

Y es lo que hago. Sigo las normas al pie de la letra. Solo al final, rodeada por Timothy y mis tres damas de honor, las buenas intenciones se van al garete. Porque hay un niño de pie, en un rincón apartado de la calle, con ropa sucia y rota, y el pelo rapado, que me mira directamente.

Hay algo extraño en su rostro, aunque cuesta verlo con la distancia. Pero da igual, porque su mirada se me ha clavado en las entrañas y, sin poder contenerme, me doy la vuelta.

—Timothy —digo sin apartar los ojos del niño—, ¿ves a ese chico?

Él se acerca a mí y mira en la dirección que señalo.

—Tráemelo.

—No —interviene Marisol—. Ya hemos terminado, señora, nos vamos.

Siento que el fuego de un dragón crece dentro de mí. Echó atrás los hombros y me acerco a ella hasta que casi le toco la nariz con la mía.

—Tú no eres mi dueña. No eres nadie para decirme qué puedo hacer y qué no. He sido muy amable contigo, Marisol. No me obligues a demostrarte lo cruel que puedo llegar a ser.

—Señora —dice Ophelia acercándose—, Marisol quiere decir que tenemos que ir con cuidado. Ese niño... es..., bueno, no parece de los nuestros.

Sheina y yo nos volvemos hacia ella a la vez.

—¿Y de quién te parece que es, Ophelia? —siseo.

Se pone muy roja, y agacha la cabeza hasta que el ala del sombrero le esconde el rubor.

—Es un niño deforme —dice un guardia con asco—. Se ve desde aquí. Casi todos ellos lo son. Cuando no tienen una deformidad física, la tienen mental.

Cierro los ojos para calmar la tormenta que me ruge por dentro.

—¿Casi todos ellos?

Hace un ademán en dirección al niño.

—Las hienas, claro. Los rebeldes. O como quieras llamarlos.

—Seguro que es una trampa, señora —añade Marisol, y entrecierra los ojos para mirar al niño.

—Quiero hablar con él.

Nadie se mueve. Cuanto más tiempo pasa sin que hagan nada, mayor es la decepción que siento, como si se me estuvieran acumulando ladrillos en el pecho.

«¿Cómo pueden ser tan crueles?».

—Bien.

Fuerzo una sonrisa y miro a Sheina. Ella me sonríe también con un brillo travieso en los ojos. Me recuerda a cuando éramos niñas e ideábamos maneras de romper las reglas para no acostarnos a la hora que nos decían. Da un paso y se pone entre Timothy y yo, para que me sea más fácil salir corriendo hacia donde está ese pequeño.

Me doy la vuelta y echo a correr, aunque los zapatos me hacen daño.

—¡Señora!

—¡Sara!

Me doy la vuelta y no puedo contener la risa al ver cómo Sheina les bloquea el paso. No podrá hacerlo mucho tiempo, como máximo unos segundos, pero eso me da impulso, me permite no hacer caso del ardor en las piernas o la manera en que me duelen los pulmones y me falta la respiración.

Por fin, llego junto al niño. No se ha movido en todo este rato y, cuando me arrodillo en el suelo polvoriento, me veo obligada a admitir que tal vez no haya sido la mejor idea que he tenido en la vida. El chiquillo parece necesitado, pero es extraño que siga ahí, que no se haya movido pese al espectáculo que acabo de montar.

—Hola —le digo examinándolo.

Visto de cerca, es obvio que el guardia tenía razón. Tiene el labio leporino y le falta la parte central de la boca. Tiene los ojos grandes y redondos, y unos huesos que le sobresalen bajo la piel.

No es justo que no sea atendido debidamente cuando está donde está, en una calle llena de negocios florecientes, en una ciudad que cuenta con lo último en tecnología. Sin embargo, nadie le hace caso; de hecho, se apartan para no verlo. Dan por hecho que, como es diferente, es inferior. Tanta injusticia hace que me entren ganas de gritar.

La rabia me hierve por dentro, aviva las llamas que ardían cuando estaba en Silva, cuando mi padre y yo llevábamos a la gente raciones extras y el dinero que conseguíamos. Tras su muerte, yo seguí robando de la caja fuerte de mi tío para llevarle dinero a Daria.

—¿Cómo te llamas? —pruebo de nuevo.

El niño mira a mi espalda.

—Un guardia real —susurra.

Sonríe de oreja a oreja, y el gesto me pone el vello de punta y me provoca un escalofrío.

En ese momento, echa a correr.

—¡Espera! —le grito, y me levanto.

—¡Sara!

La voz de Timothy suena alta, desgarrada, muy diferente a como suena habitualmente, tanto que me detengo y me llevo una mano al pecho para volverme a mirarlo.

—No pasa nada, Timothy, todo va…

Un estampido rasga el aire y me embota los oídos, de forma que el resto de los ruidos quedan amortiguados. Me agacho haciéndome un ovillo y me tapo los oídos con las manos.

Alzo la vista. Timothy tiene los ojos muy abiertos, igual que la boca. Está a medio metro de mí, con una mano sobre el pecho.

Mis tres damas de compañía están detrás de él, paralizadas por la conmoción, mientras la gente corre por las calles.

Timothy cae de rodillas.

—¡No! —grito, con el corazón encogido. Me pongo de pie a toda prisa y las lágrimas me empiezan a correr por la cara—. No… —suplico de nuevo cuando me dejo caer junto a él.

Me mira con los ojos desorbitados mientras me desmorono a su lado con el corazón roto en mil pedazos que me desgarran por dentro.

Le pongo las manos en el pecho, apretando los dientes, y aplico toda la presión posible sobre la herida para intentar parar la hemorragia.

Pero es imposible.

La sangre brota demasiado deprisa.

Me coge la muñeca con las manos, y eso basta para darme esperanzas. Los rizos se me escapan del recogido del pelo y se me pegan al rastro húmedo que las lágrimas van dejando en las mejillas. Miro a ambos lados, a las docenas de personas que se han congregado alrededor y que nos miran con horror, pero sin hacer nada.

«Docenas».

—¡Haced algo! —grito, y todos me miran como si no tuvieran manos y pies para ayudar—. ¡No os quedéis ahí quietos! —Se me quiebra la voz, tengo la respiración entrecortada y me falta el aire, tanto que me parece que me voy a ahogar—. Aguanta, Timothy. —Me concentro en él, pero ya tiene la mirada vidriosa y siento que lo estoy perdiendo—. No tienes permiso para morir —le ordeno con los dientes apretados—. ¿Me has oído? Tenemos que llegar a ser buenos amigos.

Esboza una sonrisa. Los intervalos entre parpadeo y parpadeo son cada vez más largos.

—Disfrutar de largas conversaciones junto a la chimenea, ya sabes. —Se me escapa un hipido. Quiero no sentir cómo me resbalan los dedos en la sangre—. Sé que es algo que te gusta.

La mano que me había puesto en la muñeca cae al suelo, al charco que se ha formado bajo él.

—Por favor… —susurro, aunque en mi mente estoy gritando y el pecho se me ha colapsado—. Lo siento. Lo siento mucho.

Pero es demasiado tarde, y nadie oye mis súplicas.

Percibo el momento exacto en que su alma abandona el cuerpo. Una exhalación, y ya no está.

Los sollozos me sacuden haciendo temblar todo mi cuerpo y me derrumbo sobre él, con las manos manchadas de sangre y los dedos empapados. De todos modos, entierro la cara entre mis manos.

—Intenté decírtelo —susurra Marisol al tiempo que se seca una lágrima de la mejilla—. Iban a por ti.

El estómago se me revuelve y un escalofrío gélido me recorre por dentro hasta entumecerme todo el cuerpo. Alzo el rostro y la miro a los ojos.

—Entonces me encargaré de que lo paguen caro.

CAPÍTULO 38

Sara

Noto las sábanas de seda suaves en la piel y la gruesa manta me da calor, pero nada me reconforta.

Estoy enferma.

Hace rato que me han lavado la sangre de Timothy, pero tengo la sensación de que nunca volveré a sentirme limpia. Los pecados de mis decisiones siempre han sido una carga, pero hoy me aplastan bajo su peso.

«Si les hubiera hecho caso…».

Si no me hubiera empeñado en salirme con la mía, tal vez Timothy seguiría aquí.

Seguiría vivo. Respiraría. Existiría.

Tengo los ojos hinchados y rojos, y las comisuras de los labios en carne viva, pero hace rato que las lágrimas se me han secado y han sido sustituidas por la ira.

El rey rebelde mandó a su gente a matarme.

Pero no lo han conseguido, y ahora voy a hacer que desee la muerte.

Nadie me ha hablado desde que entramos por las puertas del castillo. No me han enviado un guardia adicional para vigilar la puerta de mi dormitorio. No he recibido abrazos de consuelo, ni palabras tranquilizadoras.

Tampoco es que me las merezca.

Tengo el corazón encogido. Pensaba que tal vez mi tío vendría a verme, pero ha sido como un fantasma, igual que todos los demás.

Un rumor grave vibra entre las paredes, pero no me vuelvo para mirar. Ni siquiera cuando las pisadas llegan hasta mí y el colchón se hunde con el peso de otra persona.

Estoy demasiado agotada para moverme, demasiado dolida para que me importe quién pueda ser.

—*Ma petite menteuse*, ¿qué voy a hacer contigo?

La voz de Tristan me acaricia el cuerpo como un beso, crea un abismo que se me abre en el pecho. Bajo la vista hacia el brazo tatuado con que me ha rodeado la cintura para atraerme hacia él y abrazarme con fuerza.

Es un gesto simple, pero hace que se abra la herida de mi corazón, la que he vendado para no verla y finjo que no está ahí.

Noto su aliento cálido en el cuello mientras me salpica la piel de besos. Son tiernos, son muy diferentes a todo lo que sé que es Tristan, pero les doy la bienvenida.

Él es el único que me ve en este mundo de gente que me ignora. Se me escapa otra lágrima y me rueda hasta la barbilla.

Mueve el brazo y me presiona las manos contra las caderas para hacerme girar y que quede tendida de espaldas. Tiene los ojos verdes alerta cuando me examina de arriba abajo.

—¿Estás herida? —me pregunta, secándome las lágrimas de las mejillas.

Sacudo la cabeza y el aliento entrecortado se me escapa de los pulmones mientras el corazón se me rompe al tratar de salir de la jaula de hielo en la que lo ha encerrado el sentimiento de culpa. Asiente y parece como si se relajara. Me acaricia debajo de los ojos, el arco de cupido de los labios, el puente de la nariz... Repite el movimiento una y otra vez hasta que el dolor me resulta un poco menos insoportable, como si me lo estuviera quitando y cargando con él.

—Dime qué necesitas —me susurra.

Me tiembla la barbilla y giro la cabeza a un lado. No quiero que me vea así de débil.

Me pone las manos bajo la mandíbula, gira mi rostro hacia el suyo.

—Dime qué necesitas, Sara. Y yo te lo daré.

Pienso la respuesta. Un millón de emociones diferentes se me mezclan por dentro, pero al final gana una, la que más cerca está de la superficie.

Rabia.

La rabia sigue creciendo dentro de mí y quiere salir y extenderse por toda la ciudad arrasándolo todo a su paso.

—Quiero que des con los responsables de la muerte de Timothy. —Se me rompe la voz—. Y quiero que los mates.

Las palabras me saben amargas, pero no las retiro.

Le relampaguean los ojos y se inclina hacia delante para apoyar su frente en la mía. Tenemos los labios tan cerca que estamos respirando el mismo aire.

—Dalo por hecho.

Lo dice con tanta convención, con tanta seguridad, que no dudo ni por un momento de su palabra. La manera en que me mira, como si estuviera buceando en mi alma y viendo cada parte de mi ser, me hace sentir que, si le pidiera el mundo, él lo rompería en pedazos para que me cupiera en las manos.

Sentirme tan importante para alguien hace que mis defensas se quiebren dentro del pecho, como cuando una bola de cemento destruye los muros de piedra. Hasta la última razón que he tenido para oponerme a lo que siento, para tratar de mantener a Tristan a distancia, salta en pedazos con las caricias de sus dedos.

Tal vez sea egoísta. Tal vez no lo merezca.

Pero, en un mundo lleno de dolor, él es mi único alivio.

Enredo los dedos en su pelo.

—Bésame —jadeo.

Lo hace. Sin preguntar, sin titubear. Se deja caer, fundiendo sus labios con los míos, y su contacto suave se convierte en un firme abrazo que consigue mantenerme de una pieza, aunque siento que me estoy rompiendo en pedazos.

Abro más la boca para que su lengua se adentre en ella y la excitación se me enrosca por dentro. Es más densa que de costumbre, viene teñida de dolor, pero a pesar de eso, o tal vez justo por eso, la noto más.

Deja escapar un gemido cuando le aprieto el labio inferior entre los míos y entonces me presiona las caderas entre las piernas haciendo que note la polla contra mi sexo. Arqueo la espalda para adaptarme a su cuerpo, necesito acercarme todavía más, sentir lo que siento de una forma más intensa.

Puede que, si me ahogo en él, no me asfixiaré de dolor.

Me pone la palma de la mano sobre el pecho y juguetea con el pezón a través de la tela del vestido. Luego aparta los labios de mi boca y empieza a recorrerme con ellos la mandíbula, la garganta…, mordisqueándome la piel y haciendo que se me erice el vello de todo el cuerpo.

Dejo escapar un gemido y la humedad que me rezuma del sexo me moja los muslos. Daría lo que fuera por que me tocara ahí, donde lo necesito.

Titubea, retrocede un poco y me mira a los ojos. Por un momento temo que vaya a cambiar de opinión.

Pero es Tristan. Debería haberlo sabido.

Otra lágrima me recorre la mejilla y subo la mano para secármela, pero me la agarra junto con la otra y las coloca por encima de la cabeza mientras entrelaza sus dedos con los míos. Se inclina sobre mí y empieza a recorrerme con los labios la base de la mandíbula hasta la comisura de la boca, lamiéndome la piel, borrándome a besos las pruebas de mi dolor.

—Sara… —susurra.

Nuestros labios se encuentran de nuevo y el deseo sube de nivel. Es un calor palpitante en las entrañas. Presiono las caderas contra las suyas, enrosco las piernas en torno a su cintura para atraerlo hacia mí todavía más. Su gemido me vibra dentro de la boca y se me hunde en los huesos, una sensación que me hace estremecer. Es embriagador verlo perdido en las garras de la pasión y saber que yo soy la causa.

Mientras presiona nuestras manos contra las almohadas, se aparta para mirarme a los ojos.

—Eres mía.

—No es una pregunta.

Asiento y levanto la cabeza para hablar sobre sus labios.

—Tuya.

Debería sentirme avergonzada, débil, como si necesitara tener un hombre como dueño. Sin embargo, cuando me suelta la mano y desgarra el escote del camisón de un tirón, lo único que siento es poder.

Estoy desesperada por que me llene hasta que grite.

Como me prometió.

CAPÍTULO 39

Tristan

Una sola palabra y me convierto en una fiera.

Toco, palpo, busco, necesito comprobar con las yemas de los dedos que no hay ni un rasguño en su piel perfecta. Estoy rabioso solo de pensar que a alguien se le ha ocurrido ir por su cuenta, a pesar de que prohibí de manera explícita que nadie la tocara. Cuando Edward me lo dijo, una ira ciega me invadió, pero iba mezclada con una emoción nueva.

«Miedo».

Solo he deseado una cosa en la vida, y ahora la tengo al alcance de la mano. La corona está tan cerca que casi puedo tocarla para ponérmela en la cabeza.

Pero ahora también está ella.

Todo lo demás palidece en comparación. Haría cualquier cosa por conservarla a mi lado. Lo es todo. Y si sufre, torturaré al causante de su sufrimiento hasta que me suplique que le permita morir.

Le cojo un pecho y siento cómo la piel suave se moldea bajo mis dedos. Noto la dureza de sus pezones cubiertos con la tela suave del camisón desgarrado. Me muero por saborearlos, así que lo hago.

—Tristan… —gime, enredando los dedos entre los mechones de mi pelo y tirando con fuerza de ellos.

Clavo los dientes en la piel y, dejando escapar un gemido, levanta las caderas para apretarse contra mi entrepierna y la polla se me estremece con la fricción. Suelto el pezón y me aparto de ella con una sonrisa burlona.

—¿A dónde vas? —protesta—. Vuelve.

Hago caso omiso de sus súplicas y voy hasta la mesilla de noche, cojo la vela y vuelvo a la cama. Me mira con el ceño fruncido. Su pelo negro revuelto está desparramado como un halo alrededor de su cara y sus mejillas arreboladas destacan con el fondo color crema de las sábanas.

Casi doy un traspié al verla así, desnuda, excitada, con todo el cuerpo sensible por la montaña rusa de emociones que sin duda ha atravesado hoy. Cualquier otra mujer estaría rota, pero ella acepta el dolor, deja que le dé forma.

Es arrebatadora. Quiero follármela hasta romperla, hasta que mi semen le salga por todos los poros de su piel y todo el mundo vea a quién pertenece.

La agarro por el tobillo y tiro de ella hasta colocarla al borde de la cama. Luego dejo la vela en el suelo, a mi lado.

Sonrío burlón mientras grita y me da patadas en el pecho con sus largas piernas, notando que el placer me corre por las venas. Mi bruja descarada está viva, sana y salva. La cojo con más fuerza y chasqueo la lengua, haciendo bailar mis dedos sobre la pantorrilla, la rodilla, la cara interior del muslo…

Y, entonces, la pellizco.

Cierra los ojos y entreabre los labios.

—Creo que te gustan el dolor y el placer, ¿verdad, cervatillo?

Inclino la cabeza hacia un lado para contenerme y no enterrar la cara en su coño.

—No tienes ni idea de lo que me gusta —replica con los ojos llameantes.

Dejo escapar una carcajada y le acaricio la zona enrojecida donde le he pellizcado.

—Los dos sabemos bien que aceptarás lo que te dé, *ma petite menteuse.*

Me quito la camisa por la cabeza y el aire me acaricia la piel, lo que me provoca un escalofrío. O tal vez sean sus ojos, que se empapan de mi cuerpo como si fuera agua, que recorren los tatuajes de los brazos y luego los que me cubren el pecho.

«Unidos, reinamos; divididos, caemos», lee en silencio moviendo los labios, y es como un disparo directo a mi polla. Quiero saber qué sentiría si resiguiera cada una de esas letras con su lengua.

Enrollo la camisa y la doblo.

—Y cuando estés al borde del abismo… —Cierra los ojos cuando se los cubro con la prenda y deslizo los dedos tras los rizos para atársela en la nuca. Me inclino de manera que nuestros labios se rocen, cojo la vela, y una punzada de deseo me recorre el cuerpo cuando la llama me lame la piel—, será mi nombre el que grites con esos preciosos labios.

Alzo la vela por encima de su brazo y la cera fundida cae sobre su piel cremosa y perfecta.

—¡Ah! —gime.

Entreabre los labios y trata de apartar el brazo, pero la agarro por la muñeca, me la acerco a la boca y soplo para ver cómo la cera se le endurece sobre la piel.

—Tristan… —susurra.

—¿Te gusta? —le pregunto al tiempo que paso los dedos por el líquido que se enfría—. Sé que sí. Estoy seguro de que, si te toco ahora ese coñito que tanto me gusta, me lo encontraré llamándome a gritos. Suplicando que lo llene. ¿Verdad que sí, guarra? —Me concentro en la parte superior del brazo y repito el proceso. La cera caliente se desliza por la piel mientras, con la otra mano, le recorro el cuerpo, de la clavícula hacia abajo, hasta llegar a los rizos suaves—. ¿Sabes cuántas ganas tenía de tocarte?

Ya no puedo resistir el deseo de saborearla y me inclino sobre ella, le beso el vientre y voy inclinando la vela a mi paso de manera que una larga línea de parafina sigue el rastro que acabo de marcar con los labios.

Gime, arquea la espalda y junta las piernas para atraparme la mano entre los muslos. La fuerzo a separarlos.

—No los aprietes. Quiero ver ese coño precioso cuando se hinche y me suplique que lo deje correrse.

Se le entrecorta la respiración, pero se relaja y abre las piernas. Al ver su coño brillante y maduro, los testículos se me tensan y el calor me sube por la columna vertebral.

Me sorprende y me complace lo dócil que se muestra. Le deslizo la mano por el muslo para ponerla sobre la cera endurecida y subir hasta el cuello, que le aprieto para sentir el pulso bajo los dedos.

—Así me gusta.

Se lame los labios y muevo la vela hacia la clavícula para ver su reacción cuando el líquido caliente cae sobre la piel. Vuelvo a mover la mano dibujándole líneas de cera sobre el pecho, los pezones rosados y el vientre, y le lleno el ombligo.

Apago la vela y la tiro al suelo. Entonces levanto a Sara con la mano que tengo en su nuca hasta que nuestros labios se rozan.

—Qué callada estás, cervatillo. ¿Qué ha sido de esa boquita insolente?

Se vuelve a lamer los labios y aprovecho la ocasión para cogerle la lengua con la boca y no puedo evitar gemir al notar su sabor. Le suelto el cuello y le quito la camisa con la que le he cubierto los ojos porque necesito saber si siente lo mismo que yo.

Porque me está haciendo pedazos. Me está destrozando por completo.

Tiene los ojos oscuros hinchados por haber estado llorando antes. Me aparto para disfrutar de su mirada. Me desato los pantalones y me los quito, dejando que la polla quede libre, dura, rabiosa, con gotas de semen creando un reguero de humedad desde la punta.

Me mira cuando me la recorro con la mano, y me encanta tener sus ojos fijos en mí. Me excita. Echo la cabeza hacia atrás para saborear las sensaciones mientras me masturbo para ella. Por ella.

—Mira lo que has hecho —jadeo, y me acerco a la cama—. Me has vuelto loco. —Le separo las piernas y me metro entre ellas—. No puedo comer. No puedo dormir. No puedo ni respirar sin pensar en ti.

Me inclino sobre ella hasta que nuestros pechos rozan y, al tocarle el coño hinchado con la polla, un fuerte calor me recorre.

—¿Te mereces correrte ya, *ma petite menteuse*? —le pregunto, y presiono las caderas para que me sienta entre los pliegues empapados.

Gime y se arquea, presionándome con los pechos.

—Siempre merezco correrme. —Sonríe.

Le paso la lengua por la comisura de la boca y miro hacia abajo para ver cómo mi polla le acaricia el coño con la punta gruesa y tensa.

—Te podría atormentar así toda la noche. —La agarro por los muslos y se los abro más—. Adoro verte así, encendida y caliente debajo de mí.

—Tristan... —gime—. Por favor...

—¿Eres virgen, Sara?

Me detengo con todos los músculos tensos y siento punzadas de placer en las piernas, en el abdomen. Ya me ha dicho que no soy el primero que la toca, pero no creo que viniera al castillo sin su pureza intacta, sabiendo que iba a acostarse con el rey.

Solo de imaginarla con mi hermano siento como si me pasaran la sierra de un cuchillo por el pecho. Los celos se me cuelan en la herida como un puñado de sal.

—Sí —susurra.

Esa sola palabra me lleva más allá del límite, siento la delirante necesidad de ser yo el primero en poseerla. Incapaz de tolerar la idea de no serlo. Me presiono con la mano la polla palpitante y la deslizo por su entrada húmeda hasta que noto la presión. Me inclino hacia delante, le rozo el pecho con el mío y le acerco los labios a la oreja.

—¿Y si te tomo yo?

Me rodea las caderas con las piernas para presionarme más contra ella.

—¡Soy tuya, tómame!

El calor me recorre por dentro y se me tensan los músculos. Presiono la punta entre los labios que se entreabren para mí. Estoy deseando empujar. Meterme dentro de ella. Follarla.

—Dime, *ma petite menteuse,* ¿confías en mí?

Titubea, pero una emoción oscura le arde en los ojos.

—No —susurra.

Sonrío, burlón.

—Bien.

Y me deslizo dentro de ella, hasta el fondo, hasta que se me ponen los ojos en blanco cuando el coño prieto me engulle entero. Noto la resistencia, pero se rompe, y pierdo por completo cualquier atisbo de control cuando me imagino la sangre que me cubre la polla y demuestra que es mía, mía y de nadie más.

La sensación de tenerla después de haber esperado tanto es como una droga. Me corre por las venas y me cosquillea cada terminación nerviosa, llenándome de calidez y de euforia.

Lanza un grito y aprieta con más fuerza las piernas en torno a mi cintura. Le paso una mano por el pelo y por la mejilla para luego cogerle la cara.

—Perfecta, eres perfecta.

Se me tensa el pecho, la polla me palpita contra las paredes internas de su orificio virgen, que me la oprimen con cada jadeo.

Me inclino y la beso, porque necesito besarla. Quiero sentir sus labios sobre los míos, quiero sentir su aliento en mi boca mientras se desmorona en torno a mí.

Me pone las manos en los hombros cuando empiezo a moverme con un ritmo lento y firme, cuando salgo casi por completo antes de volver a penetrarla con toda mi polla, disfrutando de cómo su cuerpo se amolda al mío como si fuera la pieza perdida de un rompecabezas.

—¿Estás bien? —le susurro pegado a su boca.

—Tienes razón. —Me muerde el labio hasta que se rompe la piel, y los testículos se me tensan tanto que derramo una gota de semen—. Me gusta el dolor.

Dejo escapar un gemido y hecho la cabeza hacia atrás. Esta mujer es una obra del cielo, está hecha para mí.

—¡Más fuerte! —me exige, tensando las piernas alrededor de mi cintura.

El calor se acumula en la base de mi columna mientras salgo de ella casi por completo para ver la humedad que me recubre el miembro y al instante la vuelvo a penetrar con fuerza. Grita y me clava las uñas en la espalda.

Siseo ante la sensación de escozor y acelero el ritmo, incapaz de contenerme, con una necesidad animal que me ciega. Lo único que me importa es hacerla mía. Me corre el sudor por la frente mientras entro en ella una y otra vez, entero, y las paredes de su sexo me oprimen.

—Me lo pones difícil —jadeo—. Pero eres perfecta, tan ardiente, te voy a destrozar el coño.

Tiene llamas en los ojos, entreabre los labios en un grito silencioso.

—¿Duele?

—Sí —susurra.

—Bien.

Me incorporo y le separo las piernas al tiempo que se las levanto para ver cómo su sexo torturado recibe a mi polla. Es un espectáculo tan erótico, tan perfecto... Nunca he sentido nada igual.

Las paredes internas palpitan contra mí. La suelto, en busca del alivio que solo ella me puede dar. Deslizo los dedos hacia donde más me necesita y froto el punto exacto hasta que sacude la cabeza enloquecida.

Está al límite. Lo noto en la manera en que tensa los músculos, lo noto en los fluidos que le fluyen y me envuelven. Levanto la mano y la dejo caer sobre el manojo de nervios hinchados con un sonoro golpe.

Lanza un grito ahogado y las piernas le tiemblan a mis costados.

Se me tensan todos los músculos y el placer amenaza con consumirme.

—Eres una zorra preciosa, mira cómo me has puesto la polla, como si fueras mi puta.

Lo vuelvo a hacer, con golpes secos que le hinchan la piel y se la enrojecen hasta que las paredes internas de su sexo me estrechan tanto que se me vuelve borrosa la visión.

Y, entonces, estalla. Su cuerpo se sacude sobre la cama, las piernas y los brazos me rodean y su pecho se presiona contra el mío. Le pongo las manos en las caderas para pegarla aún más a mí sin dejar de penetrarla, buscando mi alivio mientras ella se desmorona.

—¡Tristan! —grita.

Me muerde el cuello y solloza aferrada a mí.

Se me tensan los testículos y, por un momento, me planteo correrme dentro de ella. Todo me lo está pidiendo a gritos. Quiero invadirle las entrañas para que nadie más pueda hacerla suya. Pero me queda una brizna de lógica que me dice que, si se quedara embarazada antes de subir yo al trono, en el futuro solo la aguardaría la muerte.

Así que, en el último momento, salgo de ella y la empujo contra la cama. Entonces me cojo el miembro con la mano. Está tan húmedo que los dedos se deslizan sin esfuerzo. Echo la cabeza hacia atrás con un gemido, sintiendo todos los músculos en tensión.

—Dime que lo quieres.

—Lo quiero.

No hay vacilación en su voz.

—Suplícamelo.

Se da la vuelta todavía tumbada y se pone a cuatro patas delante de mí, con el culo perfecto en el aire, y se arrastra hasta quedar bajo mi miembro rígido. Me mira con los ojos entrecerrados, me pone las manos en la cara interna de los muslos.

El abdomen se me tensa de placer y el calor se hace más intenso en mi interior. Es un espectáculo maravilloso, verla reptar hacia mí como un animal cuando tengo su sangre virgen en la polla.

—Tristan… —susurra—. Por favor…

Tenso los músculos, el miembro me tiembla en la mano.

—Píntamelo en la piel para que todos sepan que soy tuya.

Y no me hace falta nada más para estallar. Veo puntos de luz ante los ojos mientras el semen me brota a pulsos de la polla y le mancha la cara, le corre por las mejillas, entre los pechos.

Estoy jadeando, tengo en los oídos un zumbido de placer cegador.

La miro con la boca entreabierta y los últimos estremecimientos vibrando todavía en las venas.

Sonríe, saca la lengua para lamerse el semen de los labios, se pasa los dedos por el que le corre por la clavícula, se lo frota contra la piel.

—Tuya —ronronea.

Le paso la mano por la cara, con el pulgar le limpio la humedad de la mejilla y luego se lo meto en la boca.

Ella lo lame, da vueltas en torno al dedo con la punta de la lengua, y la polla se me vuelve a estremecer. Algo que no había sentido nunca me estalla en el pecho como fuegos artificiales.

CAPÍTULO 40

Sara

Por la mañana, ya no está.

Es lógico, claro. Pero me duele el corazón como si me hubiera abandonado.

Nunca me aferré a la virginidad porque eso fuera lo que se esperaba de mí. No participo de la creencia de que es un tesoro que hay que preservar. Sencillamente, nunca había conocido a nadie con quien experimentar el sexo. Es algo vulnerable, íntimo. Y sí, he tonteado con chicos, pero no había encontrado a ninguno a mi altura.

Hasta que conocí a Tristan.

Alguien llama a la puerta y me desperezo entre las sábanas, todavía con las entrañas doloridas. No me da tiempo a decir nada antes de que entren mis tres damas de compañía, como si no me mereciera un momento de intimidad.

Marisol va directa hacia los ventanales del otro extremo de la habitación y corre las pesadas cortinas para que entre la luz lúgubre de Saxum.

—¡Arriba, perezosa! —canturrea Sheina con los ojos tan luminosos como el pelo rubio.

Me siento en la cama con el ceño fruncido y el dolor entre las piernas me atraviesa como una espada y me hace gemir. Ophelia carraspea para aclararse la garganta y viene hacia mí, hasta quedar junto al colchón.

—Señora —susurra. Mira a Marisol, luego me mira a mí—. ¿Te encuentras bien?

Inclino la cabeza porque doy por hecho que se refiere a todo lo que ha sucedido en las últimas veinticuatro horas. Lo cierto es que no, no estoy bien. Los dedos del pesar no se apartan tan fácilmente. Pero no lo voy a demostrar. Dejar que todos vean tus emociones es un síntoma de debilidad, y no puedo permitirme parecer débil. Menos, ahora.

—Claro que sí, Ophelia. —Le sonrío.

Se inclina más hacia mí con el ceño fruncido.

—Tienes sangre en las sábanas.

Habla bajo, como si no quisiera que las demás la oyeran. Siento una oleada de vergüenza y, al bajar la vista, veo que las mantas apartadas dejan ver salpicaduras rojas en la tela, entre restos de cera endurecida. Me pongo roja y subo la manta para tapar las manchas. Carraspeo.

—Gracias, Ophelia.

Sonríe e inclina la cabeza.

—¿Qué tenemos que hacer hoy? —pregunto, e intento mantener la calma, pese a que tengo el corazón acelerado. Ha sido una estupidez dormirme así.

Marisol me mira con los ojos entrecerrados.

—Su majestad y tu tío van a comer contigo.

Me ha hablado con tono brusco, y sus palabras me escuecen como una bofetada. No sé si es por el tono de voz o por la sola idea de tener que fingir ante el rey cuando su hermano acaba de arrebatarme la inocencia, pero el caso es que me duelen.

Da una palmada y viene hacia mí. Siento una repentina tensión y me subo la manta al caer en la cuenta de que estoy desnuda bajo las sábanas.

—Sal de la cama para que te vistamos, señora.

Ophelia se acerca a Marisol y la coge del brazo para llevársela al cuarto de baño.

—Te vamos a preparar una bañera. Estoy segura de que te vendrá bien relajarte después de lo de ayer.

El recuerdo de lo que pasó ayer me oprime el pecho, pero sonrío, agradecida de que Ophelia me ayude. Cuando se pierden de vista, dejo escapar el aliento contenido y me vuelvo hacia Sheina, que me está sonriendo burlona, con una bata en una mano y la otra en la cadera.

—No me mires de esa manera, Sheina, y ven a ayudarme —le digo con un bufido.

Deja escapar una risita antes de acercarme la bata.

—Marisol debe de estar ciega perdida —bromea—. Tienes el pelo hecho un caos y es obvio que estás desnuda. —Le brillan los ojos.

Le cojo la bata de las manos y me escondo lo mejor que puedo mientras aparto la manta y me levanto para ponérmela. Todos los músculos protestan doloridos, y una punzada aguda me atraviesa el sexo haciéndome estremecer de dolor.

Me gusta la sensación.

Es extraño, pero el dolor resulta reconfortante. Me recuerda que a Tristan le importo. Que, de toda la gente que me importa, entre ellos Sheina y mi tío, él fue el único que vino a verme y estuvo abrazándome toda la noche. Que me distrajo y permitió que me desmoronara en sus brazos, que me dio su fuerza cuando a mí ya no me quedaba.

—Calla —le digo, aunque no puedo impedir que me asome una sonrisa a los labios.

Deja escapar una risita.

—Vale, pero al menos quítate esa cara de recién follada.

Casi se me escapa un grito, y no puedo evitar reírme.

—¡Esa boquita, Sheina! ¿Qué ha sido de mi amiga? Nunca te había visto hablar así.

Mientras me ato la bata, miro alrededor y hago una mueca al ver que la cama está hecha un desastre.

—Tranquila —me dice—. Yo me encargo de esto.

Suspiro aliviada, relajando los hombros, y tiendo la mano para agarrarla por el brazo.

—¿Nos vemos esta noche después de cenar, las dos solas? —le pregunto.

La esperanza me aflora en el pecho. Quiero sentir algo de normalidad, lo que no he tenido desde que llegué a Saxum para embarcarme en este viaje largo y tortuoso.

Parpadea y aparta la vista.

—Claro.

Siento una punzada en el pecho y se me borra la sonrisa ante su falta de entusiasmo.

—Si estás ocupada…

—Para ti, no, ya lo sabes. —Sonríe y me aprieta la mano—. Ya debes de tener la bañera lista.

Una oleada de incomodidad me cubre como una manta mientras la veo ir hacia la cama y quitar las sábanas. La sensación me acompaña el resto de la mañana cuando me aprietan el corsé, me peinan y me ponen colorete en las mejillas.

Lo único que me distrae llega al atardecer, cuando vamos de camino al comedor y nos tropezamos con Paul.

El corazón se me para al verlo.

—Paul... —Me detengo en medio del corredor mal iluminado. Marisol, que ha decidido que su misión es acompañarme, se detiene bruscamente detrás de mí.

—Señora, no tenemos...

Me doy la vuelta con los ojos entrecerrados y los dientes apretados.

—Marisol, el comedor está aquí mismo. —Señalo las puertas al final del pasillo—. Has sido un perro guardián excelente, y te agradezco que me hayas traído hasta aquí. Ya puedes retirarte.

Una tenue sonrisa ilumina el rostro de Paul, aunque el dolor es evidente en sus ojos.

—Ahora mismo —siseo al ver que mi dama de compañía no se mueve.

—No te puedo dejar a solas con un hombre en un pasillo —bufa—. No es apropiado.

—Yo me ocuparé de eso. —Doy un paso hacia ella y se pone rígida—. Estoy harta de que siempre te enfrentes a mí. Sé que para ti es muy importante estar al mando y controlar las cosas, y lo respeto, pero ten la bondad de recordar que a mí no me das órdenes.

Aprieta los labios, pero se inclina en una reverencia antes de alejarse por el pasillo, seguro que para contar lo mal que me he portado con ella. Me vuelvo a concentrar en Paul y se me encoge el corazón al ver las arrugas de su rostro.

—Paul, si hay...

Sacude la cabeza y arruga la nariz al bajar la vista.

—Ni siquiera va a tener un entierro digno. —Aprieta los dientes. Tiene los ojos llameantes—. ¿Te lo puedes creer?

—¿Qué? —me llevo una mano al pecho—. Pero tienen que... Era un guardia del rey.

Se me rompe el corazón al ver cómo se le llenan los ojos de lágrimas y le cojo las manos y se las aprieto.

—Paul... —Tengo un nudo de emoción en la garganta—. Lo siento mucho. Fue culpa mía y...

—No, no, señora. —Aparta una mano de las mías para cogerme la barbilla—. Murió haciendo lo que quería hacer.

Suelto un bufido de incredulidad y parpadeo para contener las lágrimas.

—¿Qué? ¿Ser un mártir?

—Protegerte. —Sonríe.

Angustiada, respiro hondo y trato de recuperarme del golpe que suponen esas palabras.

—De verdad —susurra, y me aprieta los dedos—, no sé quién es peor, si los que lo mataron o los que no quieren honrar su recuerdo. —Titubea y me suelta la mano para secarse una lágrima que se le ha escapado—. Al menos los rebeldes cuidan de los suyos.

Ese comentario me pone en alerta.

—¿Cómo lo sabes? —pregunto, inclinando la cabeza a un lado.

Da un paso atrás y se pasa la mano por el pelo castaño rojizo para no mirarme a los ojos.

—Sara. —La voz grave corta la tensión y me vuelvo para ver

a mi tío Ralf en el pasillo, con una mano en el bolsillo y la otra en el bastón.

Sonrío.

—Iba de camino a verte, tío.

—Señora… —dice Paul y se aleja por el pasillo, hacia el lado contrario del comedor.

No se da la vuelta y no saluda a mi tío como debe. Su desdén no me pasa desapercibido. El tío Raf lo sigue con la mirada mientras se pierde de vista.

—¿Pensabas hacer esperar al rey toda la noche? —me pregunta.

Me asquea su comentario, pero sigo adelante porque sé que ahora es más importante que nunca que vaya con cuidado. Si supiera lo que hice esta noche, no sé cómo reaccionaría.

En el mejor de los casos, me llamaría traidora y me expulsaría de la familia.

¿En el peor? No quiero ni imaginarlo.

La ansiedad se me acumula en las tripas cuando echo a andar hacia él, con miedo de acercarme demasiado por si huele a Tristan en mi piel. Por si nota que camino de manera diferente o que el corazón me late con otro ritmo, un ritmo que delata que el príncipe Faasa es dueño de mi cuerpo y de mi alma.

Ahora mismo me muero por verlo, y la culpa hace que se me forme un nudo en la garganta.

Llego junto a mi tío y aguardo…, aunque no sé qué. Tal vez su comprensión, porque alguien intentó matarme ayer. Tal vez un gesto que demuestre que sabe que no estoy bien.

No encuentro nada de eso.

Cuando entramos en el comedor, mientras me acompaña a lo largo de la mesa de al menos veinte comensales, con lámparas de araña de cristal que centellean sobre nosotros, me siento vacía.

Ver a Michael sonriente, sentado en la cabecera y vestido con un carísimo traje oscuro, me produce más asco que nunca.

—Lady Beatreaux, estás encantadora —me dice mientras un criado aparta la silla para que me siente.

Miro hacia atrás y le sonrío al criado, lo que hace que el rey frunza el ceño.

—Me alegro de verte tan bien, majestad.

Casi de inmediato, el tío Ralf empieza a acosarlo para que convoque una reunión del consejo privado. Yo me quedo mirándolos al tiempo que bebo agua de mi copa. Me doy cuenta de que ha ocupado el lugar de su hijo como asesor del rey, lo que quiere decir que no piensa volver a casa a corto plazo. Me pregunto cómo le irá a mi madre estando sola, aunque dudo mucho que ella haya pensado una sola vez en mí desde que me marché.

Nos sirven el primer plato, pero no soporto la idea de comer, estoy demasiado apenada y rabiosa por todo lo ocurrido. Me acomodo en la silla de manera que el dolor entre las piernas me recorra por dentro y me recuerde que Tristan estuvo ahí. Que le importo, aunque no le importe a nadie más. Su recuerdo me produce cierto consuelo, y lo agradezco, porque necesito que algo me impida derrumbarme y tirar por tierra todo lo que he venido a hacer a Saxum.

Carraspeo para aclararme la garganta.

—¿Es verdad que no va a haber un funeral adecuado por Timothy?

Las palabras se me escapan sin que me dé tiempo a contenerlas. Mi tío me lanza una mirada asesina con el tenedor a medio camino de la boca.

Michael, que estaba bebiendo de la copa, la deja en la mesa y mira al tío Raf y luego me mira a mí.

—Es cierto. No sería conveniente.

La ira me recorre las venas como si fuera lodo.

—Se merece que lo honren por su sacrificio...

—Los rebeldes lo verían como una victoria —me interrumpe mi tío—. No podemos darles esa satisfacción.

Suelto un bufido y me pongo tensa.

—Ya tienen una victoria. Han asesinado a alguien que estaba haciendo su trabajo, que consistía en protegerme.

—Basta ya, Sara —me espeta mi tío.

Me inclino hacia delante, hasta que doy con las costillas contra el borde de la mesa.

—Cuando estaba tendido en el suelo, cuando me agarró las muñecas tratando de respirar, fui yo la que le metió las manos en la herida del pecho para intentar que le siguiera latiendo el corazón. Fui yo la que le rezó a Dios para que lo perdonara, la que le suplicó que le devolviera la vida —se me quiebra la voz y doy un puñetazo en la mesa—, que me llevara a mí en su lugar.

—Ni siquiera tendría que haber hablado contigo —dice Michael.

Me vuelvo hacia él con los dientes apretados.

—Tranquilo, majestad. Ahora ya no me hablará.

Michael abre mucho los ojos ante mi arranque de ira y veo que aprieta los dientes.

Me tapo la boca con una mano temblorosa porque siento náuseas. Creo que estoy a punto de vomitar.

—Vais a tener que perdonarme. No me encuentro bien, iré a tumbarme un rato.

—Sara… —empieza mi tío.

Muevo una mano para interrumpirlo.

—Tranquilo, tío. No es nada que no se cure con un poco de reposo.

Aparto la silla, haciendo que las patas de madera arañen el suelo. Tiro la servilleta sobre la mesa y salgo corriendo del comedor. Sé que, si me quedo un momento más, diré cosas de las que no podré retractarme. Y es lo último que me hace falta.

Pero no tengo motivos para preocuparme, porque nadie me sigue.

Hace rato que se ha apagado el fuego y sigo sentada ante la chimenea, con otro manto de tristeza sobre el pecho.

Sheina no ha venido.

Estoy enfadada. Y, también, tengo un poco de miedo de que la chica a la que creía conocer sea una mujer de la que no sé nada. Me está bien empleado, claro, porque ella tampoco sabe nada de mí.

Miro el reloj de pie que hay arrimado a la pared y, tras lanzar un suspiro, decido concentrarme en algo que sí pueda controlar: averiguar más sobre los túneles.

Los cojines del sofá gimen cuando me levanto y voy hacia la cama recién hecha. Me pongo de rodillas y busco bajo la estructura hasta dar con un cofre pequeño. Cuando lo encuentro, levanto la tapa y, respirando hondo, saco el atuendo negro que solía ponerme para escabullirme en Silva y llevarle a Daria el dinero robado de la caja fuerte de mi tío.

Me quito el camisón y, tras ponerme la camisa de manga larga y los pantalones negros, me siento en el borde de la cama y me ato las botas. Cuando me miro al espejo para recogerme el pelo en la nuca, me invade una sensación de calma. Por fin me siento yo misma.

No todas las mujeres nacen para llevar vestidos de volantes y diademas que centellean con la luz.

Algunas preferimos el anonimato que nos dan las sombras.

Me pongo la capa negra y me echo la capucha sobre la cabeza, cerrándola bien para que me oculte el rostro. Salgo por la puerta sabiendo que no habrá ningún guardia vigilando. Tras la desaparición de Xander, nadie piensa dos veces en mí.

Se me tensan todos los músculos al dirigirme hacia la entrada secreta más cercana, pero en ese momento el corazón me da un vuelco al oír voces al otro lado de la esquina, y parece que se acercan. Me doy la vuelta y echo a correr en silencio hasta el final del pasillo para esconderme.

«Sheina… —El corazón se me para un instante—. Y Paul».

Frunzo el ceño, confusa. ¿Qué hacen deambulando juntos por los pasillos a estas horas de la noche?

Cuando abren el pasadizo secreto y entran en los túneles del castillo, se me cae el alma a los pies. Los sigo de lejos para que no adviertan mi presencia. Tardamos diez minutos en llegar al final del túnel, donde una escalera de piedra lleva a una puerta que se abre al exterior. Salen mientras siguen conversando en susurros que no alcanzo a oír.

Los sigo de nuevo y salgo a la gélida noche nubosa. Me doy cuenta de que estamos en medio del bosque. Y no tengo ni idea de a dónde van.

CAPÍTULO 41

Tristan

Es un giro interesante de los acontecimientos tener a mi hermano escuchando todo lo que digo como si fuera palabra de Dios. También es una prueba más de que se ha vuelto loco.

Si no estuviera tan obsesionado recordando cómo mi cervatillo me exprimía la polla, hasta me parecería divertido que el chico que se pasó la vida diciéndome que yo no valía más que una mierda pisada me esté preguntando ahora qué debe hacer.

Sí, claro, todo se debe a la hábil manipulación de sus alucinaciones. Vi un punto débil y salté sobre él. Los rebeldes son muchos; cada día, más. Tengo muchas facciones actuando sin que nadie se dé cuenta. Estamos en todas partes, hasta en los lugares que menos se imaginarían, pero no soy idiota y, si veo la ocasión de incrementar nuestra ventaja, la aprovecharé.

Por eso sugerí anoche que Timothy no tuviera un entierro con los honores que le corresponderían, cosa que Edward puede utilizar para volver la opinión de la gente en contra del rey. A la gente no le gusta que se falte al respeto a uno de los suyos.

—Hermano, siento molestarte, pero no sé a quién más recurrir.

Sacudo la cabeza y voy de un lado a otro como si estuviera muy preocupado.

—Escupe de una vez, Tristan. Tengo mucho que hacer —me replica antes de acomodarse en la silla y dar una calada al cigarro.

—Es acerca de nuestro padre —susurro, y miro a nuestro alrededor como si alguien pudiera oírnos.

Con eso consigo que me preste toda su atención. Se yergue y arquea las cejas.

—¿Te ha dicho algo más? ¿Has vuelto a verlo en sueños?

Titubeo unos momentos.

—Sí, pero... no sé.

—Dímelo —sisea.

—En mi sueño..., el rey de Andalaysia enviaba tropas a nuestra frontera sur.

Michael se mesa el pelo.

—¿Qué? ¿Crees que nos va a declarar la guerra?

Suelto un bufido y niego con la cabeza.

—No lo sé, Michael. Seguro que no es nada, pero..., joder. —Le doy una patada a la pata de madera de la silla—. Tengo la sensación de que me estoy volviendo loco.

—¡No! —Se pone en pie de un salto, rodea el escritorio para ponerse delante de mí y agarrarme un hombro con fuerza—. No estás loco. No estamos locos.

Asiento y me paso la palma de la mano por la boca.

—¿Te dijo cuándo?

Me encojo de hombros y lo miro.

—No estoy seguro.

Michael se mordisquea el labio.

—No se lo podemos decir al consejo. No se lo creerán.

—Eres el rey, Michael. Esto es una monarquía absolutista, no una democracia —replico—. No permitas que otros tomen decisiones como si por sus venas corriera sangre Faasa, porque no es así.

Le centellean los ojos y se le hincha el pecho mientras asimila mis palabras.

—Enviaremos tropas a la frontera sur para ir sobre seguro.

—Es la decisión correcta, hermano.

Edward me mira cuando me apoyo en la barra de la taberna, enciendo un canuto y me lo llevo a los labios con la tristeza de no poder oler ya a Sara en las yemas de los dedos.

Hasta la última célula de mi cuerpo me pide a gritos que la busque, que la encadene a mi lado. Es una obsesión insana, pero ahí está, y lo cierto es que nunca he tenido una salud mental muy sólida.

—Estás cambiado —dice Edward antes de beber un trago de la jarra de cerveza.

—¿Tú crees? —Esbozo una sonrisa burlona—. Debe de ser porque estamos a punto de lograr todo lo que he querido siempre. Mi hermano se ha vuelto loco, Edward. Cree que veo al fantasma de nuestro padre, que me susurra advertencias al oído. Y mañana, a estas horas, buena parte del ejército del rey marchará hacia la frontera sur para protegernos de una amenaza de guerra que no existe.

La sonrisa se hace más amplia en el rostro de Edward.

—¿Y luego?

Sonrío.

—Luego me ceñiré la corona. A poder ser con un consejo nuevo, uno que no esté lleno de gente que se divierte faltándome al respeto.

—Tenemos la victoria al alcance de la mano, alteza. Lo presiento. Muchos de mis hombres están ya al borde de la rebelión. No les gusta cómo van las cosas. —Junta las manos y luego bebe otro trago de cerveza—. ¿Y los chicos del sótano, los que intentaron matar a lady Beatreaux? ¿Qué quieres que haga con ellos?

Me hierve la sangre solo de pensar en los rebeldes que planearon el asesinato por su cuenta.

—Mantenlos encerrados. Van a ser un regalo.

—¿Para quién?

Sonrío.

—Para Sara, por supuesto.

Se le iluminan los ojos cuando lo entiende, pero antes de que pueda decir nada la puerta de la taberna se abre y entra Sheina. Recorre la estancia con la mirada hasta dar con nosotros y sonríe al ver a Edward, que se yergue junto a la barra. Tal como le había ordenado, viene con Paul Wartheg, que mira con los ojos muy abiertos las tres docenas de personas que comen y beben en las mesas. Abre mucho la boca al fijarse en la jaula de hierro que hay en un rincón, donde el inconsciente Xander está encadenado a la pared, a la vista de todos.

Apago el canuto y me dirijo hacia ellos con una sonrisa cálida.

—Bienvenido, Paul. —Le doy una palmada en la espalda—. Me alegro de que Sheina te haya convencido para que vinieras.

—Eres tú —susurra—. Tú eres el rey rebelde.

Mi sonrisa se hace más amplia.

—Soy muchas cosas. Ahora mismo solo soy un amigo.

Lo animo a adelantarse, y Sheina se aparta para ir con Edward, perderse entre sus brazos y darle un largo beso en los labios.

—Me alegro de que hayas venido —le digo a Paul—, aunque solo sea para ver a dónde va toda la comida que preparas. —Señalo las mesas y los rostros en torno a ellas—. Si no fuera tan tarde, verías a muchos niños que toman su primera comida en varios días. Verías a madres con sus bebés al pecho que lloran de alivio al recibir lo que el monarca no les ha dado. —Me vuelvo hacia él y lo miro a los ojos—. Y quiero que sepas cuánto siento lo de Timothy.

Entrecierra los ojos y se pone muy tenso.

No lo decimos, o no en voz alta, pero sé lo suyo con Timothy. Los momentos robados, las noches secretas. El suyo era un amor que habría terminado mucho peor que con un tiro en el pecho si alguien lo hubiera descubierto.

Aunque no lloro la muerte de Timothy, es una de las pocas veces en mi vida que empatizo con alguien, porque comprendo el dolor de amar en secreto, y no quiero ni imaginar la agonía que debe suponer que, tras encontrar a la otra mitad de tu alma, te la arranquen de manera tan injusta.

Ya es bastante duro que te digan que esa persona no es para ti, cuando es lo único en la vida que te parece verdaderamente tuyo.

Le pongo la mano en el hombro.

—Te prometo que los responsables lo pagarán, Paul.

—Ni siquiera le van a hacer un funeral —sisea en voz baja, torturada.

Asiento y frunzo el ceño.

—Se lo organizaremos nosotros aquí.

Una lágrima le corre por la cara y se la seca con la mano. Finjo que no la he visto.

—Yo no di la orden, pero me hago responsable.

—Te creo. —Carraspea para aclararse la garganta y termina la frase en un susurro—. Ni por un momento pensaría que fueras a permitir que le sucediera algo a lady Beatreaux.

Se me encoge el corazón. Espero que no seamos tan transparentes como sugiere, pero sonrío.

—Estarías en lo cierto.

—Nunca había venido aquí porque no quería elegir bando —sigue—. Pero ya no puedo seguir al margen mientras una monarquía corrupta acaba con nuestro pueblo. Gloria Terra es un país orgulloso y nos merecemos un rey que nos traiga gloria, no vergüenza.

Me satisface escuchar eso.

—¿Cuento con tu lealtad, Paul Wartheg?

Con los ojos brillantes, echa una rodilla en tierra.

Extiendo la mano, me coge los dedos y me besa el anillo con cabeza de león.

—Lo juro.

—Unidos, reinamos; divididos, caemos —susurro—. Es un honor para mí darte la bienvenida a la rebelión.

CAPÍTULO 42

Sara

Una conmoción fría y gélida me recorre el cuerpo mientras veo a todos los presentes con una rodilla en tierra, imitando a Paul, que acaba de besar la mano de Tristan en gesto de sometimiento. Estoy... entumecida.

Tristan es el rey rebelde.

«Por supuesto».

¿Cómo he podido estar tan ciega?

He seguido a Sheina y a Paul hasta aquí, a las tierras de las sombras, donde ya no hay luces en las esquinas y las vías bien pavimentadas se convierten en cemento agrietado y baches en los que cabría un edificio entero. Los edificios tienen ventanas sucias con tablones en lugar de cristal. Silva lleva años inmersa en la pobreza, pero esto es otro nivel.

No sé qué esperaba ver cuando miré por la rendija de la puerta de la Taberna Huesos de Elefante, pero no era esto.

Cualquier cosa menos esto.

Miro a la gente que hay aquí y siento una gran opresión en el corazón, pero no hago caso del dolor. Me niego a admitir que el hombre del que me he enamorado sea el que asesinó a mi padre.

La taberna es un lugar destartalado y oscuro, con paneles de madera sucia y olor a naftalina y a moho, pero el ambiente es alegre. Como si supieran que están al borde de algo muy grande. De algo más.

Hay una jaula con barrotes de hierro en el rincón. ¿Qué pinta eso ahí? Trato de verla mejor, pero no puedo abrir más la puerta sin arriesgarme a que me descubran. Además, Tristan, con su enorme envergadura, me bloquea la visión.

Pero en ese momento se mueve y puedo ver que tienen a mi primo dentro de esa jaula. Está acurrucado y cubierto de sangre, encadenado a la pared, inconsciente.

El corazón empieza a latirme de forma descontrolada.

«Está vivo».

Está enjaulado como un pájaro y le falta una mano…, pero está vivo.

La llama de la venganza se aviva en mi pecho.

En ese momento, Tristan se aleja de Paul y se dirige a la parte delantera de la estancia, donde hay un estrado con una silla de respaldo alto en el centro. Camina como si fuera un dios entre sus hombres y, una vez allí, alza los brazos y empieza a hablar:

—¡Amigos! Se acerca el momento. Todos habéis puesto una fe increíble en mí, y es hora de que os devuelva el favor. ¡Se aproxima un nuevo amanecer!

Suenan aclamaciones entre las mesas.

—Ya no estaremos relegados a las tierras de las sombras mientras los ricos, los perfectos, viven a plena luz. ¡Llega el momento de que brillemos!

Más gritos y aclamaciones. Unos cuantos presentes tiran restos y basura a la jaula donde está Xander.

El corazón se me encoge. Quiero dar media vuelta, borrar esta pesadilla. Pero estoy clavada en el sitio, incapaz de hacer nada que no sea mirar. El carisma de Tristan es asombroso. Cuando habla, el cambio en la energía de la estancia es casi palpable, como si la modelara para darle la forma que quiere y se la devolviera a los presentes como si ellos la hubieran creado. Es el espectáculo más asombroso que he presenciado en mi vida, y no me cabe duda de que, si quiere la corona, tendrá la corona.

Es tan elocuente, tan hipnótico, que hasta yo caigo bajo su hechizo. El corazón me late cada vez más deprisa y tengo la respiración entrecortada. Noto que la excitación se me acumula en el vientre, se me extiende hacia los brazos y las piernas hasta que empiezo a imaginarme cómo sería estar de pie, a su lado.

Pero entonces recuerdo quién soy yo y quién es él, y la sensación desaparece, y solo siento asco y desprecio.

Paseo la vista por la gente hasta que me fijo en Sheina. Tiene los brazos en torno al cuello de un rebelde vestido con el uniforme del rey. Trato de recordar su nombre, pero no lo consigo.

Es una estúpida. Es tan estúpida como yo. Me he perdido en los brazos de un hombre.

El peor hombre imaginable.

Las rodillas me duelen porque llevo demasiado rato acuclillada, y cuando me muevo vuelvo a sentir el dolor omnipresente entre las piernas. Solo que, esta vez, no me reconforta.

No soporto mirarlo, pero me fuerzo a mantener los ojos clavados en él, tal vez para demostrarme que puedo sobrevivir a la peor traición imaginable, o tal vez porque la masoquista que llevo dentro quiere experimentar ese dolor y tratar de reconciliarse con el hecho de que la persona en la que pensaba que podía confiar ha resultado ser su peor enemigo.

Me lamió las lágrimas y me dijo que era suya... después de enviar a sus hombres a matarme.

El corazón se me encoge hasta tal punto que siento que me van a estallar las venas. Estoy furiosa, me siento amargamente traicionada.

El rey rebelde. El príncipe marcado.

Me tapo la boca con la mano para contener un grito.

Le he permitido ver mi yo más oscuro. Le he permitido marcarme, hacerme daño, le supliqué mientras me untaba su semen en la piel y le pedí a Dios que me marcara con él el alma.

Aprieto los dientes de odio, un odio negro y sincero que me abrasa por dentro y me hace temblar. Un odio que embota mis oídos con su zumbido constante.

He hecho muchas cosas que me alejarán de las puertas del cielo, pero me he reconciliado con mis pecados, y hace tiempo que renuncié a la fe para buscar venganza. Pero, ahora mismo, siento que de verdad he traicionado por primera vez el recuerdo de mi padre.

Me he acostado con un Faasa. Peor todavía: me he enamorado del hombre responsable de su muerte.

Se me rompe el corazón y sus bordes afilados me hacen pedazos por dentro. En mi pecho solo queda un agujero negro que había empezado a aprender qué es el amor.

Tristan se vuelve de repente hacia donde estoy, con los ojos verdes penetrantes y la cabeza inclinada.

Me pongo de pie de un salto y salgo huyendo con la adrenalina corriéndome como ácido por los músculos. Regreso por donde he llegado, prometiéndole al fantasma de mi padre que no volveré a olvidar por qué estoy aquí.

Erradicaré a la familia Faasa de la faz de la tierra y mataré al rey rebelde… por mucho que eso me destroce.

CAPÍTULO 43

Tristan

Mi hermano me preguntó si era un hombre de fe.

Soy un hombre de muchas cosas, pero opino que la fe es mejor cuando la pones en ti mismo, en lugar de ponerla en otros. Los otros te pueden fallar.

La he visto. Ha sido muy rápido, un relámpago, pero reconocería esos ojos oscuros donde fuera.

El cuerpo me pide a gritos que la siga, que corra tras ella y me cuele en su cuarto como la otra noche. Pero algo me dice que no lo haga. Todavía no.

Así que me concentro en su primo.

Xander lleva con nosotros desde la noche del baile de compromiso, claro. En este tiempo, lo hemos exhibido, golpeado y torturado. Las heridas se le han infectado y le causan, estoy seguro, una buena dosis de dolor. Me imagino que la sepsis no tardará en devorarlo desde dentro.

Le tiro un cubo de agua a la cara para despertarlo. Mira a su alrededor, pero lo tengo atado a un tablón de madera en la parte trasera de la taberna. Le he atado con cuerdas las dos piernas y la mano que le queda.

Se debate, pero enseguida entiende que no va a ninguna parte. Aunque pudiera moverse, está tan débil que no lograría escapar.

—Buenos días, Alexander. —Sonrío.

—Te he dicho… —farfulla con la lengua entre los labios resecos, ensangrentados, y tose antes de seguir— todo lo que sé.

Chasqueo la lengua.

—Vamos, vamos, Alexander. Los dos sabemos que no es verdad. No me has dicho nada.

—Mátame ya —susurra—. Por favor.

Dejo el cubo vacío en el suelo y voy hacia el final de la mesa, donde hay un bidón de queroseno.

—¿Crees que has pagado por tus culpas?

Asiente.

—¿Y cuáles eran tus crímenes?

Aprieta los labios y aparta la cara. Todo lo hace a cámara lenta, como si no tuviera fuerzas para reunir la energía necesaria.

Me acerco a él y miro su cara magullada y ensangrentada.

—Vamos a hacer una cosa. Yo seré sincero contigo primero. Así estaremos en igualdad de condiciones. —Suelto el aliento contenido y estiro el cuello para relajarlo—. La verdad es que… vas a morir hoy. Ufff, qué alivio, por fin lo he dicho. Venga, tu turno.

Me mira con ojos llameantes, pero guarda silencio.

—Vale, como quieras.

Alzo el recipiente de queroseno sobre su torso y lo inclino hasta que el líquido le cae sobre la piel, le resbala por la carne y se le encharca a los lados.

Se estremece.

—Esto no se trata de mí —digo, y me muevo alrededor de él hasta que no le queda ni un centímetro de piel seca—. Es tu oportunidad de confesar con la esperanza de que Dios se apiade de tu alma.

Suelta lo que quiere ser un bufido despectivo, pero se transforma en una tos sibilante, húmeda, como si la enfermedad se hubiera adueñado ya de sus pulmones.

—No eres ningún sacerdote.

Me inclino más hacia él.

—Pero puedo ser tu salvador.

—¿También la vas a matar a ella? —me pregunta.

Siento una opresión en el pecho. Solo existe una «ella» de la que puede hablarme, y no tengo la menor intención de hacerle daño.

—Lo siento, tendrás que concretar un poco más.

—A mi prima.

Aprieto los dientes y no se le escapa el gesto, pues una ligera sonrisa burlona se sobrepone a su sufrimiento.

—No disimulas nada bien la fascinación enfermiza que sientes por ella… —Vuelve a toser—. Tienes suerte de que tu hermano sea tan imbécil.

Siento que me domina la irritación.

—No me hables de ella —escupo.

Se ríe.

—La he traído aquí para que te mate, idiota.

Algo oscuro se me instala en el pecho cuando lo oigo decir eso, aunque no me cabe duda de que no está mintiendo. Siempre he sabido que Sara estaba ocultando algo bajo su aparente inocencia, algo perverso. Eso explica los puñales del muslo, el fuego en su aliento, los ojos que miran por las rendijas de la puerta en medio de una noche sin estrellas.

Solo que, hasta la noche anterior, estaba seguro de que no sabía que era el rey rebelde.

¿Eso hace que quiera matarme todavía más?

Al imaginarla furiosa se me pone dura la polla.

—No me sorprende lo más mínimo —digo con una carcajada—. Pero vamos a ser sinceros, Xander. ¿Quién la ha animado a cumplir esa misión? —Me meto la mano en el bolsillo, cojo las cerillas, elijo una y la alzo por encima de él—. Dímelo deprisa o te prenderé fuego y te abrasará cada centímetro de piel. Y luego lo apagaré para volver a jugar al mismo juego una y otra vez, hasta que las llamas te consuman los músculos y te abrasen los nervios. —Miro la cerilla—. Tengo entendido que hay pocas maneras peores de morir. —Aprieta los labios, y le acerco la cerilla—. Eres tan aburrido…

—¡Mi padre! —chilla con voz ronca, dolorida—. Se supone que Sara tenía que acabar contigo y con el imbécil de tu hermano para que los Beatreaux ocuparan por fin su lugar.

Echo la cabeza hacia atrás y suelto una carcajada.

—No estáis en la línea de sucesión al trono.

—Tenemos el apoyo del consejo privado —jadea sin apartar los ojos de la cerilla.

Eso sí que me sorprende.

—¿Un golpe de Estado? —Chasqueo la lengua—. Vaya, impresionante.

Con un suspiro, acerco la cerilla a la caja y el sonido del fósforo al prenderse es como música en mis oídos.

—Una última confesión, Xander. —Me acerco, y el calor de la llama me lanza una descarga de excitación por las venas—. ¿Fuiste tú el que le dio a beber el veneno a mi padre?

Traga saliva con los ojos ya cargados de resignación.

—No. Fue tu hermano —dice. No me sorprende, pero la traición me escuece igual—. Tu madre y yo solo tuvimos que darle un empujoncito en la dirección adecuada.

Asiento y alzo la mano por encima de él.

—Que Dios tenga piedad de tu alma, Alexander. Porque en mí no la vas a encontrar.

El queroseno se prende en cuanto suelto la cerilla. La piel le estalla en llamas que se alzan hacia el cielo. Retrocedo y cierro los ojos para disfrutar de sus gritos torturados mientras la rabia me retuerce las entrañas como un tornado.

CAPÍTULO 44

Sara

Tengo los puñales afilados.

No me he cambiado de ropa desde anoche, cuando mi mundo entero se volvió del revés.

Me he quedado sentada ante el fuego, repasando todo lo que sabía a ciencia cierta. Y la única conclusión a la que he llegado es que estoy harta de esperar. De aguardar indicaciones de otros en los que no sé si puedo confiar. Ya no quiero seguir haciendo de aspirante a reina. Quiero matarlos.

Es lo único que me palpita en las entrañas, que bombea la sangre desde donde antes tenía el corazón. Creo que si me sigue funcionando es solo por la necesidad de venganza.

«¿Puede alguien morir si se le rompe el corazón?».

No me importa la política ni preservar la integridad de la corona. Todo lo que me dijo mi tío era necesario para que el país no se rompiera en mil pedazos con la caída de la dinastía Faasa. Pero me he pasado la noche repasando lo que me dijo, y no encaja.

Si no estuviera ya destrozada, me daría vergüenza lo fácil que les ha sido manipularme. Pero, en mi situación actual, solo siento el vacío que llega tras aceptar la decepción.

Una niebla densa cubre los árboles y se extiende por el suelo frío, unas cuantas gotas adornan las briznas de hierba cuando salgo del castillo y cruzo el patio hacia la catedral.

Estoy segura de que hoy será mi último día sobre la tierra. No me hago ilusiones, esto solo puede acabar con la muerte. Y la recibiré con los brazos abiertos siempre que pueda llevarme conmigo a los que me han hecho esto.

Pero, pese a todo, quiero rezar.

No para pedir la absolución; no siento remordimientos. Solo busco claridad.

Cierro los dedos en torno al pestillo de metal frío que me da acceso a la iglesia y abro las puertas para entrar en la enorme estancia. Hay una figura solitaria ante el altar, con las manos en los bolsillos y los tatuajes a plena vista mientras mira la escultura de Jesús crucificado.

Noto tal tensión en el pecho que parece que se me vaya a partir en dos y se me llenan los ojos de lágrimas, pero me las trago, me niego a derramarlas.

Tan silenciosa como puedo, saco el puñal de entre los pliegues de la capa y lo agarro con la mano temblorosa.

Mis botas despiertan ecos contra las paredes cuando paso entre los bancos. Es imposible que no me oiga. Espero que se dé la vuelta, que diga algo. Que haga algo.

Pero permanece inmóvil.

Agarro el puñal con más fuerza y sigo avanzando hacia él, angustiada, sintiendo un nudo en el estómago revuelto. Me detengo a pocos pasos, a su espalda.

«Hazlo —me susurra la mente—. Estira el brazo, clávale el puñal».

Sería tan fácil dejar que se desangrara en el suelo frío de la iglesia y contemplar cómo la vida abandona su cuerpo traidor...

La sola idea me hace estremecer, y me siento débil mientras debato conmigo misma, tratando de tomar una decisión. Al fin, alzo la mano y trago la bilis que me sube por la garganta, pero en el momento en que acerco el cuchillo a su espalda noto que la cavidad de mi pecho se está agrietando.

—No sé cómo, pero sabía que me encontrarías aquí.

Mi mano se detiene en seco. El corazón me da un vuelco.

Se vuelve y me mira con esos odiosos ojos color jade, tan perfectos. Como si solo existiera yo. La rabia recorre todo mi cuerpo. No soporto que, incluso ahora, sus mentiras sean tan convincentes.

—Uno de los dos siempre está encontrando al otro —digo con los dientes apretados—. ¿Por qué será?

Sonríe, pero solo con los labios. Tengo el puñal en la mano y baja la vista hacia él.

—¿Me vas a matar, cervatillo?

El estómago se me encoge y, con mano temblorosa, le apunto al pecho con el puñal. Trago saliva y aprieto los dientes. La sola idea me abrasa el pecho.

«Hazlo. Hazlo. Hazlo».

Pero no muevo la mano.

Su nuez le sube y le baja en el cuello cuando da un paso adelante para ponerse contra la punta de la hoja.

—No quiero verte fracasar —susurra—. Ni siquiera en esto.

El corazón se me para y las emociones me estallan por dentro impidiéndome pensar en medio de ese caos interno.

—No se te ocurra hablarme así —escupo, y le presiono el puñal contra el pecho—. No finjas que te importo cuando no has hecho más que mentirme.

—*Ma petite menteuse,* el mundo está lleno de mentiras.

El apodo se desliza por su lengua y me atraviesa el pecho; el dolor es tan intenso que me quiero morir. Alza la mano, me pasa los dedos por la piel y los cierra en torno a mi muñeca, haciendo que el calor me suba por todo el brazo.

—La única verdad es que soy tuyo. Entera, inexplicable y dolorosamente. Soy incondicionalmente tuyo. —Me mueve el puñal hasta que lo tiene contra el cuello—. Así que, si necesitas sacrificar mi alma para poder vivir con la tuya, hazlo.

Tengo el aliento entrecortado y las lágrimas ardientes me corren por las mejillas mientras mi cerebro pelea con mi corazón y la confusión me nubla los pensamientos impidiéndome incluso ver.

«Hazlo».

—Es un truco —siseo, y presiono la hoja hasta que le araña la piel.

Sonríe y me acaricia el brazo. Noto cómo el vello se me eriza al paso de sus dedos.

—Nada de trucos, cervatillo. Esta vez, no. Contigo, no.

Aprieto los dientes.

—¡Tú mataste a mi padre! —grito, y presiono más el puñal hasta que le cae un reguero de sangre por el cuello.

Sigue sin moverse.

—¡Ordenaste que me mataran a mí! ¿Cómo puedes decir lo que dices cuando lo único que has hecho es causarme dolor?

Se me quiebra la voz y apenas puedo respirar.

Las palabras me han salido cargadas de angustia, como si me hubiera metido las manos en lo más hondo de mi pecho y estuviera arrancándome mi propia alma. Me recorre el brazo con la mano, me la pasa por el pecho, por la parte delantera del cuello y al final me coge la cara y me acaricia la mejilla con los dedos. Cierro los ojos y cedo ante su contacto, asqueada por no ser capaz de resistir el consuelo que me proporciona, pese a tener un puñal a escasos milímetros de acabar con él.

—Esto no es justo. —Le agarro la camisa con la mano libre—. No es justo que me hagas esto. ¿Por qué has tenido que ser tú?

Deja escapar una carcajada carente de humor.

—¿Crees que yo quería que fueras tú? —Me agarra la barbilla con más fuerza—. Arrasaría la tierra entera si con eso pudiera arrancarte de mi cerebro.

Se me contrae el pecho y el dolor me corre por las venas.

—El problema es que no hay manera de borrarte de mi mente, Sara. Ahora eres parte de mí. Una parte que no puedo ahogar por mucho que lo intente. —Se acerca y la hoja se le hunde un poco más en el cuello—. Y yo soy parte de ti, aunque no soportes la idea.

Con la otra mano me mueve el brazo para apartármelo de su cuello. Contengo un grito y me preparo para el ataque.

Pero se deja caer de rodillas, con los brazos a lo largo de los costados.

—Si no soy tuyo, no soy nada. —Aprieta los dientes y se le humedecen los ojos. Una lágrima solitaria baja por la cicatriz—. Así que hazlo. Mátame, Sara. Acaba con este purgatorio constante que es necesitarte y no tenerte.

Tengo un nudo en la garganta que me impide respirar y la indecisión me retuerce por dentro mientras sus palabras se me cuelan por las rendijas y me empapan el alma.

—Si eso te va a dar paz, moriré feliz —dice con la voz cargada de emoción.

Se me escapa un sollozo que me sale de lo más hondo y resuena en la iglesia como una burla de mi dolor que levanta ecos entre las paredes.

«Eres débil, Sara. Hazlo».

—Dame un motivo —digo—. Un buen motivo para no matarte.

Le brillan los ojos.

—Te quiero.

Suelto el puñal.

El sonido que produce al chocar contra el suelo es estrepitoso, pero apenas lo oigo, porque Tristan me ha cogido entre sus brazos y ahora me atrae hacia él, enredando sus dedos en mi pelo mientras consume mi boca, mis labios, mi lengua, mi alma…

Grito contra su boca, me pierdo en su abrazo, me odio por ser tan débil, pero adoro la manera en que su contacto calma el dolor.

CAPÍTULO 45

Tristan

Su contacto es la rendición más dulce.

Mucho antes de acabar aquí ya había decidido que, si me quería muerto, me tendería a sus pies. No quiero luchar contra ella. No quiero vivir si ella no desea ser mía.

Ya no ansío el trono. Ya no ansío venganza contra los que me han hecho daño.

Todo palidece a su lado.

La sangre me corre por el cuello allí donde me ha hecho un rasguño en la piel, la polla me palpita con violencia. Me excita verla enfurecida, pero cuando suelta el puñal y cae en mis brazos, el corazón me implosiona.

—Muéstrame tu dolor, cervatillo. Dámelo y así no tendrás que cargar con él a solas —jadeo sobre su boca mientras me como sus gritos.

Le arranco la ropa a zarpazos y ella hace lo mismo conmigo hasta que acabamos desnudos, Sara en mi regazo, con las prendas hechas jirones a un lado. Le deslizo la polla entre los labios del coño, desesperado por clavarme en ella, y le agarro el pelo a puñados para echarle la cabeza hacia atrás haciendo que doble la espalda en un arco imposible y las puntas de los mechones rizados rocen el suelo, haciendo que sus pechos queden vulnerables, con los pezones color rosa oscuro suplicando la atención de mi boca. Me inclino sobre ella como un animal hambriento y cojo entre los labios la carne endurecida, gruño cuando su sabor me explota en la lengua y ella frota el coño caliente contra mi miembro.

—Tristan… —suplica mientras sus fluidos mojan toda mi polla, goteando sobre las baldosas de la catedral—. Por favor, yo…

Libero el pezón y le paso la lengua por el pecho hasta llegar al cuello, donde sorbo la carne para atraer la sangre hacia la superficie sin importarme si le dejo marcas, desesperado por mostrarle al mundo que no pertenece a nadie más que a mí. Quiero marcarle la piel como ella me ha marcado el alma.

Puede entrar alguien en cualquier momento, pero no me importa. Que miren.

Esto no es amor. Esto es obsesión. Es locura. Es salvación.

—Chisss… —Acerco los labios de nuevo a los suyos—. Sé lo que necesitas.

Le suelto el pelo y le bajo las manos por el cuerpo para agarrarla por las caderas y colocarla sobre mi polla rabiosa, palpitante. Y, entonces, su calor húmedo me envuelve hasta la raíz; sus paredes tiernas abrazan cada engrosamiento de mi verga hasta que se me tensan los abdominales y veo luces ante los ojos mientras disfruto de la sensación de estar envuelto por ella.

Echa la cabeza hacia atrás con un gemido y empieza a dibujar ochos con las caderas, consiguiendo llevarme al límite con cada movimiento.

Cabalga sobre mí con gran maestría. Ahora es ella la que me tira del pelo, y el dolor me hace gemir mientras me recorre el cuello con los labios y lame el corte fino, aún sangrante.

Palpito dentro de ella.

—Sí —siseo, y me dejo caer sobre los codos, y su cuerpo me sigue mientras continúa lamiéndome la herida que me ha hecho—. Sí, así, móntame, lámeme la sangre como si tuvieras hambre de mí.

Gime de nuevo y el sonido me reverbera por dentro, pero se yergue hasta quedar con la espalda tensa. Se lleva las manos a los pechos y se retuerce los pezones hasta que son dos picos duros. Mi excitación crece aún más al verla echar la cabeza hacia atrás con los ojos cerrados. ¿Cómo es posible que exista una mujer así? Casi creo que estoy loco, que solo es producto de mi imaginación.

De pronto, las sensaciones me superan y me incorporo hasta que rozo su pecho con el mío y las caderas pierden el ritmo. La agarro por la cara.

—Mírame.

Sus preciosos ojos oscuros se abren y me siento el hombre más afortunado del mundo por tenerla en mi regazo, en mi polla, en mis venas.

—¿De verdad crees que yo te haría daño?

Subrayo la pregunta con un golpe de caderas contra su sexo húmedo, me presiono contra ella mientras rota hacia mi entrepierna y tiembla al tiempo que las paredes del coño aletean alrededor de mi miembro.

Se le escapa una lágrima solitaria y empieza a rodarle por la mejilla. Me inclino hacia ella sin pensar, la recojo con la lengua, la devoro.

Su pena es ahora mi pena.

Su dolor es ahora mi dolor.

—Torturaré y mutilaré a quien se atreva siquiera a pensar tu nombre —le digo al oído, y presiono su rostro contra mí mientras la sigo follando a embestidas duras, lentas.

Deja escapar un gemido, asiente y se inclina hacia delante para exigir de nuevo mis labios sobre los suyos, magullados. El corazón casi me estalla de la necesidad de sentirla más, de abrirme camino bajo su piel y quedarme ahí para siempre.

Le suelto la cara para agarrarla por las caderas y la presiono contra mí hasta que cada centímetro de mi polla está dentro de ella, pero, aun así, sigue sin parecerme suficiente.

La levanto, me veo el miembro brillante de sus fluidos, rabioso al salir de su calidez. Le rodeo la cintura con el brazo y le doy la vuelta hasta que queda de espaldas, de rodillas ante mí, echada hacia delante y con los codos sobre el peldaño. Me siento sobre los talones y me empapo de ella, la memorizo para tatuármela en la piel.

Postrada como si rezara, tiene el coño a plena vista mientras la luz de colores de las vidrieras le salpica la piel cremosa y la madera del crucifijo preside nuestros pecados.

Le meto los dedos en el coño, me lo está pidiendo a gritos, y los curvo hasta dar con el punto suave y esponjoso y hago que se vuelva loca.

Lanza un gemido, mete la cabeza entre las manos y alza sus deliciosas nalgas hacia mí. Sin duda quiere que se las ponga rojas.

Le saco los dedos y con la misma mano, húmeda de sus fluidos, le azoto en el culo. El golpe resuena entre los arcos del techo de la iglesia. El calor se me acumula en la base de la columna. Creo que nunca he tenido la polla tan dura como en este momento, viendo cómo su piel adquiere un tono rosa y se ondula bajo mi mano.

Engarfia los dedos en torno al pie del altar, arañando el suelo con las uñas.

—Has sido una niña mala, Sara. —Le acaricio con la mano la huella que le he dejado con la palma y ella ronronea, apretándose contra mí.

Le doy otro palmotazo en el culo y mi polla empieza a gotear fluido seminal en el suelo.

Todo es tan lujurioso… La excitación me corre por las venas al imaginarme a los que se arrodillarán aquí mismo para comulgar.

Ahogo un grito y me agarro la base de la polla con la mano libre para contener el impulso de correrme solo de pensarlo. Empujo hacia delante hasta que la cabeza púrpura del miembro se desliza por los labios del sexo de Sara y presiono contra el botón más sensible. La hago gritar al descargar un tercer golpe y la humedad que le mana de dentro me humedece más la polla.

Le recorro la columna con los labios mientras me inclino sobre ella y le agarro el pelo para tirarle hacia atrás de la cabeza, obligándola a incorporarse. Al hacerlo, queda pegada a mí y nota mi aliento en el oído.

—Adoro verte así de dócil, tan sumisa, de rodillas, suplicándome que te marque —susurro.

Noto que le tiembla todo el cuerpo y que tiene los muslos tensos mientras se presiona contra mí, rodeando mi miembro con los labios hinchados de su sexo. Se desliza adelante y atrás, se frota contra mi erección, hace que me domine la necesidad de entrar en ella hasta el fondo.

—Di que eres mía —le exijo, soltándole el pelo para agarrarla por el cuello. Su espalda queda contra mi pecho y la fricción es deliciosa. Empujo con las caderas, con la polla palpitante—. Estoy desesperado, Sara…

Le aprieto el cuello, le rodeo la cintura con el otro brazo y bajo la mano hacia su sexo hasta que tengo el pulgar sobre ese dulce manojo de nervios hinchados que me pide a gritos que lo frote para lograr que se desmaye del placer.

—Dímelo —repito—. Dímelo y haré que te corras de tal manera que tendré que recoger tus pedazos.

Se le escapa un jadeo y el sonido del suspiro activa una nueva descarga de excitación tan violenta que me muerdo la mejilla por dentro haciendo que me sangre.

—Soy tuya —susurra.

Me deslizo dentro de ella de golpe.

Los dos gemimos y la ataco con un ritmo salvaje, los testículos le golpean el coño; las caderas, las nalgas enrojecidas y sensibles. Me la bebo con los ojos y el calor se me enrosca por dentro. Me vuelve loco. Siento la necesidad de correrme dentro de ella, aunque solo sea un poco; solo para saber qué se siente.

Tengo los testículos tan tensos que quedan casi al nivel de la polla. Me inclino hacia delante y la follo como un animal, con las rodillas en el suelo de piedra hasta que sangran.

—¡Dios mío! —grita, y el cuerpo entero le vibra.

¿Es posible estar celoso de Dios? Porque, cuando su nombre sale de sus labios, quiero cortarme las venas y volar hasta su reino para arrasarlo hasta los cimientos.

Le golpeo la carne otra vez, ahora más fuerte, rabioso porque ha gritado el nombre de Dios cuando soy yo quien la está destrozando. Furioso porque pensaba matarme sin darme el placer de sumergirme en su dulce coño por última vez.

—Cuando te corres con mi polla dices mi nombre, *ma petite menteuse*. No otro.

Le rodeo la cintura con el brazo, aprieto con fuerza y bajo las yemas de los dedos hasta el sexo para pellizcarle el clítoris hasta que grita.

—¡Tristan! —gime de nuevo, húmeda de excitación, tensa alrededor de mi polla.

—Eso es, cervatillo. El que te vuelve loca soy yo. Solo yo. Solo yo.

Y entonces estalla, con mi nombre en los labios, y ya no me puedo controlar más: los músculos se me enroscan y, cegado, la lleno de semen con fuertes embestidas, clavándole los dedos en las caderas mientras bajo la vista hacia los cordones blancos que se le deslizan por el coño y me corren por la polla.

Es lo más hermoso que he visto jamás.

Jadeante, agotado, me derrumbo sobre su espalda y le recorro la columna con besos. Ahora ya sé, sin lugar a dudas, que ella es lo único que me ha importado de verdad en esta vida, lo único que me va a importar de verdad.

CAPÍTULO 46

Sara

Tristan y yo estamos en su cama; yo tengo apoyada la espalda desnuda pegada a su pecho y él me recorre los brazos con los dedos. Es la primera vez que estoy en su cuarto, pero es exactamente como me lo imaginaba: muebles tapizados en granate intenso y sábanas de seda negra. Noto su semen entre los muslos, pero estoy tan agotada que no puedo ni limpiarme. Mi mente y mi cuerpo siguen enzarzados en una batalla que reduce a polvo hasta el último átomo de energía que me queda. Tengo el culo dolorido y las emociones en carne viva. Siento que he perdido el rumbo.

Porque no me voy a mentir. No lo puedo matar, aunque sé que debería hacerlo.

No sé si eso me hace egoísta o débil.

Puede que ambas cosas.

—Lo que pasó con Timothy… —dice de repente.

Se me agarrotan los pulmones.

—Yo no di la orden —sigue—. Prohibí expresamente que atentaran contra ti.

Las palabras se me derraman por el pecho y echan raíces, buscan dónde instalarse. Le creo, cosa que probablemente me convierte en la mujer más idiota del mundo. Pero si siente aunque solo sea una fracción de lo que yo siento por él, no me cabe la menor duda de que jamás me haría daño.

Le puse un puñal en la yugular, pero no pude seguir adelante.

—Mi padre era mi mejor amigo —se me escapa sin poder contenerme; me doy la vuelta para quedar frente a él entre sus brazos—. Desde que era pequeña me enseñó que ser una chica no implicaba ser dulce y mansa.

Tristan sonríe.

—Te enseñó bien.

Entrecierro los ojos y trago saliva, pese al nudo que se me forma en la garganta cada vez que hablo de mi padre.

—Sí, bueno. Era duque, ¿lo sabías?

—Lo sabía.

Me recorre con los dedos la línea de nacimiento del pelo.

—Amaba a nuestro pueblo. Así que, cuando dejamos de recibir fondos, cuando los negocios empezaron a cerrar y las familias perdieron sus hogares…, no pudo tolerarlo. —Trago saliva—. Me daba el poco dinero que podía reunir, mantas, ropa de abrigo, y me mandaba a llevarlo a los necesitados en lo más oscuro de la noche.

—Parece que era un gran hombre.

—Lo era. —El nudo se me tensa en la garganta—. Cuando murió, el dolor me abrumó, pero lo que recuerdo sobre todo es una ira cegadora.

—Conozco esa sensación —responde.

—Él solo quería pedir ayuda. —Aprieto los dientes—. Vino aquí, a Saxum, a implorar a tu hermano que nos tuviera en cuenta. A informarle de que llevábamos demasiados años en el olvido.

Le toco la cara a Tristan, sigo con los dedos el tejido de la cicatriz, las irregularidades de la carne marcada. Se sobresalta, pero no se aparta, sino que se apoya contra mi mano. Me fijo en el tatuaje del pecho, una hiena sobre un montón de huesos y una frase debajo: «Solo con eso tendría que haberme dado cuenta». Me dejé absorber por las palabras y no me fijé en el resto.

—Vine aquí para vengarme de los que me lo arrebataron.

Creo que voy a ver la sorpresa reflejada en sus ojos, pero no es así. Solo encuentro calidez y comprensión en ellos. Me cuesta demasiado mantener la rabia, y noto cómo se me desmorona por dentro.

—Mi primo me trajo aquí para casarme con tu hermano. Bueno…, eso ya lo sabes.

Su mirada se vuelve dura como la piedra y noto que la mano con la que me rodea la cintura se tensa.

—No eres para él.

—Nunca seré para él —respondo. Titubeo un instante—. Anoche te vi. Cuando seguí a Sheina y a Paul hasta las tierras de las sombras.

Asiente. De nuevo, no parece sorprendido.

—Ya lo sé.

Se me llenan los ojos de lágrimas. No sabía que aún me quedaba alguna.

—Te vi, Tristan.

—Lo sé —repite sin apartar la mirada.

—Tienes encerrado a mi primo.

Entreabre los labios y respira hondo. Sus dedos se detienen a media caricia.

—Ya no, cervatillo.

El corazón me da un salto, pero no muy violento.

—¿Lo has matado?

—¿Y si te digo que se lo merecía?

Debería estar rabiosa, pero no lo estoy. Apenas siento nada. La verdad es que nunca estuve muy unida a Xander, al que solo vi un par de veces cuando era niña. Nuestra relación se basaba en la lealtad a la familia, pero me imagino a Tristan acabando con él y no puedo decir que me importe.

Por lo visto, hay algo más importante que la sangre.

—¿Qué hizo? —pregunto.

—Asesinó a mi padre. —Lo dice sin dudar un instante, sin inflexiones en el tono de voz. Es un hecho.

Las palabras vibran contra el muro que aún se alza entre nosotros y que me impiden entregarme a lo que sea que es este hombre, por mucho que lo desee.

—Y tú mataste al mío.

Frunce el ceño, con los ojos llameantes. Le cojo el rostro entre las manos.

—Así que ya ves, Tristan, no puedo amarte. Porque amarte significa olvidarme de él.

—Cervatillo...

—No hay apodos ni palabras bonitas que puedan cambiar lo que pasó. —Me tiembla el labio inferior y las suturas del corazón se tensan como si se fueran a romper. Salgo de entre sus brazos y me incorporo en la cama para sentarme y golpear el colchón—. ¿Qué más quieres de mí? Me lo has quitado todo, ¿y ahora también quieres mi corazón?

Se me echa encima. El aura que lo rodea me presiona. Una tormenta estalla en su rostro.

—Sí —dice—. Sí. Lo quiero todo, ya lo sabes. Te quiero entera. Lo exijo.

—Pues mala suerte —le espeto, y lo intento apartar de un empujón.

Me agarra las muñecas antes de que me dé tiempo a retirarlas. Pataleo y le acierto con un pie en la espinilla. Tiene que contener un siseo. Empiezo a forcejear para librarme de él, pero se ríe y me estrecha con fuerza entre sus brazos. Luego rueda para ponerme bajo su peso, contra la cama. Sus piernas se enredan con las mías y me sube los brazos para sujetármelos por encima de mi cabeza.

Es una posición precaria, una postura en la que el calor que me palpita en el sexo se me extiende por el vientre, quiera yo o no.

—Eres mía, Sara. —Subraya las palabras con una embestida de las caderas—. Y si te tengo que meter la polla cada mañana y ponerte el culo rojo a azotes todas las noches para que me sientas a cada paso que des, eso es lo que haré.

Suelto un bufido.

—Ja. No eres mi dueño.

Sonríe.

—¿Quién miente ahora, *ma petite menteuse?*

Vuelve a embestirme, y las piernas me traicionan, ya que se abren para facilitarle el acceso.

Se inclina sobre mí, me coge el labio inferior entre los dientes y me besa con la lengua, con los labios, con saliva. Es tan carnal. Es tan lujurioso. Es lo único que quiero.

—He matado a muchos hombres —susurra contra mis labios—. Recuerdo el rostro de cada uno de ellos, tengo grabada la imagen de todos mientras me rogaban la absolución.

—Menudo complejo tienes —me burlo.

—Sara, yo no maté a tu padre.

Dejo de forcejear contra él y me quedo inerte entre sus brazos, confusa, con el ceño fruncido.

—Claro que lo mataste. Mi tío me dijo que fuiste tú, que…

—Tu tío quiere la corona.

Me encantaría negarlo, y lo niego durante unos segundos. Rebusco en todos los recovecos de la memoria algo que demuestre que mi tío es inocente, que jamás haría semejante cosa. Había sido tan convincente en su plan de que matara al rey rebelde… Pero si ni siquiera eso era cierto, ¿de verdad lo conocía?

Mi tío ha sido un segundo padre para mí. Pero también ha sido el que me ha guiado a cada paso, el que ha avivado las llamas del fuego que arde dentro de mí y las ha dirigido. «¿Me ha estado manipulando para conseguir su objetivo?».

—Eras su chivo expiatorio, cervatillo. Te culparían a ti de los asesinatos de la familia real, y él podría hacerse con la corona.

Se me encoge el corazón.

—¿Qué? —Sacudo la cabeza. La incredulidad cae sobre mí como una lluvia helada.

Me presiona los labios con los dedos en una caricia delicada.

—Sabes que no quiero hacerte daño.

—No me harían eso —digo—. Mi tío no me haría algo así. Somos familia…

Pero, incluso mientras lo estoy diciendo, la verdad me cala los huesos y hace que me duelan. Tristan dice la verdad.

Soy idiota.

Me mira con comprensión.

—A partir de ahora, yo seré tu familia, cervatillo.

Tengo un peso inmenso en el pecho. Es como si me hubieran arrancado el alma, pero también siento un alivio enorme. Me han quitado una carga de los hombros y se han roto las cadenas que me ataban al nombre de los Beatreaux.

—Júramelo —suplico—. Júramelo por la tumba de tu padre. Dime que es verdad.

Me pone una mano en la mejilla.

—Te lo juro por la tumba de mi padre, Sara. Yo nunca te diré nada que no sea la verdad.

Lo miro a los ojos. La visión de su rostro perfecto me llena el corazón.

—Cuando has dicho que me amabas, ¿eras sincero?

Suspira. Me coge el brazo que me tiene sujeto sobre la cabeza para llevarme la mano hasta su corazón acelerado.

—Toda mi vida, desde siempre, solo he querido una cosa: el trono. Llevo tanto tiempo planeando esto, trabajando para esto, que ya ni recuerdo mi vida antes. Y estoy muy cerca, Sara. Muy cerca de la victoria.

Se me encoge el corazón.

—Pero tú… —Se pasa la lengua por los labios—. Tú podrías arrasar el reino entero, quemarlo hasta que no fuera más que un montón de escombros carbonizados, y de buena gana me arrastraría por las brasas con tal de arrodillarme a tus pies.

La magnitud de sus palabras hace que me estremezca.

—Si eso es amor, sí, te amo. —Se encoge de hombros—. No siento nada más, solo amor.

Me trago las emociones que se agolpan en mi pecho y le aparto un mechón de pelo de la frente. Tengo la respiración entrecortada y sé que, cuando diga lo que voy a decir, todo cambiará para siempre.

—Yo también te amo.

Sus ojos son como llamas; su polla late contra mi sexo.

—Y sería una pena que no lucieras la corona.

CAPÍTULO 47

Tristan

—¿Qué estás dibujando? —me interrumpe la voz de Simon.

Por puro instinto, pego un respingo y trato de ocultarle la obra en la que estoy trabajando. Pero cuando veo su sonrisa desdentada, noto que se me afloja el nudo del pecho. Me vuelvo a recostar contra la corteza del sauce y lo miro mientras se deja caer en el suelo junto a mí, con la espada de juguete a un lado, y trata de ver por encima de mi brazo.

—¿Es la señora? —pregunta, viendo que no respondo.

Titubeo por muchos motivos, y el principal es que Simon tiene diez años. Lo quiera o no, se puede ir de la lengua, y no sé lo que pasará si le cuenta a su madre que el príncipe estaba dibujando a la prometida del rey. No sé si esa mujer se sigue acostando con Michael, pero sobra gente en el reino que utilizaría esa información para su propio provecho, por muy fieles que parezcan a primera vista. Y de la madre de Simon no me fío en absoluto. Cualquiera que permita que su hijo reciba palizas y acoso, que no le importe que se pase el día merodeando por los túneles, no se merece ser madre.

Se me agolpa la rabia en el pecho cuando pienso en las similitudes que hay entre el trato que recibe Simon y el que recibí yo hace mucho.

—Sí —digo, con la esperanza de no estar cometiendo un error.

Porque, por mucho que haya hecho mía a Sara, por mucho que la haya marcado, tenemos que mantener nuestra relación en secreto hasta que mis planes empiecen a funcionar.

Michael ha enviado al ejército a la frontera sur, tal como le sugerí. El consejo privado está que arde, pero ellos no son el rey. Michael es el rey.

Por ahora.

Estoy nervioso, pero esperanzado. Es como si pudiera respirar a fondo por primera vez en muchos años. Iba a renunciar a todo para escapar con Sara, lo habría hecho sin pensarlo dos veces. Pero, entonces, pronunció aquellas palabras. Las palabras perfectas, hermosas, mágicas: que quería verme lucir la corona, y el alma me estalló en mil pedazos y le metí la polla hasta el fondo. La follé hasta que gritó que yo era su rey.

Una vez saciados, se recostó sobre mi pecho y me preguntó por los rebeldes, y yo le hablé de mis objetivos. Discutimos y trazamos planes hasta primeras horas de la mañana. Sentí mi corazón colmado con cada palabra susurrada. No me había dado cuenta de cuánto deseaba tenerla así, a mi lado. Mi igual. Mi reina.

—Cuando la dibujas es guapa, pero en persona es más guapa todavía —señala Simon.

—Cierto —le confirmo.

Se queda en silencio unos momentos y luego mira en dirección a las verjas, que se acaban de abrir para que tres automóviles entren en el patio delantero. El corazón se me acelera porque sé que Sara va en uno de ellos, seguro que del brazo de mi hermano. Tan cerca y a la vez tan lejos.

Aprieto los dientes al imaginármelo.

—¿Tú crees que algún día yo podré tener una señora? —pregunta Simon.

Aparto los ojos de los coches y lo miro arqueando las cejas.

—Puedes tener todo lo que te atrevas a soñar, tigrecito.

Asiente y parpadea.

—Entonces… ¿crees que a lo mejor algún día puedo tener un papá?

Se me encoge el corazón y me recuesto contra el tronco, tamborileando los dedos sobre la rodilla y mirándolo sin saber qué decir.

—Tener padre está sobrevalorado. Créeme, lo sé por experiencia.

Se mordisquea el labio y me mira expectante con sus enormes ojos color ámbar muy abiertos.

—A lo mejor podrías ser tú…

El corazón se me encoge aún más.

—Nadie lo sabría —se apresura a añadir, esperanzado—. Además, solo sería un juego. ¡Nos lo pasaríamos bien! Sería como…, bueno, como ahora, solo que me dirías que me quieres y me enseñarías a ser un hombre.

—Me parece que a tu madre no le haría gracia —digo con una risa para ocultar el dolor que me escarba en el pecho.

Le revuelvo el pelo. El niño suelta un bufido, decepcionado. Agacha la cabeza y mira al suelo.

—Mamá no se daría ni cuenta.

—Se me ocurre una idea. —Suspiro, cierro el cuaderno y lo dejo a un lado para volverme hacia él—. No puedo ser tu padre, pero seré tu amigo para siempre.

—Bueno, vale —murmura, y empuja con el dedo del pie una brizna de hierba.

—Hay un lugar secreto al que mi padre me llevaba. Está tras el castillo, al borde del acantilado. Un día de estos, muy pronto, te llevaré allí y te enseñaré todo lo que sé.

Se le iluminan los ojos y la sonrisa desdentada reaparece.

—¿Me lo prometes?

Se oyen risas al otro lado del patio y vuelvo la vista. Aunque sé lo que voy a ver, aunque ya me lo esperaba, la rabia me invade.

Michael y Sara posan para un fotógrafo. Mi hermano la tiene cogida por la cintura y la estrecha contra él.

Aprieto tanto los dientes que corro el riesgo de que se me rompan. He de hacer un gran esfuerzo para no levantarme para ir a donde están y arrancarla de su lado. Respiro hondo, me meto la mano en el bolsillo y saco un cigarrillo de marihuana, y dejo que la hierba me corra por las venas para tratar de mantener a raya los celos. No sirve de nada. La rabia me golpea el pecho y se me extiende por todo el cuerpo hasta que lo veo todo teñido de verde.

Ella vuelve la cabeza y recorre el patio con la mirada como si notara que estoy cerca. Cuando me localiza, clava sus ojos en mí. La miro directamente, con la polla dura y las entrañas tensas. Necesito demostrar a todo el mundo que es mía.

Quiero arrancarla del lado de mi hermano, tumbarla sobre el capó de su coche favorito, levantarle las faldas y empalarla hasta que grite mi nombre delante de todos.

Así aprendería a no tocarla con sus manos roñosas.

Me he corrido dentro de ella, encima de ella, le he dicho que es mía. Pero es él quien la exhibe ante el mundo.

Y cuando se inclina hacia Sara, la estrecha contra él y la obliga a inclinarse hacia atrás para besarla en los labios, pierdo el control y me pongo de pie tan deprisa que Simon se sobresalta. Tengo la vista borrosa debido a la rabia asesina que siento borbotear dentro mí.

CAPÍTULO 48

Sara

He estado esperándolo. Sabía que solo era cuestión de tiempo que Michael me besara en los labios.

Lo que no me esperaba era que Tristan desapareciera durante horas y que luego, en lo más oscuro de la noche, entrara en mis aposentos sin tan siquiera llamar.

—Tristan. —Me llevo la mano al pecho y, con la otra, aprieto más el vaso de agua mientras él atraviesa la estancia con llamas en los ojos—. ¿Qué estás...?

Se dirige hacia mí y el vaso se me cae de la mano y se hace añicos en el suelo cuando me empuja hasta la pared y me presiona la boca con sus labios en un beso brutal. Dejo escapar un gemido y le echo los brazos al cuello mientras él me consume, su cuerpo contra el mío, me lame la boca, me recorre los costados con las manos como si no soportara la sola idea de no tocarme.

—Has dejado que Michael te tocara —jadea con voz ronca, torturada.

—¿Qué querías que hiciera? —le susurro mientras me lame y me muerde el cuello.

Inclino la cabeza para darle mejor acceso y el sexo me palpita contra su ansia, su espíritu de posesión me excita. Adoro sentirme deseada con tanta desesperación por alguien que tiene tanto poder.

—Me vuelvo loco, Sara. —Me aprieta hasta hacerme daño, me arranca el camisón rojo del cuerpo y me quedo desnuda ante él con todo el vello erizado—. No lo soporto.

Le paso las manos por el pecho con el corazón acelerado, desesperada por demostrarle que nadie más me tiene, que soy solo suya. Me mira con las fosas nasales dilatadas y puedo ver el brillo de los anillos cuando caigo de rodillas ante él y empiezo a desatarle el pantalón mientras la boca se me hace agua imaginándome con su polla en la mano y recorriéndola con la lengua.

—Soy tuya, Tristan.

Acaricio su erección por encima de la ropa y la excitación es como una descarga eléctrica cuando noto que se le pone más dura con mi contacto.

Me agarra el pelo con los puños, como sé que le gusta hacer, y, con la otra mano, me coge la barbilla y me levanta la cabeza para que lo mire a los ojos.

—Sácala —ruge.

Me palpita el sexo mientras deslizo la mano por la cintura del pantalón, bajo la ropa interior, y llego a su miembro caliente y duro como una piedra. Lo recorro con los dedos y me doy cuenta de que Tristan contiene el aliento y me tira del pelo cuando lo libero. Se me tensa el vientre cuando lo veo tan cerca y me inclino hacia él abriendo la boca para devorarlo.

Me agarra la cabeza con más fuerza y me la echa hacia atrás, al tiempo que baja la otra mano para agarrarse la polla y acariciarla con movimientos largos.

—Te encanta estar de rodillas delante de mí, ¿verdad? —pregunta sin dejar de mover la mano a lo largo de su miembro.

Asiento y me paso la lengua por los labios mientras veo cómo se le están tensando los testículos. Baja la polla para golpearme los pechos con ella y dejarme un rastro de su excitación sobre la piel. Es un gesto tan excitante que hace que la humedad del sexo me baje por los muslos. Estoy desesperada por sentirme llena de él.

Frota la punta por el rastro que me ha dejado y me lo sube por el cuello hasta llegar a los labios. No puedo contenerme y saco la lengua para lamer su esencia, dejando escapar un gemido cuando noto el sabor salado.

—Abre la boca.

Flexiona los dedos que tiene enredados en mi pelo para echarme la cabeza hacia atrás.

Obedezco. No porque sea débil y no porque no tenga otra opción, sino porque rendirme a él me hace feliz. Es un hombre poderoso. Es embriagador poseer la pasión de un hombre como Tristan, así que lo adoro como a un dios porque sé que él me adora con la misma devoción.

Soy su igual.

Pero, ahora mismo, soy su puta.

Mete la polla en la cueva tierna y caliente de mi boca, siseando al ver que la dejo abierta para que pueda ver cada centímetro que se desliza dentro. Me aletean las entrañas y se me tensa el sexo. Estoy de rodillas ante él y quiero ver cómo se deshace dentro de mí.

Lo necesito.

No sobreviviré si no lo tengo.

Embiste con las caderas y me da la sensación de que los tatuajes de los brazos cobran vida cuando tensa los músculos. La vena de la parte inferior del miembro le palpita mientras se desliza a lo largo de mi lengua, y tengo que dejar de cerrar los labios en torno a él, para llevármelo tan al fondo como me sea posible.

Pero no lo hago. Espero a que me guíe, porque sé que él tomará lo que necesite.

Me agarra con más fuerza, y el dolor delicioso me llega al sexo, que me palpita entre las piernas.

—Chupa.

Solo una palabra, pero en el momento en que me dice qué hacer, lo hago; paso la lengua por la piel sedosa, siento palpitar su miembro mientras tenso las mejillas, quiero ordeñarle la polla hasta que el semen estalle en mi boca.

Gime, me coge la nuca con las dos manos y me mueve la cabeza al tiempo que empuja y bombea. Tiene los ojos entrecerrados, pero no los aparta de los míos, y estoy cerca de estallar sin que me toque siquiera, me basta con verlo follándome la boca.

He hecho esto antes, pero nunca me he sentido así.

—Estás preciosa… —susurra, y me recorre la cara con los dedos hasta agarrarme por la barbilla— de rodillas delante de mí mientras te ahogo con la polla.

Me embiste al tiempo que lo dice y me llega a la parte posterior de la garganta. Y sí, me ahogo un poco, pero la incomodidad me excita todavía más y el coño se me contrae; quiere ser él quien envuelva la polla de Tristan, quiere ser él el que la sienta dentro cuando me esparza su semen dentro de mí.

—Te encanta, ¿verdad, mi pequeña zorra? Seguro que si te meto los dedos en el coño los saco empapados de las ganas que tienes de mí.

Embiste de nuevo y esta vez lo tomo con más fuerza en la boca, moviendo la lengua alrededor de la vena palpitante que corre por la parte inferior del miembro. Gime y aparta las caderas hasta que la pesada erección queda en el aire, palpitante, delante de mí.

Cierra los ojos y respira hondo.

Luego me golpea con la polla. No es más que un toque, pero consigue enviar potentes ondas de lujuria por todo mi sexo, y pierdo el control de mis extremidades. No controlo mis dedos cuando bajan hasta el coño suplicante y lo encuentran húmedo, empapado, tal como ha dicho él.

Le brillan los ojos mientras me mira y se pasa la mano arriba y abajo por el miembro brillante de saliva. Lo oigo gemir cuando me meto el dedo y yo noto que se me tensan las entrañas y estoy al borde de la explosión.

—Eso es todo, mi pequeña mentirosa. Métete los dedos e imagina que es mi polla. —Se inclina hacia mí—. Abre bien las piernas, muéstrame cuánto lo quieres.

No sé si son las palabras, el sonido de su voz o el mero hecho de que me diga que lo haga, pero cuando obedezco, el placer me invade como una avalancha y las paredes del sexo se me contraen con tanta intensidad que duele. Dejo de ver, y cuando caigo de rodillas, el alivio explota dentro de mí y libera la tensión de todas mis terminaciones nerviosas.

Me agarra por la cara y me levanta la barbilla para que vea que sigue masturbándose. Soy maleable debajo de él, una sierva dispuesta a rogar por cada gota.

El rostro se le contrae y veo el momento exacto en que los testículos estallan, la vena de la polla palpita mientras el esperma sube por el miembro, explota desde la punta y me salpica con su orgasmo. Lanzo un gemido cuando el líquido caliente se derrama por mi piel. Cuando cae de rodillas, avanzo a cuatro patas hacia él, rememorando el fuego en sus ojos cuando antes me folló la boca, y me meto la polla entre los labios, dejando que los últimos restos de esperma me lleguen a la garganta.

Gime, me agarra por el pelo mientras me embiste contra la lengua, y no dejo de lamer hasta que termina, limpio, vacío dentro de mi boca.

Por último, sale de mí y me siento para mirarlo mientras un amor cálido y denso me llena el pecho. Se inclina hacia delante y nuestras bocas se unen, nuestras respiraciones se convierten en una, ya no sé dónde acaba él y dónde empiezo yo.

—No te duches antes de ir mañana con él —exige, y me mordisquea los labios entre palabra y palabra—. Quiero que me huela en tu piel.

Asiento. No es la primera vez que siento lealtad; me corre por las venas. Antes era leal a mi familia, al deber. A mi gente.

Pero, por Tristan, me prendería fuego y me deleitaría con las quemaduras si supiera que eso es lo que quiere. Es un sentimiento aterrador, pero lo acepto, porque él es mi rey y yo soy su reina, y juntos gobernaremos el mundo.

Se levanta y se sube los pantalones. Yo también me muevo: voy hacia el gancho del que cuelga la bata de noche y la cojo, pero, antes de que pueda ponérmela, me la quita de la mano, me rodea la cintura con el brazo y me alza en vilo para tirarme sobre la cama.

Sonríe al verme sobre el colchón, se mete entre mis piernas y me las abre bien con las manos. Me recorre un escalofrío de placer. Solo entonces me doy cuenta de que tiene una pluma en la mano. La tinta está fría y se derrama sobre mi piel desde la punta del plumín. Noto que el corazón se me para.

—¿Qué estás haciendo? —susurro.

—Marcarte —responde.

Está serio, concentrado, mientras sus manos tejen la magia. Nunca me había sentido tan atraída hacia él como ahora, viéndolo entre mis piernas mientras me dibuja en el muslo.

—¿Hablamos de lo de mañana por la noche? —pregunto, y el recuerdo de los planes que hemos trazado me llena de ansiedad.

Aprieta los dientes y titubea un segundo, antes de seguir dibujándome líneas en la piel.

—Mejor, no. Solo de pensarlo me dan ganas de atarte a la cama para que no te vayas nunca.

Se me caldea el corazón al ver que está tan nervioso como yo por lo que hemos hablado.

—Todo saldrá bien. —Le acaricio el pelo—. Mañana por la noche iré a ver a tu hermano y lo convenceré para que me lleve a sus habitaciones. —Me agarra con tanta fuerza que casi me hace daño—. Luego llegarás tú —lo calmo—. Antes de que pase nada. Y le habré echado láudano en la bebida.

—Es demasiado arriesgado.

—No hay recompensa sin riesgos, mi amor. —Le pongo la mano en la mejilla—. Confío en ti. Creo en ti. Deja que te ayude.

Sigue dibujando, pero me acerca la cara a la mano para no perder el contacto.

—No quiero utilizarte así.

—Es el plan más sencillo, Tristan. Por favor… Soy perfectamente capaz de hacerlo. No tendrá tiempo de tocarme, porque llegarás tú con los rebeldes. —El corazón se me acelera con la expectación. Me siento presa de la emoción y los nervios—. Tendrás lo que es tuyo. Y tu gente estará contigo, te librarán de cualquiera que se interponga en tu camino hacia la corona.

—Nuestra gente —me corrige.

Se me llena el pecho de emoción.

—Nuestra gente —asiento.

Deja escapar un suspiro entrecortado, se inclina hacia delante para darme un beso en el muslo, acaricia el mismo punto con los dedos y se incorpora para admirar su obra con una sonrisa.

Me inclino y bajo la vista para ver qué ha dibujado.

Es un corazón, pero no de esos que pintan los niños, de los que te esperas encontrar en una imagen sobre el amor. Es el órgano, recorrido por todos sus vasos sanguíneos. Está rodeado por una gruesa cadena de la que cuelga un candado en uno de sus extremos. Entrecierro los ojos al advertir que hay algo escrito en el candado.

«Propiedad de Tristan».

Suelto un bufido y le doy un empujón.

—Qué romántico.

Se echa a reír, se desliza por mi cuerpo para besarme en los labios y sujetarme la cara entre las manos.

—Por ti… por ti soy un bárbaro. Mañana, cuando matemos a Michael y nos apoderemos del castillo, te follaré con su espíritu aún presente en la habitación para que sepa que nunca has sido suya. —Me pone una mano en la cara interior del muslo, sobre el corazón sangrante—. Y luego te tatuaré esto en la piel para que nunca te olvides de que eres mía, igual que yo soy tuyo.

Me acerco a él para besarle y noto que la pasión que me nace del sexo rebosa por todos los poros de mi piel y nos envuelve a los dos. Es tan intensa que no sé si nos va a llevar al cielo o nos va a abrasar.

Sea como sea, a mí me consume.

CAPÍTULO 49

Sara

Tengo los nervios a flor de piel. Antes planeaba matar al rey por un motivo personal. Y aunque ahora ese motivo sigue existiendo, hay una nueva razón: la devoción. Por increíble que parezca.

Es la devoción la que me hace guardar el láudano en el bolsillito que llevo cosido en el dobladillo de la falda, y es la devoción la que me hace pestañear y susurrarle a Michael palabras tiernas al oído para pedirle que vayamos a algún lugar más íntimo.

Tristan me ha demostrado una y otra vez que, si corro peligro, él me salvará. Que, si me rompo, recogerá los pedazos hasta que me recomponga. Así que voy a hacer lo mismo por él. Estaré a su lado y lo ayudaré a llegar al trono. Lo ayudaré a vengarse.

Me duele cada movimiento, como si aún lo tuviera entre las piernas, como si su sabor estuviera en mis labios, como si lo palpara con la lengua. Lo noto en las venas como si me hubiera alimentado de su sangre.

Estamos entretejidos. Predestinados.

O quizá locos.

Pero prefiero vivir en la locura si eso sirve para que sea mío.

—¿Qué tal la cena? —me pregunta Michael, sentado a mi lado en el sofá de sus habitaciones privadas.

El fuego chisporrotea en la chimenea ante nosotros y noto la alfombra de piel de borrego suave bajo los pies. Es impropio que me encuentre aquí antes de la boda, pero Xander ya no está aconsejando al rey con su sentido común y, cuando se trata de mujeres, Michael piensa con la polla, no con la cabeza.

Ha sido tan fácil como me imaginaba.

Sonrío y aleteo las pestañas para mirarlo con dulzura.

—Estaba deliciosa.

Me pone la mano en el muslo y me acaricia justo por encima del dibujo que me ha hecho Tristan.

—Espero que hayas dejado sitio para el postre.

Me da un vuelco el corazón. En este momento sé que ya no hay vuelta atrás.

—Me gustaría tomar otra copa de vino.

—Claro, claro.

Se vuelve para coger la botella que tiene en la mesita lateral y aprovecho para quitarle el corcho al frasquito de láudano y verterlo en su copa. El sudor me corre por la frente y tengo el corazón tan acelerado que siento que me va a estallar.

Se gira de nuevo hacia mí y me llena la copa casi hasta arriba. Veo cómo el líquido gira contra el cristal y me imagino que así deben de estar mis tripas debido a la ansiedad.

Deja la botella, me inclino hacia delante y cojo las dos copas. Le entrego la suya antes de llevarme la mía a los labios.

—Gracias, señor.

Se apoya en el respaldo y me mira largos segundos con tanta intensidad que, por primera vez en toda la velada, siento una descarga de incomodidad. Michael nunca me había mirado así.

—Estoy harto de juegos —dice—. ¿Te vas a entregar a mí, Sara?

La sola idea hace que me suba la bilis por la garganta, pero sonrío pese a las náuseas que siento porque sé muy bien que Tristan llegará antes de una hora, que él me lavará toda esta sensación de suciedad.

Me paso los dedos por la clavícula y juego con la cadena fina del colgante de mi padre mientras miro la copa de vino que tiene en la mano, de la que no ha bebido ni un sorbo.

—Solo quería que nos conociéramos un poco mejor. —Sonrío y me acerco a él en el sofá—. Pronto estaremos casados. Ya va siendo hora.

Sonríe, deja la copa y maldigo en silencio. La frustración me atenaza el estómago con pinzadas dolorosas.

Me rodea la cintura con el brazo y me atrae hacia él. Le apoyo las manos en el pecho y le agarro la ropa. Estoy casi sentada en su regazo, y trago saliva para aliviar el asco que se me acumula en la garganta.

—¿Qué quieres saber? —murmura, e inclina la cabeza para rozarme la piel con los dedos.

Represento mi papel, aunque me parece que es una traición. Entro en el juego y soy tan convincente como puedo porque Tristan depende de mí. Cojo el rostro de Michael entre las manos y lo obligo a mirarme a los ojos mientras le rozo la nariz con la mía.

—Todo —digo.

Me coge y me sienta sobre él. Casi vomito cuando se frota

contra mí y noto que me clava su erección, pero echo la cabeza hacia atrás como si lo que hace me resultara excitante y él deja escapar un gemido y me aprieta más la cintura.

De pronto, se detiene, con los ojos como dos pozos de fuego ambarino. Agarra la copa de vino y me invade el alivio, pero me la presiona contra los labios y el pánico se apodera de mí.

«No pasará nada porque beba un sorbo —pienso—; espero que luego él se tome el resto».

Entreabro los labios, pero, antes de que pueda detenerlo, me agarra por la barbilla y vierte todo el contenido de la copa en mi boca. Se me derrama por la garganta, me ahogo, escupo con los ojos enloquecidos.

Su rostro es una mueca de desprecio burlón. Me aparto de él, pero me agarra por el pelo con tanta fuerza que me arranca algún mechón mientras se levanta y me obliga a ponerme de rodillas en el suelo, le clavo los dedos en la muñeca y forcejeo para tratar de liberarme.

—¿Pensabas que no me iba a dar cuenta, estúpida?

—No lo…

Me tira al suelo y grito de dolor cuando me doy un golpe en el brazo contra la madera. Me giro hacia él, apoyándome en las manos para incorporarme, pero no llego más allá: me da una bofetada y me derriba de nuevo.

Se inclina sobre mí.

—Yo lo sé todo.

Me agarra del brazo y me levanta con violencia. Me duele la mejilla, que seguro que ya se me está hinchando por culpa de la bofetada.

Me llevo la mano a la pierna para tratar de levantarme la falda y agarrar el puñal, pero me coge por la muñeca con tanta fuerza que oigo cómo me crujen los huesos.

—No hagas nada que puedas lamentar. No me gustaría tener que castigarte delante de tu amante.

Siento verdadero terror. «Tristan».

Me sacude y me pasa los dedos por el nacimiento del pelo. Trato de apartar la cabeza y aprieto los dientes.

—¿Quieres ir a verlo? Está bastante cómodo, te lo garantizo.

—Mentiroso —escupo. Me niego a creerle, aunque el corazón me dice que me está diciendo la verdad.

Sonríe, burlón.

—Aquí el mentiroso no soy yo. —Trato de escabullirme, pero me agarra por los hombros—. Átale las manos —ordena.

Se me empieza a nublar la mente y mis movimientos son torpes. El láudano está haciendo efecto, me cuesta respirar. ¿Con quién habla? En ese momento, me agarran las manos, me las ponen a la espalda y me esposan.

La desesperación se apodera de mí. «Este no era el plan».

Michael sonríe y me suelta, estira el brazo y atrae a alguien hacia él. Y, cuando lo hace, se me encogen las entrañas, siento como si me estuvieran derramado ácido por dentro.

—Hola, señora.

Aprieto los dientes y trato de contener las lágrimas ante su traición.

—Ophelia…

—La mejor decisión que he tomado desde que llegaste fue decirle a mi querida Ophelia que te vigilara —dice Michael. La mira, la coge por la barbilla y le da un beso en los labios—. Bien hecho, preciosa mía.

Ella le sonríe y yo me siento como una idiota. Está claro. Tendría que haberlo imaginado. ¿Cómo no se me ocurrió que mis damas de compañía intentarían buscar el favor del rey?

—Eres una actriz sensacional —le digo con la voz cargada de odio.

Me sonríe e inclina la cabeza hacia un lado.

—Gracias, señora. He aprendido de la mejor.

Hago una mueca burlona. Aunque el opio me ha llenado la cabeza de ruido y me siento mareada, lucho contra esa sensación. No quiero rendirme hasta no saber que Tristan está a salvo.

—A su majestad y a mí se nos da muy bien ser discretos, no como a ti y al príncipe marcado. —Sonríe y le pone la mano en el pecho—. Lástima que no prestaras más atención.

Se me escapa la risa, porque no puedo estar más de acuerdo. Es obvio que hemos cometido un error.

—Me he pasado las noches esperando y observando desde la oscuridad. Por lo general, ha sido aburrido, aunque a veces, cuando te seguía, veía un buen espectáculo. —Suelta una risita—. Pensé que me iba a librar de ti cuando el imbécil de Claudius te metió la mano bajo la falda.

—¿Eran tuyos los pasos que oí? —se me escapa.

Noto cómo se me ralentiza el ritmo del corazón al tiempo que la droga surte efecto. Ophelia asiente.

—Pero el príncipe marcado lo echó todo a perder. Se lo llevó y a saber qué le hizo.

Se me encoge el corazón. «¿Tristan estaba allí?».

—Luego, vuelta a observar, a esperar. —Suspira, y Michael le acaricia el brazo—. Pero anoche lo vi entrar como una fiera en tu habitación y luego os escuché decir ciertas cosas... bastante preocupantes.

La rabia me abrasa solo de imaginarla allí, ensuciando nuestros momentos más preciados.

—Me resultó muy sencillo pegar la oreja a la puerta y escuchar todo lo que decíais. —Sonríe—. Todo gracias a ti.

«Soy idiota. Soy idiota».

Michael da una palmada alegre y sonríe de oreja a oreja.

—Hablando de mi hermano, vamos a hacerle una visita. Estoy seguro de que le encantará ver que te encuentras bien.

CAPÍTULO 50

Tristan

Un dolor lacerante se me extiende por los hombros y me baja por el cuerpo entero. Nunca había sentido algo igual. Tengo los brazos atados a la espalda y luego a una viga de madera situada en el centro del patio. De cuando en cuando, un guardia se acerca y hace girar la polea para levantarme unos centímetros del suelo.

Pero no les voy a dar la satisfacción de gritar.

Media docena de guardias me han despertado de la manera más violenta, poniéndome un trapo empapado en cloroformo en la cara.

Y luego me han puesto en la garrocha. Es la tortura favorita de Edward. Le encanta ver el dolor en el rostro de sus víctimas cuando se les dislocan los hombros y, poco a poco, los brazos se les van desgarrando del cuerpo. Una parte de mí se pregunta si me ha traicionado, si esta es su venganza por los justos castigos que ha sufrido a mis manos.

Pero no lo veo por ninguna parte.

No importa. Nada importa, lo único que me da miedo es que Michael tenga a Sara.

A mí me pueden matar. Me pueden torturar durante horas y horas. Me sacrificaré de buena gana con tal de saber que ella estará a salvo.

No sé cuánto tiempo ha pasado, solo que el sol se ha puesto y la luna llena ilumina el castillo con su brillo escalofriante, que el aire gélido de la noche me aguijonea la piel sudorosa y dolorida, que hay una hoguera que arde a pocos metros de mí.

Ponerme aquí ha sido muy ostentoso por parte de Michael, pero a mi hermano le encanta dar un buen espectáculo.

La cabeza me palpita y me sangran los cortes del torso, de cuando los guardias me patearon y me arrastraron hasta aquí, pero he integrado el dolor, he dejado que forme parte de mí hasta entumecerme. Después de estar toda la vida recibiendo golpes, el dolor físico no es lo que más temo.

—¡Sorpresa! —retumba la voz de Michael, encendiendo una brasa en el centro de mis entrañas.

—Hermano —consigo decir con la boca seca y los hombros palpitando de dolor—. Qué amable por tu parte venir a verme.

Se echa a reír con una carcajada que le sale de lo más hondo. Alzo la cabeza y las chispas se convierten en un infierno abrasador. Sara está a su lado, con las manos esposadas a la espalda y el vestido desgarrado. «Pero viva».

Tiene la mirada perdida y la mejilla magullada.

He detestado a mi hermano por muchas razones, pero solo ahora siento un odio puro, absoluto, que me corre por las venas.

—¿Sorprendido? —La sonrisa de Michael se hace más amplia—. Pensé que os gustaría veros… una última vez.

Aprieto los dientes sin apartar los ojos de Sara. Se mueve con torpeza, rígida, pero cuando clava la mirada en la mía la energía me atenaza el corazón y hace que se me acelere. Sé que voy a morir y no me importa. Lo aceptaré siempre que ella no sufra el mismo destino.

¿Qué sentido tiene un mundo sin ella?

—Veo que has sido un anfitrión impecable —ruje.

Se le borra la sonrisa para dejar paso a una mueca burlona. Entrecierra los ojos, deja caer a Sara al suelo y se dirige hacia mí, y no se detiene hasta que puedo verle las motas negras que le salpican los ojos.

—¿Qué voy a hacer contigo?

Sonrío.

—Puedes matarme y convertirme en un trofeo para tu habitación.

Chasquea la lengua, va hacia un lado, le coge algo de la mano al guardia y vuelve a donde estoy. Cuando llega, me doy cuenta de que es un atizador como el que utilizó para hacerme la cicatriz de la cara. Solo que ahora la punta está al rojo vivo.

Se me tensan las entrañas.

—Puede que te despelleje —escupe, y contempla el brillo del atizador—. Te pondré como alfombra en mi dormitorio. Así, hasta muerto, sabrás cuál es tu lugar.

—Ay, hermano…, los dos sabemos que, hasta muerto, te seguiré acosando. Igual que hace nuestro padre.

Los ojos le brillan de rabia y me clava el atizador en el pecho, justo por encima del tatuaje del chacal. El olor a carne quemada se enrosca en el aire y me muerdo la lengua con tanta fuerza que se me llena la boca de sangre.

—¡Tristan! —grita Sara, todavía en el suelo.

—Tendría que haberme imaginado que eras tú el que había reunido al resto de los parias. —Michael se echa a reír—. ¿Qué pensabas? ¿Qué ibas a gobernar sobre Gloria Terra? ¿Qué podrías matarme? —Tiene la voz aguda, con un tono demente.

Por fin, me aparta el metal de la piel. La quemadura es tan profunda que el dolor me nubla la vista.

Se acerca un paso con el atizador todavía en la mano y pone la frente contra la mía.

—Cuánta vergüenza has hecho recaer sobre nuestro nombre, sangre de mi sangre. Cuando me libre de ti, los ángeles cantarán en el cielo y nuestros antepasados gritarán de alegría.

Se me encoge el corazón. Ha ganado, y no puedo hacer nada. Se acabó.

—Te dejaré aquí para que medites sobre lo que has hecho —susurra—. Y quiero que sepas que, mientras tú estás aquí, mientras mis guardias te queman hasta que tengas la piel del cuerpo tan marcada como la de la cara, yo estaré haciendo pedazos a esta puta mentirosa.

—Cuando me suelte —consigo decir con la garganta reseca—, te mataré por atreverte a tocarla.

Michael se ríe a carcajadas, echando la cabeza hacia atrás y poniéndose la mano en el pecho.

—Ay, hermano, no la voy a tocar. Le voy a llenar todos los orificios hasta que reviente, hasta que mi semilla escape por cada herida que le voy a hacer. Voy a borrar tu existencia de su interior y la reemplazaré con la mía, y luego le arrancaré el corazón y te lo haré comer.

Me pone el atizador contra el costado, y esta vez dejo escapar un grito. Es un rugido gutural, un alarido que promete violencia, que rebosa dolor. Mi pecho estalla y la rabia inunda mi cuerpo con la misma violencia del agua que revienta una presa.

—Y luego te mataré a ti, y la vida seguirá en Gloria Terra como si nunca hubieras existido. —Se sopla las puntas de los dedos y los abre—. Pufff, nadie se acordará de ti.

Busco a Sara con los ojos. Al ver que está inconsciente, se me para el corazón.

—¡Sara! —grito. Solo su nombre hace que me arda todo el cuerpo—. ¡Sara! —grito más alto, desesperado por verla moverse, por comprobar que aún respira.

Pero no se mueve. Sigue tendida en el suelo.

—Quizá, hermano, si rezas mucho, os volveréis a ver en la otra vida. —Michael sonríe y le pasa el atizador al guardia que tiene a la derecha—. Clávaselo cada hora hasta que pida a gritos la muerte.

CAPÍTULO 51

Sara

Es la primera vez que veo unas mazmorras por dentro y son tal como me las imaginaba: oscuras, aterradoras, con olor a moho.

La cabeza me palpita con los restos de láudano y sacudo las muñecas encadenadas a la húmeda pared de piedra, aun sabiendo que no podré romperlas.

No tengo la menor idea de cuánto tiempo llevo aquí y no estoy segura de que Tristan siga vivo, pero, aunque parezca una locura, creo que, si hubiera abandonado este mundo, yo lo sabría.

Pese a la situación, queda una chispa de esperanza que me arde en el pecho y que me anima a seguir.

Nada está perdido hasta que está perdido.

Una puerta se abre de golpe y una franja de luz se cuela entre los barrotes del ventanuco de la puerta. Se me encoge el corazón y unos dedos de hielo se me clavan en la mente. Tal vez sea el rey, que viene a vengarse de mis crímenes contra él. O puede ser un guardia que quiere aprovecharse de una chica encadenada que no puede escapar.

Pero no.

La puerta de la celda se abre y veo a Marisol. Tiene el pelo revuelto y me mira con los ojos muy abiertos. Entra y se tapa la boca para sofocar un sollozo. Corre hacia mí y me examina de arriba abajo.

—Marisol... —digo con voz tensa, temblorosa.

—Señora —susurra. Lleva una llavecita en la mano, y el alivio que siento es tan inmenso que me hace temblar—. Silencio. No tenemos tiempo.

Me abre los cierres de las cadenas sin dejar de mirar hacia atrás, y sacudo los brazos para que vuelva a circular la sangre. El hormigueo es doloroso cuando me pongo de rodillas y tengo que apretar los dientes para levantarme.

—¿Cómo es posible...?

Me froto las muñecas. Marisol sonríe.

—Unidos, reinamos; divididos, caemos.

Me quedo paralizada.

—¿Eres una rebelde? Hablabas de ellos con tanta crueldad que...

—Hubo un tiempo en que era joven, tonta y estaba enamorada. —Me empuja para que salga de la celda y baja la voz hasta que es apenas un susurro mientras nos dirigimos a una esquina de las mazmorras y llegamos ante lo que parece una pared de piedra maciza—. Era un hombre sin dinero ni títulos. —Sacude la cabeza—. Pero yo lo amaba sobre todas las cosas. —Se vuelve hacia mí y me agarra por los hombros—. Le preguntaste a Ophelia por su familia, pero no se te ocurrió pedirme que te hablara de la mía. Si lo hubieras hecho, habrías sabido que mi padre quería ascender en sociedad. Así que... —se le llenan los ojos de lágrimas— no te sorprenderá saber que quería matar a mi bebé para que no manchara nuestro apellido.

Se me encoge el corazón de dolor.

—Pero alguien acudió en mi ayuda, se llevó a mi bebé y lo escondió entre las sombras junto con el hombre al que amaba. Les dio de comer, los vistió y les prometió que estarían a salvo mientras yo lo ayudara a crear un nuevo mundo.

Se me corta la respiración y la esperanza me palpita en el pecho.

—Tristan.

—El príncipe marcado. —Asiente—. El rey rebelde. Salvó a mi familia. Nadie debía conocer nuestra relación, así que, sí, dije cosas espantosas sobre los rebeldes, pero solo porque la vida de mi hijo depende de que triunfemos. No podía confiar en ti ni contarte nada.

Abro la boca mientras mi mente trata de encajar todas las nuevas piezas que acaban de aparecer.

—Perdóname…

Niega con la cabeza.

—Ahora no tenemos tiempo para esto, señora. Tienes que darte prisa. Edward te está esperando en el bosque. Te llevará a las tierras de las sombras para que te pongas a la cabeza de los rebeldes y salves a nuestro rey.

—¿Sigue vivo? —Se me saltan las lágrimas y el alivio me palpita en las venas hasta que me tiemblan las piernas—. ¿Tristan está vivo?

—Así es. —Asiente presionando una piedra que permite abrir el acceso a un pasadizo secreto—. Vete. Vete antes de que nos atrapen a las dos.

Edward no está solo. Sheina va con él, y lleva mis botas, unos pantalones, una capa negra y mis puñales. La emoción me crece como un globo en el pecho cuando la veo. Cuando me lanzo a sus brazos, la ropa se le cae al suelo.

—Calma, calma. Todo va a ir bien.

—Sheina, no puedo… No… —Tiemblo mientras la estrecho contra mí.

Me acaricia el pelo y me abraza. Ella también está llorando.

—No te preocupes, Sara. —Me acaricia la cara—. Lo vamos a salvar.

—¿Por qué no me lo dijiste? —susurro—. Deberías haber confiado en mí.

Sonríe.

—Lo mismo podría decirte yo, «querida amiga».

Tuerzo el gesto y miro a Edward, que hace una reverencia. Me acerco a él y le cojo las manos.

—Tristan confía en ti. ¿Puedo confiar yo?

Le tiemblan los labios y le llamean los ojos cuando se inclina y me besa la mano.

—Lo juro.

Asiento, doy un paso atrás y cojo la ropa del suelo, agradecida por poder librarme del vestido sucio y roto.

—Ayúdame a ponerme esto, Sheina. —Me vuelvo hacia Edward—. Luego llevadme con los rebeldes.

Es una caminata de media hora por el bosque y por callejuelas hasta las tierras de las sombras, pero llegamos sanos y salvos. Pronto me encuentro en el segundo piso de la Taberna Huesos de Elefante, mirando las puertas que dan al balcón, llena de ansiedad al ver a los cientos de personas que se han congregado hasta ahora, y me pregunto cuánto terreno tienen que cubrir.

—La moral está por los suelos.

Es Belinda, la mujer a la que solo he visto una vez, cuando me tiró a los pies una cabeza cortada. La miro mientras me cuelgo los puñales del muslo, cojo la pistola que Edward tiene en las manos y me la meto en la cartuchera que llevo al costado. Belinda me mira, recelosa.

—No confías en mí —digo.

Inclina la cabeza hacia un lado.

—Eres del rey.

Le pongo una mano sobre las suyas.

—Soy de vuestro rey. Y lo voy a salvar con o sin vosotros.

Me muestra los dientes podridos en una sonrisa y hace un ademán hacia el balcón.

—En ese caso, es hora de convencer a su pueblo.

Tengo el corazón en un puño y los nervios me desgarran la piel, pero trago saliva para aplacarlos y cierro los ojos para conectar con el poder de Tristan a través del éter y llenarme de él.

Respiro hondo y salgo por las puertas que dan al balcón.

Se hace un silencio tenso.

Me humedezco los labios con la lengua y miro a los rebeldes, a las hienas. Les pongo cara por primera vez. Hay niños que me miran con los ojos muy abiertos, hombres y mujeres con gesto de pesar y evidentemente agotados.

Son pobres y están exhaustos, pero esta gente es la sangre y la vida de Gloria Terra, igual que nosotros en Silva, y merecen vivir en libertad.

—No soy vuestro rey —empiezo.

—¡Y tanto! —me grita alguien.

Se me hace un nudo en el pecho.

—Me aterra estar aquí de pie, ante vosotros, me aterra tanto que quiero salir huyendo. Es lo que más deseo. Pero vuestro líder corre peligro.

Cierro los ojos y veo a Tristan, trago saliva para borrar de mi mente la sola idea de no volver a verlo, de no sentir sus labios sobre la piel, ni su amor devorándome. Pienso en todos los secretos que me ha susurrado directamente al alma, en todo el excitante sexo que hemos compartido, en cómo desea verme coronada a su lado. En su visión del futuro, en sus recuerdos del pasado.

Abro los ojos.

—Sé que habéis sufrido, pero yo también he tenido que pelear y he conocido el dolor. —Titubeo—. Vine a Saxum para matar a los Faasa, hasta al último de ellos, incluso al príncipe marcado.

Un rugido recorre la multitud.

—Pero, luego, lo conocí… —El nudo de la garganta se me tensa—. Me ha convencido de que podemos hacer algo mejor.

Miro los rostros que me observan y veo que Belinda está ahora al frente de la multitud, con Edward y Sheina a su lado. Los ojos de mi amiga se clavan en los míos y asiente para darme valor.

—Todo ha terminado —dice una mujer—. Lo han atrapado. Hemos perdido.

—¿Os vais a rendir con tanta facilidad? —le pregunto—. ¿Cuántas veces os ha demostrado que merece vuestro apoyo? ¿Le vais a dar la espalda a la primera dificultad?

Sacudo la cabeza y rezo para que mis palabras aviven la llama. No sé nada de liderar multitudes, solo lo que Tristan me ha dicho. Tengo que confiar en que sea verdad.

Belinda da un paso al frente y se vuelve hacia la multitud.

—¡Tristan me salvó cuando fui al castillo y me iban a condenar a muerte!

El rugido sube de volumen.

Luego, Sheina da un paso al frente, y se me acelera el corazón.

—¡Os trae comida! ¡Viste a vuestros hijos!

El agradecimiento me hincha el corazón.

—¡Ha arriesgado la vida para daros una vida a vosotros! —intervengo—. Pero esto no solo va de él. Lo voy a recuperar con o sin vuestra ayuda. Ahora se trata de que os levantéis y aprovechéis el momento. Se trata de que venguéis a todos aquellos a los que han matado solo por decir la verdad. ¡Venganza por cada insulto, por cada herida, por cada hueso que os han roto!

Los gestos han cambiado, y el aire vibra con una electricidad que crece por momentos.

—A mí no se me da bien hablar —sigo—. No voy a perder el tiempo recordándoos las atrocidades que os han hecho ni explicándoos la realidad que está por venir. —Me doy un puñetazo en el pecho—. ¡Pero sé que unidos reinamos y divididos caemos! Así que os pido, os suplico, que vengáis conmigo. Nadie puede lideraros mejor que Tristan Faasa. ¡Merece que luchéis por él como él ha luchado siempre por vosotros!

Belinda es la primera que cae de rodillas con la cabeza inclinada lanzando un alarido agudo. Después, uno a uno, van arrodillándose todos los demás.

Clavan la rodilla en tierra y entonan un grito solemne. Al principio no sé lo que dicen, pero luego lo entiendo, y el sonido me golpea en el corazón.

—¡Larga vida a la reina! ¡Larga vida a la reina!

Se me llenan los ojos de lágrimas y contemplo al pueblo, a mi pueblo, a la sangre de Gloria Terra, que confía en mí para que los lleve con su rey.

—¡Somos guerreros! —Alzo la voz hasta que los sobrevuela como una flecha—. ¡Esto es la revolución! ¡Y es hora de que recuperemos nuestro hogar!

CAPÍTULO 52

Tristan

—Pssst.

Abro los ojos como puedo, con la cabeza llena de brumas. Y, cuando lo consigo, casi desearía que no hubiera sido así, porque no hay ni una parte de mi cuerpo que no me duela. Siento los huesos frágiles y tengo los músculos atrofiados por falta de uso. Creo que hace días que no bebo ni un sorbo de agua.

—Tristan —dice una vocecita ahogada, y cuando me doy cuenta de quién es, me esfuerzo por abrir los ojos y mirar su rostro aterrado. Es Simon, con la espada de juguete en la mano—. ¿Qué te han hecho?

Me paso la lengua por los labios agrietados y consigo despegar la lengua del paladar.

—Tigrecito —jadeo—, no puedes estar aquí.

Recorre el patio con la mirada. El sol se está poniendo en el horizonte y lo baña todo con una luz anaranjada. Miro al guardia, que está a un lado. El hombre mira a Simon y luego me mira a mí, pero no se mueve.

—Vete, tigrecito. —Trato de hablar con energía, pero no lo consigo.

Se le escapa un hipido, se acerca más, y el guardia da un paso hacia nosotros y agarra con más fuerza el rifle.

—Simon, vete —le digo, apremiante.

Niega con la cabeza. Tiene los ojos llenos de lágrimas.

—No puedo... ¿Dónde está la señora? ¿Por qué no viene? —pregunta, nervioso—. Ella te puede salvar. ¿P-por qué te han...?

—Simon... —El dolor me lacera el costado; las heridas secas se me reabren y hago una mueca—. Vete con tu madre. No pasará nada. Esto no es más que...

El guardia se acerca, se pone delante de mí y me bloquea la vista. Sé que es la última vez que veré a Simon. La última vez que oiré su voz y le diré que sea fuerte. El último momento en que me verá él a mí y sabrá que yo no lo soy.

Ni siquiera sabe que somos familia.

Simon alza la espada en dirección al guardia.

—¡Suéltalo!

El guardia se ríe.

—Vas a tener que practicar más ese rugido, chico. Fuera de aquí. No quiero hacerte daño.

Suena un estallido a lo lejos y los tres miramos en dirección a la fuente del sonido.

—¿Qué ha sido eso? —pregunta el guardia.

Se oye de nuevo, esta vez más cerca; no sé qué es, pero un presentimiento me cosquillea la espalda y me da un poco de fuerza.

Simon me mira a los ojos.

—Te voy a salvar.

El pánico me atenaza. No sé qué está pasando, pero sé que este no es lugar para un niño.

—Ya vienen a salvarme —miento—. Ve a los túneles y espérame allí, ¿vale? —Tengo la voz jadeante, débil—. Iré a buscarte.

Le tiembla el labio inferior.

—¿Me lo prometes?

—Te lo prometo.

Algo me tira de las muñecas y me causa el peor dolor físico de mi vida cuando me sueltan los brazos que tenía colgados. Abro los ojos, me encuentro con la noche negra y silenciosa, y caigo al suelo.

Unas manos delicadas me cogen la cara y trato de sacudirme las nieblas que envuelven mi mente para concentrarme en lo que tengo delante.

Algo ha cambiado en el ambiente.

Algo ha cambiado.

El agua me corre por encima y echo la cabeza hacia atrás, abriendo la boca, para que me entre el líquido, para que me suavice la garganta reseca y los músculos doloridos. Por fin, la lógica se impone y veo los bellos rasgos de Sara… Parece un ángel de la muerte mientras me sonríe.

Se ha recogido el pelo, pero algunos rizos se le han escapado y le caen sobre el rostro. Tiene una raya roja en la mejilla que parece sangre.

—¿Estamos en el cielo? —susurro.

Trato de levantar el brazo, pero el dolor me lo impide.

Hace una mueca.

—No, amor mío. Ahora mismo, esto es el infierno.

Hago una mueca de dolor cuando me ayuda a sentarme. Sacudo la cabeza y miro a mi alrededor. El guardia está muerto, tirado en el suelo, con un puñal brillante que le sale del cuello.

—¿Cómo...?

—Chisss... —susurra, y me pasa las manos por el pecho desnudo, por el cuerpo roto—. Voy a tener que colocarte los hombros. —Me mira a los ojos—. Esto va a doler.

Consigo sonreír.

—No más que cuando pensé que habías muerto.

Sonríe, se inclina para darme un beso en los labios y me mueve bruscamente el brazo con todas sus fuerzas. Se oye un crujido. El dolor es agudo, terrible, seguido por un latido sordo.

Dejo escapar un gemido y me muerdo el labio inferior hasta que noto el sabor a sangre.

—El otro. ¿Preparado?

—Sss...

Me lo coloca antes de que termine de decir sí y suelto otro grito de dolor. Mira a su alrededor y se saca una botellita del bolsillo.

Láudano.

—¿Me vas a drogar?

Arquea una ceja.

—Solo un poco. Es para el dolor.

Agarro la botellita y dejo que el líquido amargo me baje por la garganta. Luego me ayuda a levantarme. Tengo el cuerpo roto, agotado, tembloroso, magullado. Pero estoy vivo. Y ella está viva.

—¿Cómo es posible…?

Suenan gritos a lo lejos y me coge una mano para mirarme. El miedo me atenaza el corazón. Acabo de recuperarla. No estoy dispuesto a perderla de nuevo.

—¿Puedes correr? —susurra.

Asiento, y tira de mí, pese a las protestas de mis músculos cuando recorremos el patio a toda velocidad hacia la fachada este y nos escondemos tras el muro que lleva a los túneles.

Las luces del patio cobran vida y oigo un perro ladrar a lo lejos. Sé que eso significa que el ejército no tardará en llegar. Si no hubiera convencido a Michael de que enviara lejos el grueso de las tropas, Sara no habría podido llegar hasta mí.

—¿Qué has hecho? —pregunto, y le cojo la barbilla.

—Dejaste la rebelión —me responde con una sonrisa—, así que yo he traído la rebelión hasta ti.

El corazón me salta en el pecho. Necesito besarla, aunque sé que no debería, aunque estoy débil y magullado, aunque estoy seguro de que huelo peor que la muerte. Pero me inclino hacia ella, le meto la lengua en la boca, la arrastro hacia mis nuevas cicatrices y disfruto con el dolor; si voy a morir, que sea saboreándola una última vez.

Deja escapar un gemido y me devuelve el beso con intensidad. Luego se aparta.

—La gente está en los túneles.

Se me hace un nudo en el estómago.

—¿Los rebeldes?

Asiente.

—No sabía si Michael los conocía, pero eran la mejor manera de entrar en el castillo, de llegar hasta aquí sin que nos mataran. Edward viene al frente y están dispuestos a pelear, Tristan. Pueden hacerlo.

Inclino la cabeza para asimilar la información mientras los gritos se acercan. Suena un disparo al otro lado de los muros del castillo. Los soldados llegarán hasta donde estamos en cualquier momento.

Un pensamiento aterrador me atenaza el pecho y hace que se me encoja el corazón. La agarro por el brazo.

—Sara.

Está mirando al otro lado de la esquina, pero se vuelve hacia mí.

—Simon está en los túneles.

El horror se dibuja en su rostro y entreabre los labios.

—¿Estás seguro?

—Por completo.

—Tienes que ir a sacarlo de ahí, Tristan.

Niego con la cabeza y aprieto los dientes mientras el alma se me parte en dos cuando me debato entre lo que tengo que hacer y lo que me niego a hacer.

—No pienso dejarte aquí.

Me sonríe, aunque veo la tensión en sus ojos oscuros.

—¿Crees que te has enamorado de una mujer débil?

La emoción me presiona desde dentro.

—Puedo cuidarme sola —me promete. Sus palabras tienen el sabor de la mentira más amarga—. Ve a salvar a tu sobrino.

Se me corta la respiración. Lo sabe. «Claro que lo sabe».

Las puertas del castillo se abren de golpe con un sonido que retumba en la noche; miro por la esquina y veo que se acercan al menos dos docenas de guardias con perros sujetos por las correas.

—Sara —llama una voz.

Noto que ella se estremece y entrecierra los ojos cuando se vuelve.

—No puedes escapar, querida sobrina. Sal y ríndete. Tendremos compasión.

Se adelanta, tan rabiosa que le arde la piel.

—¿Estás loca? —La agarro por el brazo—. ¡No vas a salir!

—Tenemos a todos tus amigos —sigue su tío—. Si os rendís los dos, no los mataremos.

—Vete —dice Sara, y me empuja.

Sacudo la cabeza mientras una bola de terror compacto me crece en el pecho y me impide respirar.

—Tristan, por favor, haz lo que te digo —me suplica—. Eres el único que conoce esos túneles como la palma de la mano. —Se le llenan los ojos de lágrimas—. Si le pasa algo a Simon, no me lo perdonaré jamás, y sé que tú tampoco, aunque no quieras reconocerlo. Tienes que salvarlo. Por favor…

Las garras que me hacen jirones el pecho me llegan al corazón, me lo arrancan y lo tiran a sus pies. No me molesto en recogerlo. Da igual, solo late por ella.

Le cojo el rostro entre las manos, me empapo de sus rasgos y luego pongo la frente contra la suya.

—No tienes permiso para morir. ¿Entendido? Vendré a buscarte.

Le tiembla el labio inferior.

—Lo sé.

La atraigo hacia mí cuando intenta alejarse, presiono los labios contra los suyos por última vez.

—Si pasa algo, Sara Beatreaux, te encontraré en esta vida o en cualquiera. Eres mía. Ni la muerte podrá alejarte de mí.

Sofoca un sollozo y me empuja. Luego me doy la vuelta para echar a correr hacia los túneles.

CAPÍTULO 53

Tristan

Tenía que ser yo.

Por mucho que hubiera querido sacrificarme y que fuera ella la que escapara, tenía que ser yo. Nadie conoce mejor los túneles. Nadie habría dado con Simon a tiempo.

El ejército atacó a los rebeldes desde todos lados; cundió el pánico y huyeron en una estampida humana. Sentí el rugido de sus carreras en los suelos del túnel y corrí hacia ellos, pese al agotamiento y el dolor insoportable de mi cuerpo torturado. Oí los gritos que retumbaban en las paredes, los gemidos, los disparos, las súplicas para que no los mataran.

Pero lo encontré, abrazado a Paul, con la pierna rota y el rostro lleno de lágrimas, y su madre muerta, aplastada a sus pies.

—Has venido —me susurró—. Como me prometiste.

¿Cómo iba a darles la espalda? Aunque el cuerpo me pedía a gritos que volviera a donde había dejado mi corazón, cogí a Simon y a Paul y los saqué de allí, fuera de Gloria Terra.

Para ponerlos a salvo.

Han pasado tres días y, aunque sigo magullado, cada vez

estoy mejor, pero mi cerebro es un caos. Michael me provoca con el cautiverio de Sara. Al menos sé que sigue viva. Me ha hecho saber que, si me entrego, la liberará. Ahora estoy fuera de la ley oficialmente. Y, mientras tanto, el pueblo de Saxum sigue sin saber lo que ha sucedido. No sabe que hay gente muerta pudriéndose en los túneles subterráneos, mientras que sus hijos lloran y buscan a sus padres desaparecidos.

Si quisiera, podría fingir. Podría llorar por los que hemos perdido. Pero estoy harto de juegos; lo único que me importa es tener a Sara entre mis brazos. Solo quiero recuperarla, el resto me da igual.

Además, del dolor por los muertos surge la rabia.

Y mi gente está rabiosa.

Edward suspira hondo, me coge de la mano el cigarrillo de marihuana y le da una calada antes de apoyarse en un muro de ladrillo, tras una pastelería del centro de Saxum.

—¿Seguro que quieres hacer esto?

Le lanzo una mirada.

—Si no lo hago, todo lo que has trabajado estos días habrá sido para nada.

Mientras yo me recuperaba con pociones y tinturas, Edward ha estado sembrando rumores entre los soldados para ponerlos de nuestra parte. Asegurándose de que sepan a quién están sirviendo. Ha reunido a nuestros hombres, que han llegado de todos los rincones del reino, y ha trazado planes.

—Deberías marcharte de la ciudad con Sheina —digo—. Me has servido bien, Edward. No quiero que perdáis la vida.

Aprieta los dientes y niega con la cabeza.

—Te somos leales.

—La lealtad no significa una mierda —bufo—. Estoy intentando salvarte la vida, Edward. Eres mi único amigo, el único que ha estado siempre a mi lado. Por favor, acepta el regalo que te hago y déjame que siga yo solo.

—Con todo respeto, alteza —se pone firme—, no te dejaré hasta que estés muerto o lleves la corona.

Aprieto los dientes, asiento y miro por la esquina. Una docena de militares están entrando en el bar de la ciudad entre charlas y risas. Justo a tiempo.

—Entonces ¿preparado? —Me vuelvo hacia él.

—Que arda todo.

Sonrío, recupero el cigarrillo de marihuana y me lo pongo entre los labios para dirigirme hacia el bar, al otro lado de la calle. Abro de una patada la doble puerta verde, y la gruesa madera choca contra la pared cuando entro. Hay una docena de hombres, casi todos militares del rey, casi todos con un vaso en la mano.

Se vuelven hacia mí y sonrío. Solo siento una determinación incendiaria.

—Hola.

En la parte delantera del bar, un tipo se levanta tan deprisa que el taburete negro gira tras él. Se lleva la mano al arma.

—Eh, eh, eh… —digo yendo hacia él—. Yo que tú no lo haría. —Lo agarro por la muñeca y se la retuerzo, haciendo que el arma pase de su mano a la mía—. ¡Ups! ¿Qué tenemos aquí? —Miro la pistola y luego lo miro a él.

Otro hombre se levanta. Tiene el pelo castaño revuelto y entrecierra sus ojos grises mirándome con repugnancia.

—¿Te estás intentando suicidar o qué? —Se echa a reír y mira a su alrededor—. Debes de estar tan loco como dicen por ahí para entrar en un bar lleno de soldados de tu hermano.

Se oyen risas en toda la estancia. Doy una calada al cigarrillo y expulso el humo por la nariz. Al mismo tiempo, unos cuantos soldados se levantan y me apuntan al pecho. De inmediato se oye el chirrido de sillas y hay un revuelo de actividad acompañado del sonido de pistolas amartillándose, pero, en lugar de apuntarme a mí, apuntan a los que amenazaban con matarme.

—Sí, estoy tan loco como dicen. Pero también he traído refuerzos. —Sonrío y bajo los brazos con la pistola colgando de un dedo—. Debería haber empezado por ahí. —Señalo a los cuatro hombres a los que ahora apuntan los demás. Me acerco a ellos con el cigarrillo entre los labios—. A ver, ¿cuál de vosotros quiere ser el que sale con vida?

Todos guardan silencio. Es obvio que tienen miedo de moverse, de respirar, por si los matan al instante. Los comprendo, porque es exactamente lo que sucedería.

—Tengo una idea. —Junto las manos y la ceniza cae al suelo como copos de nieve—. Voy a salir mientras decidís quién es el soldado con suerte que le va a llevar un mensaje a mi hermano. —Inclino la cabeza a un lado—. Pero tengo que advertiros que ando algo nervioso. Es que tiene algo que me pertenece, y quiero recuperarlo a toda costa.

El hombre que tengo más cerca levanta la barbilla.

—¿Cuál es el mensaje?

Suspiro, me pellizco el puente de la nariz, camino hacia él y le rodeo los hombros con el brazo.

—Bien. —Me lo llevo hacia la puerta—. Quedas elegido.

Hago un ademán con la mano sin volverme. Suenan disparos y se oye el sonido de los cuerpos al caer al suelo. Ni me molesto en darme la vuelta, pero me apunto no volver a torturar a Edward jamás, visto lo bien que lo ha organizado todo mientras yo estaba incapacitado.

Agarro al hombre con más fuerza y salimos fuera. Le señalo a Edward, que está ante la pastelería, y a Sheina, que se encuentra en el edificio más cercano a él, y luego, al otro lado de la calle, le indico dónde están Belinda y Earl.

—¿Los ves?

No para de temblar, pero asiente.

—Bien. ¿Sabes lo que más me gusta de prender fuego con etanol? —pregunto, y miro la brasa del cigarrillo.

Los hombres uniformados que son ahora soldados leales a mí salen del bar, bajan por los peldaños y se sitúan detrás de mí.

—Alteza… —dice el hombre cuando me vuelvo para quedar frente a él.

—Es muy difícil de apagar —sigo—. Te conviene apartarte.

Se tira al suelo en el momento en que lanzo la colilla del cigarrillo de marihuana y sonrío porque doy de lleno en la pared del edificio, que estalla en llamas. Las contemplo con satisfacción y luego me vuelvo para confirmar que los demás también han prendido fuego al resto de construcciones.

El soldado del suelo mira con los ojos muy abiertos los cuatro edificios incendiados. El humo se enrosca en el aire mientras la gente grita y corre para tratar de escapar de las llamas.

Me acerco a él y lo miro desde arriba. Sigue temblando a mis pies.

—Dile a mi hermano que, si no me entrega a Sara, le pegaré fuego a toda la ciudad, a todo el país, hasta que no le quede nada que gobernar.

CAPÍTULO 54

Sara

Esta vez también me han encadenado, pero al menos estoy en una habitación.

Han pasado varios días. No me han hecho ningún daño físico por si necesitan fotos para la prensa.

Están tratando de atraer a Tristan, y yo soy el cebo.

Lo único en lo que puedo pensar es en que está vivo. Lo ha logrado.

La puerta del cuarto se abre y entran mi tío y Michael. Todos los días vienen más o menos a esta hora para atormentarme.

—Sara —empieza mi tío Raf—, no queremos tenerte encadenada toda la vida.

—Pues matadme —siseo.

—Eres sangre de mi sangre. No digas tonterías. —Suspira, se dirige hacia mí y se sienta en el borde de la cama. El odio me arde en las entrañas—. Ya sé que los cambios asustan. Hemos perdido a tu primo y a tu padre, que en paz descansen.

Me hierve la sangre al oírle mencionar a mi padre.

—Pero los cambios pueden ser buenos —termina, y me da unas palmaditas en la mano, haciendo que la cadena tintinee.

Le escupo a la cara.

La ira le retuerce los rasgos y me da una bofetada, con tal fuerza que me deja marcados los anillos en la piel. Sonrío, despectiva, y sacudo la cabeza para apartarme los rizos de los ojos y mirarlo.

—Por fin enseñas las cartas, tío. Después de tantos años.

Michael, al otro lado de la estancia, suelta un bufido.

—Estoy harto de vuestras discusiones. Te tendría que matar, aunque solo fuera para librarme de ti.

—Ojalá lo hicieras —me burlo de él—. Si te parece que Tristan está furioso ahora, espera a que se entere de que me has matado. —Sonrío—. Y no dudes de que volveré para hechizar las paredes de este castillo y divertirme con el espectáculo.

Unas pisadas se acercan por el pasillo y suena un golpe en la puerta.

—Adelante —ruge Michael.

Un joven soldado entra en la habitación. Tiene la frente sudorosa y está tan pálido como si acabara de ver un fantasma.

—Majestad... —Hace una reverencia—. Traigo un mensaje. —Recorre la habitación con la mirada y titubea al verme—. De tu hermano.

El corazón me da un vuelco.

Michael se yergue y camina hacia el hombre.

—¿Qué dice?

—Está loco, señor. Lo... lo está quemando todo. Me ha mandado para decirte que solo se detendrá cuando se la devuelvas.

El rey inclina la cabeza a un lado, inmóvil, tranquilo.

—¿Qué quiere decir que lo está quemando todo?

El soldado me mira otra vez. Me inclino hacia delante notando que algo me revolotea en el estómago al pensar en que Tristan viene a salvarme, como dijo que haría.

—La calle principal de Saxum ha ardido, señor —susurra—. Ahora van a por la zona este. Y... el agua no puede apagar los incendios. Se propagan a toda velocidad.

Michael lanza un rugido y derriba de una patada la mesita que tiene al lado. La lámpara cae al suelo y la base de porcelana se rompe en mil pedazos. Se vuelve hacia mí y me apunta con el dedo.

—Todo esto es culpa tuya.

Sonrío. La sangre me corre cálida por las venas.

—Recoges lo que has sembrado, Michael Faasa. Que Dios se apiade de tu alma cuando Tristan te ponga las manos encima.

Se oyen gritos al final del pasillo y el tío Raf se levanta de la cama en la que se había sentado. Marisol aparece ante la puerta abierta con las mejillas congestionadas. La esperanza me aletea en el corazón. No había vuelto a verla desde que me liberó, y no sabía si había sobrevivido.

Hace una reverencia.

—Majestad.

—¿Qué pasa?

Michael camina de un lado a otro hasta dejar marca en la alfombra escarlata.

—¡Hay fuego en el castillo!

El rey me tira del brazo y abre las puertas que dan al patio para sacarme por ellas.

Miro alrededor con los nervios a flor de piel, y lo veo enseguida.

Ahí está.

Como un dios en medio del patio, con las manos en los bolsillos, los tirantes colgando de la cintura, las mangas negras subidas hasta el codo y el cigarrillo de marihuana entre los labios.

Mi príncipe, mi príncipe marcado.

Nos miramos a los ojos y se hace la calma. «Ha venido».

—Hermano —gruñe Michael a mi lado. Me clava los dedos en el brazo.

Tristan no le hace caso. Me recorre el cuerpo con la mirada, en busca del menor rasguño.

—¿Te han hecho daño?

—No —respondo—. Pero da igual, quiero que los mates.

Echa la cabeza hacia atrás y empieza a reírse, expulsando el humo a bocanadas.

—¿Cómo has podido cruzar la verja? —El tío Raf se adelanta y golpea el suelo con el bastón al detenerse junto a mí. Unos cuantos guardias se han situado a su espalda.

—Bueno, la última vez lo intentamos por los túneles, y la cosa no salió bien. —Tristan sonríe, burlón.

Los dedos del tío Raf se tensan sobre el puño del bastón y mira a los pocos guardias que hay junto a la entrada. Yo miro más allá, y veo columnas de humo que se alzan al otro lado de las verjas, junto con lenguas de fuego agitadas por el viento.

—¡Llamad a los guardias, imbéciles! —les grita a los soldados, que no hacen nada.

—Podéis probar —se ríe Tristan—. Pero los muertos no suelen responder.

Michael me tira al suelo de cemento y caigo rodando por los peldaños de piedra fría hasta quedar tendida en la hierba.

Grito de sorpresa y, al respirar hondo, un dolor agudo me perfora el costado. Cuando alzo la vista, la sonrisa de Tristan se ha esfumado y tiene en los ojos un brillo animal.

—Ya te advertí una vez sobre lo que pasaría si la tocabas —dice—. He venido a cumplir con lo que te dije.

—¡Soy el rey! —chilla Michael—. ¡Detenedlo!

Unos pocos guardias hacen ademán de moverse, pero titubean y se paran de nuevo.

—Ya no te obedecen. —La voz de Tristan es letal. Sé que no es el momento, pero noto que todo el cuerpo se me calienta de excitación ante el poder que emana su voz—. Y los pocos que te obedecen no son idiotas y saben cuándo han perdido la batalla. Ya ves, hermano —sigue, y se acerca más a nosotros como si paseara tan tranquilo por el patio—, mientras tú te pasabas la vida en fiestas y en compañía de la gente importante, mientras hacías planes y asesinabas a nuestro padre... —hace una pausa, y Michael se pone rígido—, yo he estado en los pueblos, en la casa de la gente, hablando con ellos. Demostrándoles que hay una vida mejor, y lo que sucedería si me juraban lealtad.

Michael suelta un bufido.

—Hemos matado a tus hienas. Sus cadáveres se pudren en los túneles.

Tristan deja escapar una risita y mira hacia atrás.

—Siempre me has subestimado.

Alza un brazo, agita la mano y las pesadas puertas de hierro de la verja se abren de par en par para dejar paso a docenas de hombres y mujeres que las cruzan como una avalancha, con la rabia pintada en el rostros y hienas cosidas en las mangas.

La esperanza me hincha el pecho. «Rebeldes».

Tristan se adelanta y me pongo en pie como puedo sin hacer caso del dolor en el costado. Se acerca a zancadas y no se detiene hasta llegar junto a mí.

En el momento en que me toca, mi cuerpo despierta, me pasa las manos por los costados y me coge la cara entre las manos, ignorando a todos los demás.

—Te voy a enseñar cómo es una revolución de verdad —susurra.

Y, luego, me besa.

Detrás se oyen gritos y chillidos, y estalla el caos, aunque no sé quién pelea contra quién, ni me importa. Estoy perdida en la boca de Tristan.

Se aparta de mí y me vuelvo justo a tiempo para ver las puertas del castillo que salen despedidas de las bisagras. Edward, Sheina y Marisol llevan antorchas, y las llamas suben por los muros detrás de ellos.

El corazón se me acelera en el pecho al verlos y tengo que contener un sollozo. Ya habrá tiempo más tarde para las emociones. Porque en este momento, me doy cuenta, hemos ganado.

Tristan me pasa la mano por el pelo antes de volverse hacia su hermano y avanzar hacia él.

—¿Dónde está nuestra madre? ¿Sigue aquí? ¿La vamos a quemar viva o tendré el placer de ir a buscarla para romperle el cuello?

Michael mueve la cabeza y mira asustado a los pocos guardias muertos a sus pies antes de volverse hacia Edward, que ha hecho que el tío Raf se arrodille de una patada y le apunta con una pistola a la cabeza.

—¡No! —grito, y corro hacia donde están.

El tío Raf tose y alza la vista hacia mí.

—Siempre fuiste la más lista de todos los niños. Gracias.

—¿Mataste a mi padre? —le pregunto en voz baja.

Se le cambia el gesto.

—Tienes que entenderlo, querida sobrina, yo…

Levanto la mano para interrumpirlo en seco.

—¡Responde! —grito—. Reconoce que fuiste tú. Todo el tiempo has sido tú. Planeaste esto desde el principio, ¿verdad? Mataste a mi padre y luego te aprovechaste de mi dolor, me moldeaste para que fuera tu instrumento.

Abre mucho los ojos.

—Todo lo que he hecho ha sido por amor. Por nuestra familia.

Suelto una carcajada amarga. La pena y la ira me retuercen las entrañas.

—A mí no me quieres. No has querido nunca a nadie, aparte de a ti mismo.

Vuelve a toser.

—Por favor…

No dejo que termine: le doy un puñetazo en la cara, y cae de espaldas con la nariz llena de sangre. Le cojo la antorcha a Edward, siento su peso reconfortante en la mano antes de soltarla sobre el pecho de mi tío y ver cómo el fuego quema su ropa. Los gritos son alaridos agudos, trata de correr escaleras abajo, pero la rodilla inútil hace que tropiece y caiga. Rueda por el suelo, pero no sirve de nada. Lo miro mientras arde vivo, mientras las llamas lo devoran igual que las paredes del castillo, y me siento... vacía.

Porque la venganza no da felicidad.

—¡Tenemos que alejarnos, señora! —grita Edward, y me agarra por el brazo para apartarme del fuego que ahora lame las puertas—. ¡Vamos!

Miro a mi alrededor buscando a Tristan y se me hace un nudo en la garganta al no verlo. Michael también ha desaparecido.

—¿Dónde está? —grito, y forcejeo para soltarme de Edward.

—Ya ha salido por la puerta de la verja, va detrás de su hermano.

Me dejo arrastrar, elijo creerle, elijo confiar en que, con todo lo que ha pasado, no me va a engañar.

Así que me doy la vuelta, me sujeto las faldas y corro para escapar del calor del castillo en llamas.

CAPÍTULO 55

Tristan

Michael siempre ha sido un cobarde, por lo que no me sorprende que haya salido huyendo, así que, a pesar de mi cuerpo magullado y aún convaleciente, lo sigo hasta detrás del castillo, hasta los acantilados. Abajo, el océano ruge contra las rocas. Me acerco a mi hermano con sigilo. Por primera vez en mi vida, siento que se da cuenta de lo poderoso que soy.

—No te dejarán reinar —se burla—. Y menos después de esto.

Me río mientras retrocede hacia el borde del acantilado.

—¿Después de qué? ¿De los incendios que has iniciado tú, el rey loco?

Se le nubla el rostro.

—No te creerán.

—No sé si te das cuenta de lo convincente que soy. —Me acerco un paso más.

Mira en todas direcciones y retrocede un paso más. La gravilla cae por el borde y choca contra las rocas de abajo, de mucho más abajo.

—En todos estos años —bajo los brazos— has tenido mil

ocasiones para tomarme bajo tu ala y hacer que te adorara, pero en lugar de eso, te dedicaste a hacer lo posible para que me odiara a mí mismo.

—Siempre tan dramático —replica con un bufido.

—Tú lo tenías todo —siseo—. Yo solo quería un poco de lo mismo.

Abre mucho los ojos y se golpea el pecho con la mano.

—¿Qué yo lo tenía todo? Tú estás loco. Nuestro padre solo te veía a ti. Hiciera lo que hiciera, siempre se trataba de Tristan. Te quería a ti. Yo no era más que una obligación.

Aprieto los dientes, con el corazón roto.

—No te permito que hables de él. Tú lo mataste.

Suelta otro bufido.

—Venga ya, hermano. Eres igual que yo. Lo maté por la corona, igual que tú me quieres matar a mí.

Doy un paso más y retrocede unos centímetros, le falla el pie y cae de espaldas al suelo.

El corazón se me acelera cuando me adelanto hacia él y lo miro desde arriba, tan patético, tan débil. Él me mira desde abajo; sabe que yo controlo lo que va a suceder a continuación. «Es mi ocasión. Es el momento que he esperado toda la vida».

Trata de moverse a toda prisa, pero yo soy más rápido y le pongo una bota en el cuello hasta que la respiración le sale gorgoteante. Lo clavo contra la tierra, con la cabeza colgando por el borde del acantilado.

Algo estalla en mi interior. El incendio que ruge detrás de mí está cada vez más cerca, pero no puedo apartar los ojos de mi hermano. Presiono más y el peso de mi cuerpo le corta el aire. Se empieza a poner azul.

—Nos encontramos en una posición un tanto precaria, ¿no? —comento con el ceño fruncido—. Es un poco anticlimático, pero me conformaré con ver cómo te ahogas bajo la bota de aquel a quien solías atormentar.

Al final aparto la vista, pero solo porque oigo a Sara llamarme por mi nombre, y Edward y ella salen por las puertas de la verja. Es solo un instante, pero no hace falta más. Michael me clava los dedos en la espinilla como si quisiera arrancarme la carne y me hace perder el equilibrio.

Sara grita cuando me ve caer hacia un lado, y Michael se pone encima de mí. Ahora es él quien me tiene agarrado por el cuello, es el quien me está cortando la respiración.

Lucho, juro que estoy luchando. Alzo los brazos con todas mis fuerzas y le doy puñetazos en la cara. Pero nunca he tenido tanta fuerza física como mi hermano. Empiezan a nublárseme los ojos y la cabeza me cae hacia un lado. Veo el rostro de Sara que corre hacia Michael mientras se sube las faldas para coger el puñal del muslo.

—¡No! —grita.

De pronto, el dolor desaparece y puedo respirar a bocanadas, con los ojos desorbitados y el pecho dolorido como si hubiera cruzado corriendo toda Gloria Terra. Consigo incorporarme sobre las manos y las rodillas, toso, escupo, trato de recuperar los sentidos.

Alzo la vista y veo a Michael de rodillas. Se lleva las manos a la espalda mientras la sangre le mana por la boca.

—Hermano… —farfulla.

Me pongo de pie muy despacio y veo a Sara con el puñal lleno de sangre en el puño apretado.

Aún me estoy recuperando por la falta de aire, pero me esfuerzo por moverme y voy hacia donde está Michael, cada vez más pálido, ahora tendido en el suelo mientras la vida se le escapa de los ojos.

Una parte de mí quiere dejar que se desangre, que lo consuma el incendio que ruge a pocos metros por detrás de nosotros. Pero no me daré por satisfecho hasta que no sepa que ha desaparecido para siempre.

Lo agarro con fuerza por el brazo, arrastro el peso muerto hasta que me duelen los músculos y lo llevo hasta el borde del acantilado. Ni siquiera se resiste. Ya está medio muerto, y sin duda sabe lo que le espera.

Solo hace falta una patada, la bota contra su costado, y cae por el borde. Veo cómo abre mucho los ojos en los últimos momentos de conciencia antes de caer al vacío y estrellarse contra las rocas al pie del acantilado.

Cuando suba la marea, el agua se llevará sus restos, y podremos seguir adelante como si nunca hubiera existido.

Dejo escapar el aliento contenido y trato de rebuscar entre mis sentimientos. Espero encontrar felicidad, alivio, tal vez una mayor claridad. Pero siento sobre todo decepción. Habría querido torturarlo por lo que me hizo. Tendré que conformarme con su corona.

Me doy la vuelta. El fuego arde tan cerca que es incómodo. Sara y Edward me miran con los ojos muy abiertos. Corro hacia mi cervatillo, la cojo entre mis brazos y pego mi boca a la suya. Le acaricio la lengua con la mía, le palpo todo el cuerpo para asegurarme de que está aquí, de que es real, de que es mía.

—Tendría que matarte por obligarme a dejarte en el castillo. Sonríe sin apartar la boca.

—Me matarás si no nos vamos de aquí. ¿Cómo se te ha ocurrido quemarlo todo?

Miro el castillo de Saxum, mi hogar durante veintiséis años, el legado de mi familia durante tres siglos, y me encojo de hombros.

—Porque se negaban a liberarte.

CAPÍTULO 56

Sara

Contra todo pronóstico, lo hemos conseguido.

Han pasado varias semanas desde la muerte de Michael. La reina madre será ejecutada la semana que viene y, aunque eso por lo general llenaría las noticias, queda en segundo plano tras los incendios de Saxum.

Tardamos dos semanas en poder apagarlos. La ciudad está diezmada. Ha ardido medio bosque, y del castillo no queda nada. Pero la gente resiste, y necesita un líder, alguien que les dé esperanzas. Tristan ha ocupado ese puesto sin esfuerzo tras tejer una historia sobre su hermano, el rey loco, que lo acusó en falso y quemó la ciudad en su demencia.

Cuando Tristan habla, la gente le escucha. Cree en él.

Tampoco es que tengan muchas opciones. Tras la muerte de Michael, Tristan es el heredero del trono.

No tienen por qué saber que fue él quien provocó los incendios.

Ahora estamos junto a la ciudad, con las calles aún cubiertas de ceniza. Tristan me coge de la mano y susurra promesas a nuestro pueblo.

Mientras, observo a la multitud y, de repente, veo un destello rojo. Entrecierro los ojos y me doy cuenta de que hay una chica joven entre la gente, con la capucha echada sobre la cara y el pelo rojo que le asoma por debajo.

Ophelia.

Me aparto de Tristan y voy hacia ella, pero en todo momento él me sigue con la mirada. La joven se mete por un callejón hasta llegar a la orilla del río Fiki. Corre por el margen donde la gente pesca y va a tomar el sol y a bañarse, aunque ahora mismo las aguas bajan negras de hollín.

—Ophelia —digo.

Cuando se vuelve hacia mí, trato de sentir ira, pero solo encuentro tristeza. Tristeza porque esta chica no era quien creí que era, y compasión al ver su rostro pálido y demacrado.

—¿Estás bien?

Se le llenan los ojos de lágrimas, que empiezan a correrle por las mejillas. Tiene en las manos una piedra enorme y la estrecha contra su pecho.

—Estaba embarazada —susurra.

Las palabras son como un golpe.

—¿De Michael?

Asiente entre hipidos y se tapa la boca con la mano.

—P-pero me obligo a librarme del bebé. Dijo que con un bastardo ya había suficiente.

«Simon». Se me encoge el corazón, y doy un paso hacia ella.

Alza la vista hacia mí.

—Por si te sirve de algo, lo siento mucho.

Acto seguido, salta al agua y su cuerpo se hunde.

Se me encoge el corazón y, por un momento, quiero salvarle la vida. Pero luego recuerdo todo lo que he sufrido por su culpa, y me quedo en la orilla para asegurarme de que se ahoga.

Al final, dejan de subir burbujas a la superficie.

Me doy la vuelta y me sobresalto al encontrarme contra el pecho amplio de Tristan.

—¿Va todo bien? —me pregunta al tiempo que me rodea con sus brazos.

Le sonrío.

—Todo va de maravilla.

Se inclina hacia mí y me besa antes de hablarme al oído.

—¿Está muerta?

Asiento sin apartarme de él, y me embiste con su erección. Resoplo y lo aparto de un empujón.

Se echa a reír y me acaricia la cintura antes de agarrarme el culo.

—Qué chica tan mala, que se queda mirando mientras una mujer se ahoga, cuando yo estoy a cuatro pasos prometiendo al pueblo un futuro mejor.

Presiona los labios contra los míos y dejo escapar un gemido en su boca, sintiendo que reboso de felicidad.

Hemos sobrevivido. Hemos sufrido pérdidas dolorosas, nuestras almas han quedado manchadas, pero, pese a todo, Tristan hace que me sienta la mujer más afortunada del mundo.

En cierto modo, creo que lo soy.

Porque mi corazón pertenece al príncipe marcado.

Al salvador de los rebeldes.

Al rey de Gloria Terra.

Que me ha convertido en reina de las cenizas.

EPÍLOGO

Tristan

Siete años más tarde.

—Tristan —gime Sara—, la gente está esperando.

—Que esperen —le susurro al oído.

Está apoyada en la pared del pasillo, con las faldas en torno a la cintura. Le deslizo la polla entre los muslos blancos, sobre su piel cremosa, loco por entrar en ella. Y entro. Me hundo en su calidez húmeda y la embisto con locura.

La excitación me electriza hasta el punto de que me nubla la vista. El amor y la lujuria me dominan mientras le empalo, mientras la polla me sale húmeda de ella cada vez que la retiro.

—Tienes un coñito sediento, ¿verdad que sí? —jadeo sujetándola por el cuello y haciendo algo de presión—. Cuando ya no tenga que gobernar este lugar, me voy a pasar cada minuto del día enterrado en él, dándole lo que me pide a gritos.

Sara gime de nuevo, pone las manos contra la pared para devolverme las embestidas, se frota contra mí y se enrosca alrededor de mi polla hasta que estalla.

—Así me gusta. —Le doy un azote en la nalga y el sonido reverbera entre los arcos—. Mueve el coño hasta que te corras.

Las paredes de su sexo palpitan alrededor de mi miembro y me exprime hasta que el orgasmo me sacude y me derramo dentro de ella. Y, entonces, la muy bruja se detiene a medio camino y se aparta, dejando mi polla al aire. Lanzo un gemido ante la pérdida de su calidez, y entonces ella se pone de rodillas con su preciosa boca muy abierta y empieza a acariciarme el miembro con la mano hasta que la última gota cae sobre la lengua.

Sonríe, traga, me sube los pantalones y se estira las faldas.

Me guiña un ojo y se levanta para enderezarse la tiara cubierta de piedras preciosas que lleva en la cabeza.

—Venga, que llegamos tarde. Si me has arrugado la ropa, Marisol me va a matar.

Echa a andar delante de mí, pero la agarro, la cojo por el pelo y tiro de ella hacia atrás, para abrazarla de nuevo. Me inclino y la beso en la boca. Nuestras lenguas se entrelazan mientras la toco en todos los lugares posibles.

Pese a los años, esto no cambia. La necesidad que tengo de ella no desaparece.

Hemos reconstruido Saxum desde los cimientos. Hay nuevos edificios y un castillo que ha sido nuestro hogar estos tres últimos años. La riqueza se ha extendido por toda Gloria Terra. Ya nadie pasa hambre mientras otros celebran banquetes.

Estoy orgulloso de lo que hemos logrado.

Pero lo volvería a quemar todo, arrasaría el país entero en un instante ante el menor riesgo de perderla.

Ya no necesito demostrar cuál es mi lugar en este mundo. Eso ha cambiado con los años. La única constante ha sido siempre ella, solo ella.

Cruzamos el salón de nuestro hogar y abrimos las puertas para salir al gran balcón y contemplar desde allí a nuestro pueblo. La multitud nos aclama y Sara se pone de puntillas. Su rostro se ilumina con la sonrisa más amplia que le he visto en meses.

—¿Estás excitada, cervatillo?

—No.

—*Ma petite menteuse.* —Sonrío—. ¿A estas alturas sigues pensando que no te conozco?

La atraigo hacia mí, sin importarme que nos estén mirando miles de ojos. Todos saben que su rey está loco por la reina. Que vean hasta qué punto.

—Sé cómo es cada vez que respiras, porque tu respiración es la mía. —Pestañea, y le recorro la clavícula con las yemas de los dedos—. Sé cómo es cada latido de tu corazón porque lo tengo bajo la palma.

Bajo la mano hacia la entrepierna y se la pongo en el muslo, sobre el tatuaje que le prometí que le iba a hacer. «Propiedad de Tristan». Lo llevará escrito hasta el fin de nuestros días.

Y, cuando muramos, la buscaré en el otro mundo y daré con la manera de marcarle el alma.

—No pasa nada por estar caliente, cervatillo.

Le doy un beso en la frente y le cojo la mano, entrelazando mis dedos con los suyos, antes de volvernos hacia nuestro pueblo.

Hoy el sol brilla en el cielo. A un lado del balcón están también Edward y Sheina, con su hijo de tres años, que tiene agarrada la mano de su padre. El chiquillo me sonríe. Al otro lado hay dos recién llegados. Sara va con ellos cuando me vuelvo para dirigirme a la gente.

Cojo aire y contemplo los rostros, y recuerdo una vez más todo lo que hemos conseguido en estos pocos años, todas las maneras en que las cosas han salido mucho mejor de lo que imaginaba en mis sueños más locos. Siento una profunda satisfacción mientras miro a Sara. Me baño en sus ojos y dejo que me llene con la fuerza necesaria para decir lo que tengo que decir.

Porque todo esto es por ella.

Ella es mi pasado, mi presente y mi futuro. Ella es lo único que me importa.

Y esto es lo que ella quiere, así que se lo voy a dar.

Porque, para ser sincero, es lo que merece Gloria Terra.

—¡Amigos! —empiezo, y me vuelvo hacia el mar de rostros que nos miran desde abajo con adoración—. Ha sido un gran honor serviros como rey, reconstruir nuestro hogar, arreglar lo que llevaba demasiado tiempo roto.

La multitud nos aclama y la corriente eléctrica me recorre el cuerpo. Esto es lo que más voy a echar de menos.

—¡Pero hoy es un día de regocijo!

Señalo hacia un lado, donde Sara sonríe a los dos recién llegados como si fueran dos amigos que acaba de recuperar.

En cierto modo, lo son.

Paul Wartheg, envejecido y sonriente, con los ojos llenos de lágrimas, empuja a la persona que tiene al lado.

Simon camina hacia mí y solo se detiene cuando llega a mi lado.

Me tomo un minuto para mirarlo. Es casi tan alto como yo y los ojos ambarinos son mucho menos inocentes que cuando lo envié lejos hace ya años. Su sonrisa, sin embargo, es igual de luminosa. Me estrecha en un abrazo antes de que se lo pueda impedir y se queda rodeándome los hombros y agarrándome con fuerza.

—Hola, tío —dice con una voz grave, muy parecida a la de su padre.

Una sensación cálida me hincha el pecho. Me retiro y le sonrío.

—Hola, tigrecito.

Me vuelvo hacia Sara, que se gira para coger algo y luego se dirige hacia él y se lo entrega con una reverencia. Es una espada. Esta vez, una espada de verdad, con el puño lleno de piedras preciosas y diamantes. Perteneció a su abuelo, y luego a su padre.

Simon la coge. Tiene tatuajes en cada centímetro de la piel oscura, como siempre había querido.

Me mira y sonríe.

La gente murmura, confusa. Me vuelvo hacia la multitud.

—Quiero presentaros a Simon Bartholomew Faasa, hijo del rey Michael III. Heredero del trono de Gloria Terra.

Alzo las manos, me quito la corona de la cabeza y se la pongo a él.

—Nuestro legítimo rey.

EPÍLOGO AMPLIADO

Tristan

Entrevistas.

Es lo que menos me interesa del mundo, pero Simon nos ha pedido a Sara y a mí que hagamos una aparición pública. «Por favor, tío. Ven al siglo XX con nosotros».

Pese a todo, me seguí negando. No tengo por qué hablar con periodistas. Nada de lo que pasa en mi vida es asunto suyo ni de nadie. Ya he hecho lo que me correspondía por Gloria Terra; para ser sinceros, he hecho más de lo que quería hacer, y ahora solo me interesa invertir todo mi tiempo en mi cervatillo.

Pero estar aquí hace feliz a Simon, y eso hace feliz a Sara. Y si Sara quiere algo, lo obtiene.

Simon lo sabe. Sabe que solo tiene que ir a pedírselo a la «señora» para que yo ceda. Ya nunca me pide nada directamente, aunque tampoco le hace falta. No lo reconoceré nunca, pero está llevando el reino mucho mejor que yo.

Para ser sinceros, nunca me importó lo que les pasara a los demás. Mi objetivo era apoderarme del trono para mí, porque me lo merecía. Porque la gente me reverenciaría en lugar de burlarse de mí, como cuando era niño.

Simon tiene cualidades de las que carezco.

Empatía.

Una brújula moral que se ha saltado mi generación. No es iluso ni inocente, ni de lejos, pero cada uno manifiesta el trauma de una manera. Él ha conservado su bondad innata, pero tiene sus cosas. El tigrecito que yo conocía ya no existe, y su lugar lo ocupa un rey fiero. Nunca habla de los años que no estuvo en Saxum porque yo lo mandé lejos, pero reconozco los demonios cuando los veo, y Simon los tiene en abundancia.

Es mejor persona que yo.

Mantiene a raya sus pesadillas. Por lo general.

Sigo disponible por si me necesita, pero, con el paso de los años, cada vez me ha ido llamando menos, así que Sara y yo nos hemos convertido en fantasmas que pueblan la periferia. Y es algo que me gusta.

Vivir en las sombras no es lo que era hace una década.

La década de 1920 ha cambiado los cimientos de la sociedad. Me gusta el desarrollo y los avances tecnológicos, pero no quiero verme bajo la luz de los focos.

Hubo un tiempo en que ese era mi objetivo, pero ahora solo quiero estar a solas con Sara.

—Alteza real —saluda el periodista con una reverencia, y se sienta frente a mí con un traje de mezclilla y una pluma.

Me apoyo en el respaldo de mi silla y disfruto con su incomodidad cuando enciendo el cigarrillo de marihuana con el mechero que Sara me regaló para mi cumpleaños. Luego la cojo de la mano y entrelazamos nuestros dedos sobre mi regazo.

El periodista es un tipo flacucho de pelo castaño engomina-do y gafas redondas. Me recuerda a Xander, y le cojo manía de inmediato.

Desgrana las preguntas aprobadas de antemano, y Sara se adelanta a responder muchas más que yo. Con cada respuesta, el periodista parece más en sintonía con ella, le brillan más los ojos y su sonrisa se va transformando.

No me gusta.

Entrecierro los ojos cuando baja la vista de su rostro a los pechos que le moldea sutilmente el vestido mientras Sara habla maravillas de la nueva era y de cómo Simon va a hacer cosas muy grandes por nuestro pueblo. La irritación me embarga y me corre por las venas ante semejante falta de respeto. Me aco-modo mejor en el asiento, con las piernas abiertas, y me llevo el cigarrillo a los labios para darle una calada larga y lenta. Le pongo la mano a Sara en la parte superior del muslo y aprieto hasta que se estremece.

¿Es impropio?

Sin duda.

Pero Sara es mía, y si tengo que demostrarlo delante de un millar de personas, lo haré. No digamos ya si solo es un perio-dista insignificante.

—Decidme. —El hombre carraspea para aclararse la gar-ganta y sigue con los ojos el movimiento de mi mano—. ¿A qué se dedican los príncipes Tristan y Sara Faasa?

Ella me mira con una sonrisa en su bello rostro y le aprieto más el muslo, antes de recorrérselo con los dedos. La polla se me levanta al recordar cómo la he hecho mía en cada superficie de nuestra propiedad antes de venir a esta sala, cómo aún le gotea mi esperma entre las piernas y le rezuma del coño que le he llenado de tal manera que no puede moverse sin sentirme.

—No seas tímida, *ma petite menteuse* —le digo con una sonrisa burlona—. Cuéntale lo que estabas haciendo antes de que me obligaras a venir aquí.

Sacude la cabeza y se echa a reír, y los rizos se le mueven al compás.

—Tristan y yo tenemos muchas maneras de pasar el tiempo. Lo que más nos gusta es ver cómo su majestad ha continuado con nuestro trabajo para garantizar la prosperidad de Gloria Terra, y en ese sentido seguimos ayudando en todo lo que podemos.

El periodista arquea las cejas.

—¿Sí?

Ella sonríe y la aprieto más.

—Sí, claro. Cuando no estamos en casa, estamos viajando a otras regiones para garantizar que se escuche a todo el mundo y trasladar lo que oímos a su majestad, que así puede prestar más atención a su pueblo. —Se vuelve hacia mí con los ojos negros cargados de orgullo—. ¿Quieres añadir algo más?

Asiento, de acuerdo con ella.

—Es un orgullo ser familia del rey.

La expresión del periodista cambia, y un brillo malévolo le ilumina los rasgos cuando se inclina hacia delante y la silla cruje con el movimiento.

—Pero, entre nosotros, no es familia vuestra… Al menos, no del todo, ¿no?

Sara se pone rígida y yo me muerdo la cara interior de la mejilla. Me recuesto contra el respaldo y sonrío mientras apago la colilla en el cenicero que tengo a la izquierda.

Esta parodia de ser humano ya estaba pisando terreno peligroso conmigo por pensar que tenía derecho a mirar a Sara, pero ahora va a morir.

Ella no me ha ablandado. Ser una familia no ha secado la negrura que me exuda por las grietas del alma. Y cuando alguien me falta al respeto, cuando alguien merece la muerte, me encanta darle su merecido.

—Más te vale vigilar lo que dices cuando hablas del rey —le espeta Sara mientras lo mira como si tuviera puñales en los ojos—. Te podrían ahorcar por traidor... o algo peor.

Se me pone dura. La violencia siempre me ha excitado. Creo que me la voy a follar en el coche de vuelta a casa, que descargue su agresividad a caballo de mi polla en el asiento de atrás.

Inclino la cabeza hacia un lado y me estiro el traje. Miro al hombre.

—No entiendo bien a qué te refieres.

—Bueno, quiero decir... que, técnicamente hablando, es el bastar...

Me pongo en pie de un salto, los anillos tintinean cuando le agarro la cara y se la aprieto hasta que le estrujo los labios. Me inclino hacia él y le hablo al oído.

—Piensa muy bien lo que vas a decir. Mi esposa está en lo cierto. Además de ser traición, me lo tomaré como una ofensa personal.

Tiembla como una hoja cuando aflojo la presa y retrocedo un paso. La estancia está en silencio, a excepción del susurro de la falda de Sara cuando viene para situarse junto a mí. Me pone la mano en el brazo y la miro. El fuego me corre por las venas; tengo que matar a este hombre.

—Aquí no, Tristan —susurra.

Aprieto los dientes, estrujo más el rostro del reportero hasta estar seguro de que le voy a dejar marcas y luego, de mala gana, lo suelto para que vuelva a caer en su asiento. Me giro hacia Sara, la agarro por la nuca y la atraigo hacia mí para besarla fundiendo nuestros labios y entrelazando nuestras lenguas.

Han pasado muchos años, pero sigue sabiendo a todo lo que es bueno.

Sigue sabiendo a que es mía.

Me aparto, cierro los ojos y pongo la frente contra la suya, sin soltarla. La violencia me palpita por dentro al ritmo del corazón acelerado.

—Sé buena, *ma petite menteuse,* y sal afuera con Edward y con los guardias. Prefiero que no veas lo que les pasa a los idiotas que nos faltan al respeto.

Se me queda mirando unos largos segundos y le mantengo la mirada. Al final, asiente. Sabe que, si discute, no va a ganar. Me da un casto beso en los labios antes de volverse y salir con su guardia personal.

Una sonrisa tensa se me dibuja en la cara y me vuelvo hacia el hombrecillo patético que se ha atrevido a llamar bastardo a mi sobrino, que se ha atrevido a pensar que podía mirar a Sara sin pagar las consecuencias.

Hace mucho que no he desahogado mis tendencias más oscuras. Esto va a ser un placer.

Sara

Tristan tiene salpicaduras de sangre en el puño del traje, pero solo las veo un momento antes de que entre en el coche y me agarre por la nuca para atraerme hacia él. Es incómodo tener sexo en un espacio tan reducido, pero no es la primera vez que me toma en el asiento trasero del coche.

Estamos en una zona aislada de las afueras de Saxum, así que no hay nadie a la vista, pero aunque lo hubiera, no sé si me habría importado. La adrenalina me corre por las venas, lo necesito demasiado.

Como siempre.

Dejo escapar un gemido cuando me clava los dientes en el labio inferior.

¿Merecía morir ese periodista?

La verdad es que no.

Pero, con los años, cada vez me cuesta más lamentarlo. La gente sigue hablando de Simon a sus espaldas, aunque sea el rey, y la lealtad de Tristan para con nuestro sobrino solo hace que lo quiera todavía más.

Es una cualidad muy atractiva.

Le echo los brazos al cuello y le clavo las uñas en la piel hasta que le hago sangre.

—Voy a entrar en ti, cervatillo —dice, tirándome sobre el asiento—. Quiero que el mundo entero te oiga gritar.

El vientre se me tensa anticipándome al placer que está por venir mientras le desabrocho como puedo los botones del pantalón y libero su miembro, duro, listo, rezumando ya excitación.

Me levanta la falda y, en cuanto me arranca la ropa interior, lo atraigo hacia mí; necesito que me llene.

Cualquiera habría dicho que la pasión se apagaría con los años, que esta necesidad incesante dejaría de ser tan abrumadora, pero no ha sido así. Todo lo contrario.

Estar con Tristan es como respirar.

Es algo intrínseco, natural. Él es la otra mitad de mi alma; estamos tan entretejidos que sus zonas más oscuras encajan con las piezas que a mí me faltan. Si no lo tengo, no soy yo. Y nada más importa.

Embiste agresivo, como si no soportara la idea de estar fuera de mí. Contengo el aliento al notar cómo su polla llena cada centímetro de mi sexo, y cuando retrocede alzo las caderas, porque necesito sentirlo de nuevo. Nos movemos con un ritmo salvaje, el uno contra el otro, y estoy segura de que está diciéndome algo espantoso al oído, pero estoy tan perdida en el placer que no me puedo concentrar en las palabras. La excitación es tal que sé que me voy a correr de un momento a otro.

Me agarra los mechones rizados de la nuca y tira con fuerza.

—Así… Bien… Ordéñame la polla… ¡Dámelo todo!

No me hace falta más: sin poder evitarlo, me deshago en torno a él, me rompo en mil pedazos para que él me recomponga.

Me sigue enseguida y los espasmos de su polla me lanzan a otra explosión de éxtasis cuando gime junto a mi oído y se deja caer sobre mí.

Ha sido un encuentro rápido y brutal; la mayoría de nuestros encuentros son así, es como nos gusta el sexo. Sé que se tomará más tiempo cuando estemos en la hacienda. La misma donde vivía su madre antes de que la hiciera ejecutar.

Sale de mí muy despacio y se abrocha los pantalones. No me limpia: me deja rezumando su esperma igual que hizo antes de llegar a la entrevista.

No le preocupa dejarme embarazada. No ha pasado hasta ahora e intuyo que no va a pasar. Hay cosas para las que no estamos predestinados, y yo nunca he anhelado tener hijos, al contrario de lo que le pasa a la mayoría de las mujeres.

Todo mi amor está reservado para mi esposo, para nuestro sobrino y para el pueblo de Gloria Terra.

Algún día, cuando los dos hayamos muerto, estaremos enterrados el uno junto al otro y nos convertiremos en la tierra que nutre la hierba, en la que crecen las cosechas que alimentan a la gente.

Seguiremos trayendo prosperidad después de la muerte.

Con eso me conformo.

PERFIL DE LOS PERSONAJES

Tristan Faasa

Nombre: Tristan Faasa, el príncipe marcado
Edad: 26
Lugar de nacimiento: Saxum, Gloria Terra
Residencia actual: Saxum, Gloria Terra
Educación: Nivel alto
Ocupación: Príncipe
Ingresos: Es muy rico
Color de ojos: Verde jade
Pelo: Negro, algo revuelto
Constitución: Alto y esbelto
Atuendos preferidos: Consistente con la época eduardiana; siempre lleva tirantes
¿Gafas?: No
Accesorios que lleva siempre: Un cigarrillo de marihuana
Nivel de cuidado personal: Siempre viste de forma apropiada, pero suele ir despeinado
Salud: Sano
Caligrafía: Cursiva menuda, perfecta
Manera de caminar: Confiada, arrogante

Manera de hablar: Encantador, manipulador, cortante cuando está furioso

Registro de habla: Adecuado a las circunstancias

Acento: Británico de clase alta (aunque la novela se desarrolla en un país ficticio)

Postura corporal: Perfecta

Gesticulación: Controla cada movimiento, así que solo gesticula cuando lo desea

Contacto visual: Siempre

Palabras malsonantes: Coño

Expresiones reiteradas: *Ma petite menteuse*

Problemas de habla: No

Risa: Grave y peligrosa

¿Qué le divierte?: Provocar a Sara

Sonrisa: Perfecta, encantadora

Emociones: Muy reservadas

Infancia: Vivió siempre a la sombra de su hermano; nunca bastaba nada de lo que hacía y sufrió acoso

Estudios: Tuvo tutores privados

Empleos: Siempre ha sido príncipe

Trabajo soñado cuando era niño: Quería ser rey, al igual que su padre

Modelo de conducta durante la adolescencia: Su padre

Mayor pesar: Dejar que asesinaran a su padre

Aficiones durante la adolescencia: Dibujar

Lugar favorito en su infancia: El borde del acantilado, tras el castillo, a donde solía ir con su padre

Primer recuerdo: Trata de no pensar en su infancia

Recuerdo más triste: El momento en que le hicieron la cicatriz

Recuerdo más dichoso: Matar a su hermano y recuperar a Sara

¿Algún trapo sucio?: Líder secreto de una rebelión contra el rey

Si pudiera cambiar algo de su pasado, ¿qué sería?: No permitiría que su hermano le atormentara tan a menudo como lo hizo

Puntos de inflexión en su vida: Cuando su padre dejó de dedicarle tiempo para centrarse en preparar a Michael para que fuera rey; la noche en que Michael le hizo la cicatriz; el acoso que sufrió a manos de su hermano y de los amigos de este…

Personalidad: Manipulador, astuto, peligroso

¿Qué consejo se daría si pudiera viajar en el tiempo?: Defiéndete y no ocultes tus emociones

Antecedentes penales: No tiene; está por encima de la ley

Padre
Edad: Fallecido
Ocupación: Rey de Gloria Terra
¿Cómo era su relación con Tristan?: Excelente cuando era niño, más tensa cuando fue creciendo. Tristan siempre sintió que no se merecía la atención de su padre

Madre
Edad: 45
Ocupación: Reina viuda
¿Cómo era su relación con Tristan?: Tensa, distante. Nunca lo apoyó y él no soporta ver cómo se mueve en las intrigas de la corte

Hermanos: Un hermano mayor

Amigos: Edward

Enemigos: Su hermano y muchos más

¿Cómo lo ven los desconocidos?: Intimidante y peligroso, rebelde, extraño

Redes sociales: No tiene, no existen

Papel en la dinámica de grupo: Líder

¿De quién depende más?: De Edward y los rebeldes, aunque nunca lo reconocerá ante nadie

Con quién cuenta para...

Consejos prácticos: Edward

Orientación: Su padre; y cuando este muere, nadie

Complicidad: Edward

Apoyo emocional: Con nadie

Apoyo moral: Con nadie

¿Qué hace en un día lluvioso?: Dibujar

¿Teoría o práctica?: Ambas

¿Optimista, pesimista o realista?: Realista

¿Introvertido o extrovertido?: Introvertido, pero capaz de fingirse extrovertido cuando hace falta

Sonidos favoritos: El carboncillo sobre el papel

Deseo más profundo: La corona

Mayor defecto: Su incapacidad para escapar de los traumas del pasado, lo que hace que guarde rencor y torture a cualquiera que lo enoje o le falte al respeto

Punto más fuerte: Su capacidad para manipular a las personas

Logro más importante: Llegar a ser rey

¿Cuál es su concepto de la felicidad?: Hacer feliz a Sara
¿Quiere ser recordado?: Sí

Actitud hacia...
El poder: Lo exige
La ambición: Es ambicioso de manera agresiva
El amor: Cuando conoce a Sara, se obsesiona
El cambio: Se adapta

¿Qué salvaría en caso de incendio?: Su cuaderno de dibujos
¿Qué lo altera?: Todo
¿Cómo es su brújula moral y qué hace que se desvíe de ella?:
No tiene brújula moral
Cosas que detesta: Que la gente no lo respete
¿Qué quiere que ponga en su lápida? «Unidos, reinamos; divididos, caemos»
Objetivo de su historia: Al principio, Tristan es un niño desatendido y acosado que crece para convertirse en un hombre obsesionado con la venganza. Es un solitario, un marginado, pero sabe cómo hablar para que los demás crean en cualquier causa que les quiera vender. Cuando conoce a Sara, su mundo cambia. Aprenderá que, a veces, el amor es más poderoso que cualquier otra cosa; que la venganza y el poder absoluto sobre todo, y sobre todos, no dan la paz ni la felicidad. Al final de la historia habrá trazado un círculo completo: sin librarse de su oscuridad, comprende que hay cosas más importantes que el poder y el prestigio. Acabará entregando a Simon (en el que se ve reflejado) la vida que siempre ha querido y el reconocimiento que habría deseado

que le diera su padre. El amor de Tristan hacia Sara supera todo lo que había deseado antes de conocerla, así que abdicará después de cumplir lo que él considera que es su misión. Es decir, una vez que ha demostrado su valía, la corona ya no le importa tanto como Sara.

Sara Beatreaux

Nombre: Sara Beatreaux
Edad: 21
Lugar de nacimiento: Silva, Gloria Terra
Residencia actual: Saxum, Gloria Terra
Educación: Escolarización normal
Ocupación: Hija de un duque
Ingresos: Desconocidos
Color de ojos: Castaño
Pelo: Largo y rizado
Constitución: Menuda
Rasgos característicos: El pelo, la sonrisa
Atuendos preferidos: Pantalones oscuros y capa con capucha
¿Gafas?: No
Accesorios que lleva siempre: Un puñal en el muslo
Nivel de cuidado personal: Alto
Salud: Sana
Caligrafía: Cursiva, algo descuidada
Manera de caminar: Regia, decidida
Manera de hablar: Adecuada a las circunstancias

Registro de habla: Adecuado a las circunstancias

Acento: Británico (aunque la novela se desarrolla en un país ficticio)

Postura corporal: Excelente

Gesticulación: Sí

Contacto visual: Casi siempre

Palabras malsonantes: No tiene

Expresiones reiteradas: No tiene

Problemas de habla: No tiene

Risa: Suave y melodiosa

¿Qué le divierte?: Le gustan las bromas y es ingeniosa; tiene un sentido del humor irónico

Sonrisa: Amplia, mostrando los dientes, le ilumina el rostro

Emociones: Es emocional, pero ha aprendido a controlarse

Infancia: Feliz, porque fue amada por su padre, pero no contó con la atención de su madre

Estudios: No estuvo escolarizada

Empleos: Nunca ha trabajado

Trabajo soñado cuando era niña: Nunca ha tenido uno

Modelo de conducta durante la adolescencia: Su padre

Mayor pesar: Permitir que su padre viajara a Saxum, donde fue asesinado

Aficiones durante la adolescencia: Disfrutó aprendiendo a pelear; entrenaba contra los hombres de su familia

Lugar favorito en su infancia: La biblioteca; iba con su padre

Primer recuerdo: Leer con su padre en el despacho de este

Recuerdo más triste: Enterarse de la muerte de su padre

Recuerdo más dichoso: Cuando Tristan sobrevivió a la tortura y escapó

¿Algún trapo sucio?: Sí

Si pudiera cambiar algo de su pasado, ¿qué sería?: No permitiría que las personas cercanas a ella la manipularan

Puntos de inflexión en su vida: La muerte de su padre

Personalidad: Encantadora, lista, astuta

¿Qué consejo se daría si pudiera viajar en el tiempo?: Piensa por ti misma y considera todas las perspectivas antes de ponerte del lado de alguien a ciegas

Antecedentes penales: No

Padre

Edad: Fallecido

Ocupación: Era duque

¿Cómo era su relación con Sara?: Excelente, estaban muy unidos

Madre

Edad: 38

Ocupación: No trabaja

¿Cómo es su relación con Sara?: Inexistente. No disfruta con su hija, así que nunca ha cultivado una relación con ella. Es una mujer silenciosa y fría

Hermanos: No tiene; es hija única

Amigos: Sheina

Enemigos: La familia Faasa

¿Cómo la ven los desconocidos? Atractiva, alegre, regia

Redes sociales: No, las redes sociales no existen

Papel en la dinámica de grupo: Más seguidora que líder, aunque está actuando

Con quién cuenta para...
Consejos prácticos: Su tío
Orientación: Su tío
Complicidad: Sheina
Apoyo emocional: Sheina
Apoyo moral: Sheina

¿Qué hace en un día lluvioso?: Leer
¿Teoría o práctica?: Práctica
¿Optimista, pesimista o realista?: Realista
¿Introvertida o extrovertida?: Extrovertida
Sonidos favoritos: El del carruaje de su padre al volver a casa
Deseo más profundo: Vengar la muerte de su padre y justicia para el pueblo de Gloria Terra
Mayor defecto: Confía de manera ciega y se deja manipular
Punto más fuerte: La lealtad
Logro más importante: Ser la prometida del rey
¿Cuál es su concepto de la felicidad?: Alguien que la ponga a ella y a sus deseos en primer lugar
¿Quiere ser recordada?: No

Actitud hacia...
El poder: La atrae
La ambición: La busca
El amor: No tiene tiempo para eso
El cambio: No le molesta

¿Qué salvaría en caso de incendio?: La capa y el puñal
¿Qué la altera?: El despilfarro mientras el pueblo pasa hambre

¿Cómo es su brújula moral y qué hace que se desvíe de ella?: Flexible; se desviaría por lealtad

Cosas que detesta: Que se ataque a alguien por el hecho de ser diferente

¿Qué quiere que ponga en su lápida?: «Reina del pueblo»

Objetivo de su historia: Sara arranca la historia como una joven modelada por su tío para ser un arma perfecta. Tiene sed de sangre y busca venganza, ciega de dolor por la muerte de su padre y por el sufrimiento de su pueblo debido a la negligencia de la familia Faasa. No tiene tiempo para el amor, solo para una lealtad ciega. Cuando conoce a Tristan, se enamora por primera vez y, aunque sabe que no es la persona indicada, abre los ojos y empieza a cuestionarse lo que hay a su alrededor. Comprenderá que no todo es blanco y negro, que no siempre se puede confiar en la gente, en lo que dicen y lo que hacen, que hay personas que te utilizan incluso cuando pensabas que te amaban. Aprenderá que la lealtad ciega no lleva a ninguna parte y que solo puede contar de verdad con ella misma y con sus instintos. Se dará cuenta de que toda historia tiene más de un punto de vista, y así se convertirá en la reina capaz de atemperar al rey oscuro con su amor, y contribuir de esta manera a la prosperidad del pueblo.

¡GRACIAS POR LEER!

¿Te ha gustado *Scarred*? Tómate un segundo para dejar una reseña.

¡Ven a charlar sobre lo que lees!

Únete al grupo McIncult (Facebook) en facebook.com/groups/mcincult.

¡Forma parte del McIncult!

EmilyMcIntire.com

The McIncult (grupo de Facebook): facebook.com/groups/mcincult. Aquí podrás comentar todo lo relativo a Emily. Encontrarás primicias, sorteos exclusivos y, además, ¡es el mejor camino para contactar conmigo!

TikTok: tiktok.com/@authoremilymcintire

Instagram: instagram.com/itsemilymcintire/

Facebook: facebook.com/authoremilymcintire

Pinterest: pinterest.com/itsemilymcintire/

Goodreads: goodreads.com/author/show/20245445.Emily_McIntire

BookBub: bookbub.com/profile/emily-mcintire

AGRADECIMIENTOS

A mi marido, Mike, el hombre entre bambalinas, al cargo de pegatinas, *merchandising*, cuidado de bebés, lavado de platos, preparación de cenas, discusión sobre tramas... Siempre es mi apoyo mientras persigo mis sueños. Te quiero. Gracias por quererme.

A Sav R. Miller, mi mejor amiga: ya lo sabes, y lo repito en cada libro, gracias por ser mi roca. Brindo por los *smokies*. Te adoro, y no querría hacer todo esto si no te tuviera.

A mi equipo: hacéis que mis libros (y mi vida) sean mejores para los demás. Gracias por todo vuestro trabajo.

Al McIncult: gracias por ser mi mejor apoyo y por disfrutar con lo que escribo. Todo esto es posible solo con vuestra ayuda.

A todos mis lectores, los nuevos y los veteranos: gracias por correr el riesgo de elegir mis libros. Por leer hasta el final y hacer realidad mis sueños.

Y, por último, pero desde luego no porque sea lo menos importante, a Melody, mi hija. Siempre has sido y siempre serás la razón de todo lo que hago.